Sur l'auteur

Graeme Macrae Burnet est l'un des grands espoirs de la littérature écossaise. Né en 1967 à Kilmarnock, il a été professeur d'anglais à Prague, Bordeaux, Porto et Londres, avant de s'installer à Glasgow. Son premier roman, *La Disparition d'Adèle Bedeau* (2014), est un hommage à l'œuvre de Simenon, dont il est tout autant un fervent admirateur qu'un spécialiste aguerri. Ce roman lui vaut de remporter le Scottish Book Trust New Writer Award 2013. *L'Accusé du Ross-shire*, son deuxième roman, arrive dans les finalistes du Man Booker Prize 2016, provoquant un véritable phénomène d'édition en Écosse et dans tout le Royaume-Uni.

Du même auteur
aux Éditions 10/18

L'ACCUSÉ DU ROSS-SHIRE, nº 5388
LA DISPARITION D'ADÈLE BEDEAU, nº 5462
L'ACCIDENT DE L'A35, nº 5565

RAYMOND BRUNET

L'ACCIDENT DE L'A35

Nouvelle édition établie
par Graeme Macrae Burnet et Julie Sibony

Traduit de l'anglais
par Julie Sibony

10
18

SONATINE ÉDITIONS

Titre original :
The Accident on the A35

Éditeur original :
Saraband

ISBN 978-2-264-07630-4
Dépôt légal : août 2020

AVANT-PROPOS

Le 20 novembre 2014, un colis adressé à l'ancien éditeur de Raymond Brunet, Georges Pires, fut livré par coursier au siège des éditions Gaspard-Moreau, rue Mouffetard à Paris. Pires était mort d'un cancer neuf ans plus tôt, et c'est un jeune stagiaire qui ouvrit le paquet à sa place. Il contenait deux manuscrits et une lettre d'un cabinet de notaires de Mulhouse expliquant qu'ils avaient reçu pour consigne d'expédier les documents joints à la maison d'édition à l'occasion du décès de la mère de Brunet, Marie.

Brunet, auteur d'un seul roman jusque-là, *La Disparition d'Adèle Bedeau*, s'était jeté sous un train en gare de Saint-Louis en 1992. Marie Brunet, ayant survécu vingt-deux années à son fils, était morte dans son sommeil à l'âge de quatre-vingt-quatre ans, deux jours avant l'envoi du colis.

En dépit (ou peut-être à cause) de la nature anachronique des deux manuscrits, le stagiaire, qui n'était pas né lors de la parution du précédent livre de Brunet en 1982, ne saisit pas leur importance et les enregistra de la manière habituelle avant de les ranger dans la pile des lectures en attente. Ce n'est que quatre mois plus tard qu'un membre plus ancien de la maison se rendit compte de ce qu'ils avaient en leur possession. C'est le premier de ces manuscrits, *L'Accident de l'A35*, que vous tenez à présent entre vos mains.

La décision de le publier ne fut pas prise à la va-vite. Il fallait d'abord s'assurer que Gaspard-Moreau n'était pas victime d'un canular. Il fut cependant aisé de confirmer que Brunet avait bel et bien confié ces manuscrits à un notaire peu de temps avant son suicide. L'homme en question, Jean-Claude Lussac, avait pris sa retraite depuis longtemps, mais il se souvenait très bien de cet épisode et, en tant qu'unique complice du stratagème, il avait observé les rumeurs sur l'existence de textes inédits qui avaient suivi le suicide de Brunet avec un mélange d'amusement et de culpabilité. Un simple test suffit également à montrer que les manuscrits avaient été tapés sur la machine à écrire qui était encore posée sur ce qui avait jadis été le bureau du père de Brunet dans la maison familiale de Saint-Louis. Ces preuves sont toutefois parfaitement superflues. Même pour le lecteur lambda, il est évident que le style, le cadre et les thématiques de *L'Accident de l'A35* sont identiques à ceux du premier roman de Brunet. Et pour ceux qui seraient tentés d'interpréter cette œuvre comme un roman à clé, il sera assez facile de comprendre pourquoi Brunet ne voulait pas que ce texte soit publié du vivant de sa mère.

GMB, avril 2017

Ce que je viens d'écrire est faux. Vrai. Ni vrai ni faux.

Jean-Paul Sartre, *Les Mots*

1

Il semblait n'y avoir rien de particulier à signaler au sujet de cet accident sur l'A35. Il s'était produit sur un tronçon parfaitement ordinaire de l'autoroute entre Strasbourg et Saint-Louis. Une Mercedes vert foncé qui roulait vers le sud avait quitté la voie et dévalé un talus avant de s'écraser contre un arbre en bordure d'un bosquet. Le véhicule n'était pas immédiatement visible de la route, de sorte que, bien qu'il ait été repéré par un passant aux alentours de 22 h 45, on ne pouvait dire avec certitude quand l'accident avait eu lieu. En tout cas, lorsque la voiture avait été découverte, son unique occupant était mort.

Georges Gorski, de la police de Saint-Louis, se tenait sur le bas-côté herbeux de la route. On était en novembre. La chaussée était laquée par la bruine. Il n'y avait aucune trace de pneus. L'explication la plus probable était que le conducteur s'était simplement assoupi au volant. Même dans les cas d'arrêt cardiaque, les gens réussissaient en général à appuyer sur le frein ou tentaient d'une manière ou d'une autre de reprendre le contrôle du véhicule. Gorski décida néanmoins de garder un esprit ouvert. Son prédécesseur, Jules Ribéry, l'avait toujours poussé à suivre ses intuitions. *Pour résoudre une affaire, c'est ici que ça se passe, pas là*, disait-il en tapotant d'abord son imposante bedaine, puis son front. Gorski était sceptique quant à ce genre d'approche, qui encourageait l'enquêteur à écarter les éléments de preuves qui n'allaient pas dans le sens de son hypothèse initiale. Il pensait plutôt qu'il fallait accorder la même considération à chacun des indices potentiels. La méthodologie de Ribéry visait surtout à lui assurer de pouvoir être confortablement installé dans un des bars de Saint-Louis dès le milieu de l'après-midi. En l'occurrence, cependant, la première impression qu'eut Gorski de la scène sous ses yeux lui fit penser qu'il n'y aurait pas vraiment de quoi élaborer des théories alternatives.

Le temps qu'il arrive, la zone avait été sécurisée par un ruban de police. Un photographe prenait des clichés du véhicule embouti. Son flash illuminait par intermittence les arbres alentour. Une ambulance et plusieurs voitures de police, gyrophares allumés, occupaient la voie de droite dans le sens nord-sud. Deux gendarmes régulaient la circulation clairsemée d'un air blasé.

Gorski écrasa sa cigarette sur le gravier en bordure de la route et se résolut à descendre le talus, moins parce qu'il pensait que son inspection de la scène pourrait fournir quelque indication utile sur la cause de l'accident que parce que c'était ce qu'il était censé faire. Les personnes rassemblées autour du véhicule attendaient son verdict. Le corps ne pouvait être retiré de l'épave tant que l'inspecteur chargé de l'enquête n'avait pas donné son feu vert. Si l'accident avait eu lieu à peine quelques kilomètres plus au nord, il serait tombé sous la juridiction du commissariat de Mulhouse, mais ce n'était pas le cas. Gorski était conscient des regards posés sur lui tandis qu'il descendait la pente tant bien que mal. L'herbe était glissante à cause de la pluie et les semelles en cuir de ses mocassins n'étaient pas adaptées à de telles conditions. Il dut finir en courant pour ne pas perdre l'équilibre, et il se cogna contre un jeune gendarme qui tenait une torche à la main. Quelques gloussements fusèrent.

Gorski fit le tour du véhicule, lentement. Le photographe s'interrompit et recula pour ne pas lui boucher la vue. La victime avait été projetée, tête et épaules les premières, à travers le pare-brise. Il avait les bras le long du corps, comme s'il n'avait même pas essayé de se protéger de l'impact. Sa tête pendait mollement sur le capot plié en accordéon. L'homme avait une barbe grise, mais ce fut la seule chose que Gorski put distinguer car son visage, du moins dans sa partie visible, était entièrement fracassé. La bruine avait plaqué ses cheveux sur ce qu'il restait de son front. Gorski continua sa ronde autour de la Mercedes. La peinture de la carrosserie du côté conducteur était profondément éraflée, suggérant que la voiture avait pu dévaler la pente sur le flanc avant de se redresser. Gorski marqua une pause et passa ses doigts sur la tôle froissée, comme s'il espérait qu'elle pourrait lui communiquer quelque chose. Mais il n'en fut rien. Et s'il sortit alors son carnet de la poche intérieure de sa veste et y griffonna quelques notes sans grande conviction, c'était uniquement pour satisfaire ceux qui l'observaient. Le service d'enquête sur les accidents de la route déterminerait les causes du drame en temps voulu. Personne ne demandait à Gorski ni à quiconque d'avoir un éclair de génie.

La portière du conducteur s'était entrouverte sous la violence du choc. Gorski la força davantage pour l'ouvrir complètement et fouilla dans le pardessus de la victime. Il indiqua au sergent arrivé le premier sur les lieux qu'il avait terminé son inspection et remonta le talus jusqu'à sa voiture. Une fois dedans, il s'alluma une nouvelle cigarette et ouvrit le portefeuille qu'il avait récupéré. Le défunt s'appelait Bertrand Barthelme, domicilié au 14 rue des Bois, Saint-Louis.

La maison en question faisait partie d'une poignée de majestueuses demeures à la périphérie nord de la ville. Saint-Louis est une commune relativement insignifiante située dans la région des Trois-Frontières, au carrefour de l'Allemagne, de la Suisse et de l'est de la France. Ses vingt mille habitants peuvent se répartir en trois groupes : ceux qui n'aspirent pas spécialement à vivre dans un endroit moins terne ; ceux qui n'ont pas les moyens de partir ; et ceux qui, pour des raisons connues d'eux seuls, s'y plaisent. Malgré la nature modeste de la ville, il y a quand même quelques familles qui, d'une façon ou d'une autre, se sont bâti ce qu'on peut, dans ces contrées, appeler une fortune. Leurs propriétés ne se retrouvent jamais en vente ; elles se transmettent de génération en génération, de la même manière qu'on se transmet les alliances et les meubles chez les pauvres.

Gorski se rangea le long du trottoir et s'alluma une cigarette. La maison était abritée des regards par un écran de sycomores. C'était le genre de rue où un véhicule inconnu garé à une heure avancée avait tôt fait de déclencher un coup de fil à la police. Gorski aurait pu légitimement déléguer à un subalterne la tâche désagréable de prévenir la famille, mais il ne voulait pas donner l'impression qu'il ne s'en sentait pas capable. Il y avait cependant une deuxième raison, plus insidieuse, que Gorski avait du mal à s'avouer lui-même. Il s'était déplacé en personne à cause de l'adresse du défunt. Aurait-il eu les mêmes scrupules à envoyer un sous-fifre dans un des quartiers moins salubres de la ville ? Sans doute pas. La vérité était qu'il considérait que les habitants de la rue des Bois méritaient l'attention du plus haut gradé de la ville. Ils n'en attendaient pas moins, et si Gorski ne s'était pas acquitté lui-même de cette tâche, le qu'en-dira-t-on serait allé bon train.

Il envisagea de remettre sa mission au lendemain matin – il était déjà presque minuit –, mais l'heure tardive n'était pas une excuse. Gorski n'aurait pas hésité à déranger une famille dans les immeubles miteux autour de la place de la Gare à n'importe quel moment à sa convenance. En outre, il était possible qu'entre-temps la famille Barthelme apprenne la nouvelle par une autre source.

Gorski remonta l'allée à pied, ses pas crissant sur le gravier. Comme chaque fois qu'il approchait ce genre de demeures, il avait le sentiment de commettre une effraction. Si on l'interceptait, il commencerait par s'excuser d'un air piteux avant de sortir la carte de police qui l'autorisait à de telles intrusions. Il se souvenait de la panique qui s'emparait de la maisonnée dans son enfance quand un visiteur se présentait à l'improviste. Ses parents échangeaient des coups d'œil affolés. Sa mère balayait la pièce du regard et redressait à la va-vite les coussins et les appuie-tête avant d'aller ouvrir. Son père enfilait sa veste et se tenait au garde-à-vous, comme s'il avait honte d'être surpris à se détendre sous son propre toit. Un soir, alors que Gorski avait sept ou huit ans, deux jeunes mormons qui s'étaient récemment installés à Saint-Louis avaient sonné à la porte de leur appartement, au-dessus de la boutique de prêteur sur gages de son père. Gorski les avait entendus expliquer l'objet de leur visite dans un français approximatif. Sa mère les avait fait entrer dans le petit salon. Albert Gorski s'était posté debout derrière son fauteuil comme s'il attendait l'apparition du maire en personne. Gorski était assis sous la fenêtre, occupé à tourner les pages d'un livre illustré. Dans ses yeux d'enfant, les deux Américains étaient strictement identiques : grands et blonds, les cheveux coupés ras, vêtus de costumes bleu marine ajustés. Ils restèrent plantés dans l'embrasure de la porte jusqu'à ce que Mme Gorski les invite à s'asseoir autour de la table où la famille prenait ses repas. Ils n'avaient pas l'air du tout mal à l'aise. Mme Gorski leur proposa un café, qu'ils ne refusèrent pas. Tandis qu'elle s'affairait dans la cuisine, ils se présentèrent à M. Gorski, qui se contenta de hocher la tête et de regagner son siège. Les deux hommes firent alors quelques commentaires pour dire à quel point ils trouvaient la ville agréable. Comme le père de Gorski ne répondait pas, un silence s'ensuivit, qui dura jusqu'à ce que Mme Gorski revienne de la cuisine avec un plateau sur lequel elle avait posé une cafetière, les jolies tasses en porcelaine et une assiette de madeleines. Elle servit les visiteurs en jacassant sans cesse, mais il était clair qu'ils ne comprenaient pas grand-chose de son monologue. D'habitude, les Gorski ne buvaient pas de café le soir. Passé ces préliminaires, le jeune homme de gauche parcourut ostensiblement la pièce du regard et tendit le doigt vers la mezouzah fixée au chambranle de la porte.

« Je vois que vous êtes de confession israélite, dit-il, mais mon collègue et moi aimerions beaucoup vous faire partager le message de notre foi. »

C'était la première fois que Gorski entendait ses parents désignés en ces termes. On ne parlait jamais de religion chez les Gorski, et on la pratiquait encore moins. Le petit boîtier accroché au chambranle était simplement une des nombreuses babioles disséminées dans la pièce que sa mère époussetait une fois par semaine. Elle ne revêtait aucune signification particulière, en tout cas pas à la connaissance de Gorski. Il n'était même pas sûr de comprendre ce que voulait dire l'expression « de confession israélite », sinon qu'ils – les Gorski – étaient différents. Gorski était outré que ces étrangers se permettent dc parler comme ça à son père. Il ne se rappelait pas grand-chose d'autre de la conversation, simplement qu'après avoir terminé les madeleines de sa mère, les Américains avaient proposé à son père une documentation que celui-ci avait acceptée en promettant de l'examiner avec soin. Les jeunes gens semblaient ravis de cet accueil et firent savoir qu'ils reviendraient bien volontiers. Après quoi ils remercièrent Mme Gorski pour son hospitalité et partirent. Mme Gorski déclara que ces garçons lui avaient paru fort sympathiques. M. Gorski passa une bonne demi-heure à lire attentivement les prospectus que lui avaient laissés les Américains, comme s'il eût été malpoli de les jeter sur-le-champ. Après la mort de son père, Gorski les avait retrouvés dans le coffre en bois sous la fenêtre où étaient conservés les papiers jugés d'une certaine importance.

Gorski s'apprêtait à appuyer une deuxième fois sur la sonnette de la maison de la rue des Bois lorsque la lumière s'alluma dans le vestibule et qu'il entendit un cliquetis de clé dans la serrure. Une femme robuste d'une soixantaine d'années se trouvait derrière la porte. Ses cheveux gris étaient attachés en chignon. Elle était vêtue d'une robe en serge bleu foncé qui la boudinait un peu. À son cou pendaient des lunettes au bout d'un cordon en cuir et une petite croix qui venait se nicher dans le sillon de sa poitrine. Elle avait d'épaisses chevilles d'homme et portait des derbys marron. Elle ne semblait pas s'être habillée à la va-vite pour venir ouvrir. Peut-être son service ne s'arrêtait-il que lorsque le maître de maison était rentré. Gorski l'imaginait assise dans ses appartements, retournant lentement les cartes d'une partie de réussite tandis qu'une cigarette se consumait toute seule dans un cendrier à côté. Elle le dévisageait avec cette expression de vague dégoût à laquelle il était plus ou moins habitué et qu'il avait appris à ne plus trouver désobligeante.

« Je me présente, commença-t-il, inspecteur Georges Gorski, de la police de Saint-Louis. »

Il lui montra sa carte, qu'il avait sortie en prévision.

« Mme Barthelme s'est retirée pour la nuit, répondit la femme. Peut-être auriez-vous l'amabilité de bien vouloir revenir à une heure plus convenable. »

Gorski résista à la tentation de s'excuser pour le dérangement.

« Ce n'est pas une visite de courtoisie », dit-il.

La femme écarquilla les yeux et secoua légèrement la tête en soupirant. Après quoi elle chaussa ses lunettes et demanda à Gorski de lui remontrer sa carte.

« Est-ce que c'est une heure pour venir sonner chez des gens respectables ? » s'offusqua-t-elle.

Gorski éprouvait déjà une saine aversion pour cette commère suffisante. Elle avait l'air de penser que son statut de gardienne de la maisonnée lui conférait une autorité toute-puissante. Il se rappela qu'elle n'était rien d'autre qu'une domestique.

« C'est une heure, rétorqua-t-il, qui devrait vous

suggérer que ma visite concerne un sujet d'une certaine importance. Maintenant, si vous voulez bien… »

La gouvernante s'écarta de mauvaise grâce pour le laisser s'avancer dans une vaste entrée lambrissée. À l'étage, plusieurs portes en chêne donnaient sur un palier entouré d'une balustrade sculptée. Elle monta l'escalier en s'appuyant lourdement à la rampe et s'engouffra par la porte de gauche. Gorski l'attendit dans la pénombre de l'entrée. La maison était silencieuse. Un mince rai de lumière filtrait sous une porte fermée sur la droite du palier. Quelques instants plus tard, la gouvernante réapparut et redescendit l'escalier. Elle se mouvait avec une démarche claudicante, projetant sa jambe droite sur le côté comme si elle avait des problèmes à la hanche.

Mme Barthelme, lui dit-elle, allait le recevoir dans sa chambre. Gorski avait plutôt imaginé que la maîtresse de maison le recevrait au rez-de-chaussée. L'idée d'informer une femme de la mort de son mari dans sa chambre à coucher lui semblait vaguement indécente. Mais il n'avait pas le choix. Il suivit la gouvernante à l'étage. Elle lui désigna la porte d'un geste de la main et lui emboîta le pas.

Vu l'âge de la victime, Gorski s'attendait à ce que la femme qu'il découvrit assise au milieu d'une pile de coussins brodés soit plus âgée que ça. D'après son permis de conduire, Barthelme avait cinquante-neuf ans, mais même en ne l'ayant aperçu que brièvement, Gorski avait trouvé qu'il faisait plus. Sa barbe était grise et touffue, et son costume trois-pièces particulièrement vieux jeu. Mme Barthelme, par contraste, ne devait guère avoir plus de quarante ans, voire moins. Sa tignasse de cheveux châtain clair était ramassée au petit bonheur sur sa tête, comme si elle s'était recoiffée hâtivement. Quelques bouclettes rebelles encadraient son visage en cœur. Sur ses épaules était posé un châle léger, qu'elle avait sans doute revêtu par souci de pudeur, mais le décolleté de sa chemise de nuit bâillait largement et Gorski se sentait obligé de détourner les yeux. La pièce était entièrement féminine. Il y avait une coiffeuse ornementée et une méridienne jonchée de vêtements. La table de chevet était couverte de flacons de médicaments. Aucune trace, en revanche, d'habits ou d'objets masculins. Le couple faisait clairement chambre à part. Mme Barthelme sourit gentiment et s'excusa de recevoir Gorski au lit.

« Je ne me sentais pas très… »

Elle laissa la fin de sa phrase en suspens avec un vague geste de la main qui fit bouger sa poitrine sous le lin de sa chemise de nuit.

L'espace d'un instant, Gorski en oublia le but de sa visite.

« Mme Thérèse ne m'a pas donné votre nom, reprit-elle.

— Gorski, dit-il. Inspecteur Gorski. »

Il faillit ajouter que son prénom était Georges.

« Il y a suffisamment de crimes à Saint-Louis pour mériter un inspecteur ? s'étonna-t-elle.

— Tout juste. »

En temps normal, Gorski aurait été vexé par une telle remarque, mais dans la bouche de Mme Barthelme ça paraissait presque flatteur.

Gorski se tenait à mi-chemin entre la porte et le lit. Il y avait une chaise près de la coiffeuse, mais il aurait été déplacé de s'asseoir pour annoncer une nouvelle aussi grave. La gouvernante traînait à l'entrée de la chambre. Il n'y avait pas vraiment d'objection à ce qu'elle soit présente, aussi ce fut uniquement pour affirmer son autorité que Gorski se tourna vers elle et dit :

« Si vous voulez bien nous laisser un moment, Thérèse. »

La gouvernante ne fit aucun effort pour dissimuler son mécontentement mais, après avoir feint de remettre en place les coussins sur la méridienne, elle finit par s'éclipser.

« Et fermez la porte derrière vous », ajouta Gorski.

Il marqua une courte pause, le temps d'adopter l'expression solennelle qu'il revêtait en ce genre d'occasion.

« Je crains d'avoir une mauvaise nouvelle à vous annoncer, madame Barthelme.

— Appelez-moi Lucette, je vous en prie. Sinon j'ai l'impression d'être une vieille fille. »

L'entrée en matière de Gorski ne semblait pas l'avoir décontenancée le moins du monde. Il hocha la tête.

« Il y a eu un accident, reprit-il, ne voyant pas l'utilité de tourner autour du pot. Votre mari est mort.

— Mort ? »

Les gens réagissaient toujours comme ça. Gorski n'y voyait aucune interprétation particulière. Pour sa part, s'il recevait la visite d'un policier à une heure aussi tardive, il s'attendrait évidemment à entendre une mauvaise nouvelle. Mais apparemment ce genre d'idée ne traversait pas l'esprit des citoyens lambda, et leur première réaction était souvent l'incrédulité.

« Sa voiture a quitté la chaussée de l'A35 et s'est encastrée dans un arbre. Il a été tué sur le coup. C'est arrivé il y a environ une heure. »

Mme Barthelme laissa échapper un faible soupir.

« D'après les premières constatations, le scénario le plus probable semblerait être celui d'un assoupissement au volant. Naturellement, une investigation plus complète va être menée. »

L'expression de Mme Barthelme changea à peine. Elle détourna les yeux. Ils étaient bleu clair, presque gris. Sa réaction n'était pas inhabituelle. Il était rare que les gens hurlent de douleur, s'emportent ou s'évanouissent. Il y avait pourtant quelque chose d'étrange dans sa retenue. Gorski balaya du regard la collection de flacons sur la table de chevet. Peut-être avait-elle pris du Valium ou un autre tranquillisant. Il laissa passer un moment. Soudain, elle sursauta légèrement, comme si elle avait oublié qu'il était là.

« Je vois », dit-elle.

Elle porta les mains à son visage et se mit à arranger ses bouclettes. Elle était tout à fait charmante.

« Vous voulez un verre d'eau ? proposa Gorski. Ou peut-être un cognac ? »

Elle sourit, exactement de la même façon que lorsqu'il était entré dans la pièce. Il commença à se demander si elle avait bien compris ce qu'il avait dit.

« Non, merci, répondit-elle. C'est très gentil à vous.

— Il y a quelqu'un d'autre à la maison, à part la gouvernante ?

— Seulement notre fils, Raymond. Il est dans sa chambre.

— Vous voulez que je le prévienne ? »

Mme Barthelme parut surprise par cette proposition.

« Oui, dit-elle, ce serait fort aimable. »

Gorski hocha la tête. Il n'avait pas prévu de devoir se coltiner le boulot en double. Il songeait déjà à la bière qui l'attendait au Pot. Il résista à l'envie de jeter un coup d'œil à sa montre, espérant juste qu'Yves n'aurait pas fermé le temps qu'il arrive là-bas. Avant de prendre congé, il expliqua qu'il allait falloir procéder à l'identification du corps.

« Nous vous enverrons une voiture dans la matinée », dit-il.

Mme Barthelme acquiesça. Elle lui indiqua la chambre de son fils. Et ce fut tout.

La gouvernante était assise sur une ottomane devant la porte. Gorski présuma qu'elle n'avait pas manqué un mot de la conversation.

2

Assis sur une chaise en bois au milieu de sa chambre, Raymond Barthelme était plongé dans la lecture de *L'Âge de raison*. Le seul éclairage de la pièce provenait de la lampe d'architecte posée sur le bureau près de la fenêtre. Il y avait, en plus du lit, un vieux canapé en velours élimé, mais Raymond lui préférait la chaise. Quand il essayait de lire dans un endroit plus confortable, il constatait que son attention se détournait des mots imprimés sur la page. En outre, son ami Stéphane lui avait raconté que Sartre lui-même lisait toujours sur une chaise en bois. Il était revenu en arrière, au chapitre où Ivich et Mathieu se plantent un couteau dans la main au night-club Sumatra. Raymond était enchanté à l'idée d'une femme capable, sans raison apparente, de se taillader la paume. Il lut pour la énième fois : *Sa chair s'était éclose depuis le gras du pouce jusqu'à la racine du petit doigt, le sang jutait doucement.* Après quoi la réaction de son ami n'était pas d'accourir à son secours mais de s'emparer du couteau et d'empaler sa propre main sur la table. Le plus saisissant dans cette scène, cependant, n'était pas l'effusion de sang en elle-même, mais la phrase juste après :

Le garçon en avait vu bien d'autres.

Puis, quand le couple passait aux toilettes, la « dame du vestiaire » se contentait de leur bander la main et de les renvoyer chez eux. Qu'est-ce que ça pouvait faire qu'ils se soient automutilés ? Raymond rêvait de fréquenter des lieux comme le Sumatra, où des gens s'empalaient la main sur les tables. On ne trouvait évidemment pas ce genre d'établissement dans un trou comme Saint-Louis, avec ses cafés respectables où vous étiez servi par des femmes d'âge mûr qui vous demandaient des nouvelles de vos parents, et devant lesquelles Raymond se comportait toujours avec une parfaite courtoisie. Raymond ne savait pas trop quoi penser de cette scène. Il en avait discuté en long et en large avec Yvette et Stéphane, à leur table habituelle du café des Vosges. Stéphane avait affirmé avec un haussement d'épaules (il avait toujours réponse à tout) : « C'est un acte gratuit, mon vieux. Ça ne veut rien dire, c'est précisément le but. » Yvette n'était pas d'accord, ça ne voulait pas rien dire ; c'était un geste de rébellion contre les manières bourgeoises incarnées par la dame en manteau de fourrure à la table voisine. Raymond avait hoché la tête avec une mine sérieuse, ne voulant pas contredire ses amis, mais aucune de leurs interprétations ne le satisfaisait. Ni l'une ni l'autre n'expliquaient le frisson qu'il avait ressenti à la lecture de la scène, un frisson qui n'était pas sans rappeler celui qu'il éprouvait lorsqu'il passait tout près de certaines filles dans les couloirs du lycée afin de pouvoir respirer leur odeur. Peut-être ne s'agissait-il pas de réduire la scène à une signification précise – de l'*expliquer* –, mais simplement de la vivre comme une forme de spectacle.

Les cheveux de Raymond lui arrivaient aux épaules.

Il tenait de son père un nez aquilin très prononcé, et de sa mère des yeux bleu-gris et de longs cils. Il avait les lèvres fines et une grande bouche, de sorte que lorsqu'il souriait (c'est-à-dire pas souvent), il était plutôt séduisant. La peau de son visage était glabre, et il n'avait commencé à se raser que pour la forme ; les rares poils qu'il coupait n'étaient rien d'autre qu'un duvet ridicule. Il avait un corps svelte et agile. Sa mère aimait lui répéter qu'il ressemblait à une fille. Parfois, le soir, quand il allait la voir dans sa chambre, elle le faisait asseoir sur le bord de son lit et lui brossait les cheveux. Raymond ne s'offusquait pas de la vision efféminée que sa mère avait de lui, et cultivait même une certaine féminité dans sa façon d'être, ne fût-ce que pour agacer son père.

Il avait récemment décroché tous les posters des murs de sa chambre et jeté à la poubelle une bonne partie de ses affaires. Puis il avait tout repeint en blanc, de sorte qu'à présent la pièce avait l'air d'une cellule bien aménagée. Contre le mur à droite de la porte se dressait une bibliothèque, vidée de ses livres les plus enfantins pour abriter désormais un tourne-disque et une quarantaine ou une cinquantaine de 33 tours soigneusement sélectionnés afin de produire l'effet adéquat sur quiconque pénétrait dans la pièce. Raymond avait dix-sept ans.

Cela faisait un bon quart d'heure qu'il n'était plus concentré sur son livre. Une heure plus tôt, il avait entendu des pneus de voiture crisser sur le gravier de l'allée, puis la porte d'entrée s'ouvrir et sa mère monter l'escalier. Même sans le claquement de ses talons sur le parquet, on distinguait aisément ses pas de la lourde démarche de son père. Depuis, il n'y avait pas eu un seul bruit. En principe, à cette heure-là,

Raymond aurait déjà dû entendre son père rentrer et brièvement passer voir sa femme avant de se retrancher dans son bureau pour lire ou s'occuper de ses papiers. Il laissait toujours sa porte entrouverte. Ce qui était moins une invitation à lui rendre visite qu'une façon de surveiller les faits et gestes des autres membres du foyer. La chambre de Raymond jouxtait le bureau, et quand il voulait aller aux toilettes ou descendre se chercher à manger dans la cuisine, il ne pouvait pas le faire sans passer devant la porte de son père. Il se déplaçait souvent dans la maison en chaussettes pour éviter d'être détecté, mais il avait toujours l'impression que son père savait exactement où il était et ce qu'il faisait. Tous les soirs, lorsque la gouvernante se retirait dans ses appartements au deuxième étage, Raymond entendait son père lancer dans un chuchotement appuyé : « C'est vous, madame Thérèse ? »

La maison était tellement silencieuse que ce n'était pas la peine de crier.

« Oui, maître, lui répondait-elle du palier. Vous avez besoin de quelque chose ? »

Me Barthelme lui rétorquait que non, et ils se souhaitaient mutuellement bonne nuit. Cet échange ne manquait jamais d'irriter Raymond.

Le fait que Me Barthelme ne soit pas encore rentré était déjà inhabituel. Mais quand Raymond entendit sonner à la porte à 23 h 47 (il avait vérifié l'heure sur le réveil à affichage numérique que sa mère lui avait offert pour son seizième anniversaire), il sut qu'il se passait quelque chose. Peu de gens venaient chez eux d'une manière générale. À cette heure-là, le seul visiteur imaginable était un policier. Et la seule raison pour laquelle un policier se serait déplacé était pour annoncer une mauvaise nouvelle. La visite d'un policier et l'absence de son père ne pouvaient qu'être liées, présuma Raymond. À tout le moins, il devait y avoir eu un accident. Mais un simple accident justifierait-il qu'un policier se déplace en personne à cette heure-ci ? Un coup de téléphone aurait sans doute suffi.

Lorsqu'il entendit Mme Thérèse descendre l'escalier et ouvrir la porte, Raymond tendit l'oreille pour écouter la conversation. Mais il ne réussit qu'à discerner un murmure de voix. C'est au moment où Thérèse remonta à l'étage et toqua discrètement à la chambre de sa mère que Raymond se leva de sa chaise pour aller coller une oreille contre sa porte. Il avait désormais confirmation que le visiteur ne pouvait être qu'un policier. Thérèse était par nature méfiante et soupçonneuse, et jamais elle n'aurait laissé personne d'autre sans surveillance dans l'entrée. Elle partait du principe que tous les artisans étaient des voleurs qu'il fallait sans cesse garder à l'œil, et prétendait systématiquement avoir été escroquée par les commerçants. Chaque fois qu'elle revenait des courses, elle pesait tout ce qu'elle avait acheté pour vérifier qu'elle ne s'était pas fait avoir.

Raymond perçut quelques mots inaudibles dans l'entrée avant que deux personnes ne montent les marches et ne se dirigent vers la chambre de sa mère. La porte avait dû rester ouverte un instant, car Raymond put saisir quelques bribes de la conversation avant que Thérèse ne soit congédiée et la porte refermée. Entre-temps, Raymond s'était dit qu'il avait eu tort de supposer un lien entre le non-retour de son père et la visite du policier. Peut-être y avait-il simplement eu un cambriolage dans le quartier et le flic était-il venu demander si personne n'avait rien vu ou entendu d'anormal. Auquel cas il voudrait sans doute parler aussi à Raymond. Peut-être serait-il interrogé sur ses propres allées et venues et, n'ayant pas d'alibi – il n'avait pas quitté sa chambre de la soirée –, il deviendrait lui-même suspect.

Jusque-là, sa journée s'était déroulée de façon parfaitement ordinaire. Autour de 8 heures du matin, il avait bu un bol de thé et mangé des tartines à la table de la cuisine. Il avait senti la chaleur de la gazinière dans son dos. La maison était froide en hiver – son père n'étant généralement pas partisan du chauffage –, mais dans la cuisine il faisait toujours horriblement chaud. Mme Thérèse préparait le plateau du petit déjeuner de sa mère avec son air pincé habituel. Son père était déjà parti.

Comme chaque jour, Raymond était passé chercher Yvette, qui habitait rue des Trois-Rois. Puis ils avaient croisé Stéphane à l'angle de l'avenue de Bâle et de l'avenue du Général-de-Gaulle. Tandis qu'ils marchaient tous les trois vers le lycée, Stéphane leur avait parlé avec enthousiasme d'un livre qu'il était en train de lire, mais Raymond ne l'avait écouté que d'une oreille. Aucun événement particulier n'avait marqué la journée. Mlle Delarue, la professeur de français, était absente, comme souvent, et elle avait été remplacée par le proviseur adjoint, qui s'était contenté de leur donner un devoir et de les abandonner à leur sort. Raymond avait passé toute l'heure à observer par la fenêtre un couple de pigeons qui se dandinaient fièrement dans la cour. À la cantine, il avait déjeuné d'une part de tarte à l'oignon et d'une salade de pommes de terre. Comme il finissait plus tôt que les autres, il était rentré seul. Il s'était fait un thé et l'avait emporté dans sa chambre pour écouter des disques. Son père dînait dehors le mardi soir, et c'était toujours un soulagement que de ne pas avoir à supporter sa présence pendant le repas. Ces jours-là, sa mère était d'humeur plus légère et semblait même avoir meilleure mine que d'habitude. Elle demandait à Raymond comment s'était passée sa journée et il la distrayait en lui racontant des anecdotes du lycée, allant parfois jusqu'à imiter ses professeurs ou ses camarades. Lorsqu'il singeait un de ses profs de façon un peu trop cruelle, elle le reprenait, mais avec tellement peu de conviction qu'il était clair qu'elle ne lui en voulait pas vraiment. Même Mme Thérèse vaquait à ses occupations avec un air moins lugubre et, de temps en temps, s'il y avait une question à discuter concernant la maison, il arrivait qu'elle les rejoigne à table pour le dessert. Un soir, alors que le père de Raymond était rentré sans prévenir, elle avait bondi de sa chaise comme si elle s'était assise sur une épingle et avait fait mine de s'affairer avec la vaisselle sur le buffet. Quand Me Barthelme avait pénétré dans la pièce, aucun signe ne laissait voir qu'il avait remarqué ce manquement au protocole, en revanche Raymond avait constaté avec un certain amusement que Thérèse avait rougi comme une écolière.

Cinq minutes s'écoulèrent avant que Raymond n'entende la porte de sa mère se rouvrir. Il écouta les pas du policier s'approcher du haut de l'escalier, puis continuer sur leur lancée. Raymond s'éloigna vivement de la porte, ramassa son livre par terre et plongea sur son lit. Ça risquait de paraître bizarre, néanmoins, car la chaise était restée au milieu de la pièce, comme disposée en vue d'un interrogatoire. Mais il était trop tard pour réarranger les choses et Raymond ne voulait pas que le flic l'entende courir partout à la façon de quelqu'un qui chercherait à dissimuler des preuves. On frappa à sa porte. Raymond ne savait pas quoi faire.

Il semblerait malpoli de demander *Qui c'est ?*. Cela insinuerait que l'accès ou non à sa chambre dépendait de l'identité de la personne qui frappait. De toute manière, la question serait malhonnête : il savait déjà qui c'était. Jamais il n'avait été confronté à ce genre de dilemme : sa mère ne pénétrait pas dans sa chambre, et Thérèse uniquement pendant qu'il était au lycée. Son père refusait de toquer, une source de profond agacement pour Raymond, car cela impliquait qu'il ne pouvait jamais tout à fait se détendre même sur son propre territoire, risquant à tout moment de faire l'objet d'une inspection. Il ne comprenait d'ailleurs pas vraiment pourquoi son père venait le voir. Leurs conversations étaient brèves et forcées, et il était difficile de ne pas en conclure que le seul but de ces visites paternelles était de le surveiller ; de lui rappeler qu'il n'était pas encore en âge d'avoir droit à son intimité.

Finalement, Raymond se leva de son lit, livre à la main, et alla ouvrir la porte lui-même. L'homme sur le palier n'avait pas l'air d'un policier. Il était de taille moyenne, les cheveux grisonnants, coupés ras de façon presque militaire. Il avait un visage amène, un regard légèrement inquisiteur et d'épais sourcils noirs. Il était vêtu d'un costume marron foncé dans un tissu un peu brillant. Sa cravate était desserrée et le premier bouton de sa chemise ouvert. Il n'avait pas la présence imposante que Raymond aurait attendue chez un représentant des forces de l'ordre.

« Bonsoir, Raymond, dit-il. Je suis Georges Gorski, de la police de Saint-Louis. »

Il ne présenta aucun document d'identité officiel. Raymond se demanda s'il aurait dû feindre la surprise, mais le moment était passé. Il se contenta de hocher la tête.

« Vous permettez ? » reprit le policier en faisant un geste vers l'intérieur de la pièce.

Raymond se recula pour le laisser entrer. La chambre était quasiment plongée dans le noir. Le flic s'avança de quelques pas. Il regarda la chaise plantée au milieu avec une mine intriguée. Puis il balaya des yeux les murs nus. Raymond se tenait immobile, mal à l'aise, près du lit. Il était 23 h 53.

Gorski retourna la chaise vers lui mais ne s'y assit pas, laissant simplement sa main droite posée dessus.

« Votre père s'est tué dans un accident de voiture », déclara-t-il d'un ton détaché.

Raymond ne savait pas quoi dire. Sa première pensée fut : *Comment suis-je censé réagir ?* Il baissa les yeux au sol afin de gagner du temps. Puis il s'assit sur son lit. C'était bien. C'était ce que faisaient les gens en pareilles circonstances : ils s'asseyaient, comme si le choc leur avait coupé les jambes. Mais Raymond n'était pas choqué. Dès qu'il avait entendu sonner à la porte, il avait compris ce qui se passait. Il se demanda l'espace d'un instant si on pouvait appeler ça une prémonition, mais il écarta cette idée. L'important n'était pas qu'il ait deviné que son père était mort, mais que – sans se l'avouer – c'était ce qu'il avait souhaité. La seule émotion qu'il avait ressentie en entendant la nouvelle était une forme d'excitation, un sentiment de libération. Il releva les yeux vers le policier pour voir si ce dernier avait pu lire dans ses pensées. Mais Gorski le regardait d'un air indifférent.

« Votre mère trouvait qu'il valait mieux que ce soit moi qui vous l'annonce », ajouta-t-il sur le même ton pragmatique.

Raymond opina lentement.

« Merci. »

Il avait l'intuition qu'il ne pouvait pas s'en tenir là. N'importe qui aurait eu quelque chose à dire en apprenant la mort de son père.

« Un accident de voiture ? demanda-t-il.

— Oui, sur l'A35. Il est mort sur le coup. »

Gorski tâta alors son poignet gauche avec sa main droite, et Raymond comprit qu'il s'inquiétait de l'heure qu'il était. Gorski se retourna vers la porte.

« Vous devriez peut-être aller voir comment va votre mère, suggéra-t-il.

— Oui, oui, bien sûr », répondit Raymond.

Le flic hocha la tête, content d'avoir rempli sa mission.

« Si vous n'avez pas de questions, ce sera tout pour ce soir. Il doit y avoir une identification officielle demain matin. Ce serait bien que vous veniez avec votre mère. »

Gorski repartit. Raymond le suivit jusqu'à la porte de sa chambre et le regarda descendre l'escalier. Thérèse errait sur le palier, une main plaquée sur la bouche.

Raymond se recula vivement. Il avait le sentiment que, dès qu'il aurait quitté sa chambre, tout serait différent ; qu'il allait devoir endosser une responsabilité nouvelle. Il observa son reflet dans le miroir à l'intérieur de la porte de sa penderie. Il n'avait pas l'air changé. Il écarta du bout des doigts les mèches de cheveux sur son front. Il adopta une expression solennelle, baissant les sourcils et contractant la bouche. L'effet était plutôt comique et il réprima un fou rire.

Il entra dans la chambre de sa mère sans frapper et referma la porte derrière lui. Lucette était assise dans son lit. Elle ne semblait pas avoir pleuré. Il aurait paru bizarre qu'il reste debout ou qu'il s'asseye sur la méridienne, qui de toute façon était jonchée de vêtements, aussi prit-il place sur le bord du lit. Lucette lui tendit une main et Raymond la saisit. Il gardait les yeux rivés sur le mur d'en face. La chemise de nuit de sa mère était mal boutonnée et on apercevait clairement le galbe de sa poitrine. Il se demanda si elle avait reçu le policier dans cette tenue.

« Ça va ? » s'enquit-il.

Elle lui sourit mollement. De sa main libre, elle resserra l'échancrure de sa chemise de nuit.

« C'est un choc, répondit-elle.

— Oui », dit-il.

Raymond ne s'attendait pas à trouver sa mère sanglotant de façon hystérique. Il n'avait jamais perçu de grande affection entre ses parents. Depuis qu'il s'était mis à passer du temps chez certains de ses amis, il s'était rendu compte que la raideur empesée qui caractérisait la relation de ses parents n'était pas la norme. Ceux d'Yvette riaient et plaisantaient ensemble. Lorsque M. Arnaud rentrait à la maison, il embrassait sa femme sur la bouche et elle se cambrait contre lui d'une manière laissant penser qu'elle éprouvait quelque tendresse à son égard. Quand ils invitaient Raymond à rester dîner, l'atmosphère autour de la table était conviviale. Les divers membres de la famille – Yvette avait deux petits frères – bavardaient entre eux comme s'ils s'intéressaient réellement aux détails de leur vie respective. Raymond aimait beaucoup sa mère, mais l'ambiance de la maisonnée était entièrement déterminée par son père. Le seul sujet de conversation qui animait Me Barthelme durant les repas concernait les dépenses du foyer. Quand Thérèse apportait les plats à table, il l'interrogeait sur le coût des divers ingrédients et lui demandait si elle avait récemment comparé les prix chez d'autres commerçants. « Il n'y a pas de petites économies » était son dicton préféré, auquel Mme Thérèse souscrivait ardemment. L'hypothèse selon laquelle son père était la source de l'atmosphère glaciale de la maison était corroborée par l'humeur plus joyeuse qui régnait à la table du dîner lorsqu'il n'était pas là. Même en son absence, cependant, quand Raymond et sa mère partageaient un moment de gaieté, ils se réfrénaient, comme si leurs faits et gestes risquaient d'être rapportés aux autorités. Raymond se demandait si sa mère ressentait à présent – comme lui – une certaine légèreté ; un sentiment semblable à celui qu'il éprouvait quand l'année scolaire se terminait avant les vacances d'été, ou quand le printemps arrivait et qu'on pouvait enfin sortir sans manteau.

Raymond garda ces réflexions pour lui. Il se contenta de dire :

« Il paraît qu'il va falloir identifier le corps. »

C'était étrange de s'entendre désigner son père comme « le corps ».

« Oui, répondit sa mère. Ils vont nous envoyer une voiture demain matin. »

Il y avait un certain soulagement à aborder ce genre de questions pratiques. Raymond demanda à sa mère si elle voulait qu'il l'accompagne. Elle serra sa main dans la sienne et dit que ça l'aiderait beaucoup. Ils se regardèrent un moment puis, comme il n'y avait plus rien à dire, Raymond se leva et quitta la pièce.

3

Les tout premiers jours après le départ de sa femme, Gorski avait profité de la situation pour se raser dans la salle de bains attenante à leur chambre. C'était un geste de défi. En temps normal, il se rasait dans les W-C étriqués du rez-de-chaussée. À peine un mois après leur mariage et leur emménagement dans la maison de la rue de Village-Neuf, il avait été banni de la salle de bains conjugale. Il prenait trop de temps et laissait un halo de poils dans le lavabo. La salle de bains était devenue le domaine de Céline, et même en son absence Gorski avait le sentiment d'empiéter sur son territoire. Aussi s'était-il remis à utiliser les toilettes du bas. Puis, au bout d'environ une semaine, comme pour tester les limites de sa liberté nouvelle, il avait décidé de ne plus se raser du tout. Après tout, maintenant que Céline était partie, il pouvait faire ce qu'il voulait. En buvant son café ce matin-là, il avait même fumé une cigarette dans la cuisine. Il n'avait toutefois pas pu se résoudre à laisser le mégot dans le cendrier. Et si c'était précisément le jour que Céline choisissait pour revenir ? Toute la journée, Gorski s'était senti gêné de n'être pas rasé, mais personne au commissariat n'avait commenté ce laisser-aller. L'après-midi, il avait rendu visite à une vieille veuve rue Saint-Jean qui prétendait qu'on lui avait volé des outils dans son jardin. Elle l'avait dévisagé d'un air suspicieux en lui ouvrant la porte. Un petit chien jappait à ses pieds. Gorski avait passé la main sur son menton râpeux. Il avait l'impression que son allure négligée était un manque de professionnalisme. Il s'avéra que les outils se trouvaient dans l'abri de jardin.

« Ah oui ! s'était exclamée la femme. Maintenant je me souviens de les avoir mis là. »

Mais elle ne s'était pas excusée de lui avoir fait perdre son temps.

Le lendemain matin de l'accident, Gorski fit ses ablutions, se prépara un café et s'assit à la table de la cuisine. Il ne fuma pas de cigarette. Sans Céline et Clémence dans les parages, tout lui paraissait étrange. Auparavant, il aurait été bien en peine de décrire l'ameublement et la décoration de la pièce dans laquelle il se trouvait. Son attention aurait été accaparée par les mouvements et le bavardage de sa femme et de sa fille, qui venait d'avoir dix-sept ans. Mais à présent il n'avait rien d'autre à faire que de contempler les placards, le carrelage et le plan de travail. Il s'était imaginé devoir enquêter sur la disparition de sa propre épouse. Il aurait été bien embarrassé d'interroger un mari dans de telles circonstances.

Elle n'a pas laissé de mot ?

« Si. »

Et il disait quoi ?

« Seulement qu'elle partait. »

Il aurait alors été obligé, par souci de rigueur, de demander à voir ledit mot. Et comme c'était impossible

– Gorski l'avait jeté à la poubelle –, cela aurait inévitablement conduit à d'autres questions.

Quand l'avez-vous vue pour la dernière fois ?

Sans doute le matin même, bien sûr, mais Gorski n'avait aucun souvenir précis. C'était un jour comme les autres. Ses propres actions et celles de Céline avaient dû être les mêmes que lors de milliers de matins précédents. En tout cas, aucun signe ne trahissait ce qu'elle s'apprêtait à faire, ou du moins Gorski n'avait rien remarqué.

Et vous n'avez aucune idée de l'endroit où elle a pu aller ?

« Chez ses parents, je suppose. »

Vous avez essayé de l'appeler là-bas ?

C'était là que la scène s'arrêtait. Dans les deux semaines qui avaient suivi le départ de Céline, il n'y avait eu aucun contact entre eux. Gorski aurait dû téléphoner dès le premier jour. Après ça, l'occasion était passée. S'il appelait maintenant, la première question de Céline serait : « Pourquoi tu n'as pas appelé plus tôt ? » Et à partir de là, la conversation dégénérerait très vite en dispute. De toute façon, Gorski n'avait pas vraiment d'explication à son silence. Du moins aucune qu'il avait envie d'exprimer à Céline. La vérité, c'était qu'en lisant son mot, il n'avait pas ressenti grand-chose à part un léger soulagement. Mais ensuite il n'avait fallu que quelques jours pour que cette sensation se dissipe. À présent, Céline commençait à lui manquer et il regrettait de ne pas l'avoir contactée. Il aurait facilement pu passer à sa boutique, qui n'était pas très loin à pied du commissariat, et s'il ne l'avait pas fait, c'était uniquement par entêtement. Il n'était pas mécontent d'imaginer dans quelle rogne elle avait dû être quand il ne l'avait pas appelée ce premier soir. Évidemment, ce n'était pas à ça qu'elle s'attendait ; elle s'attendait sans doute à ce qu'il la supplie de revenir en lui promettant qu'il allait changer. Mais Gorski n'avait pas envie de changer. À vrai dire, il ne voyait pas ce qu'il avait fait de mal. Alors il n'avait pas appelé. Et, naturellement, ce n'était pas Céline qui ferait le premier pas pour sortir de l'impasse. En n'appelant pas, Gorski avait l'impression d'avoir remporté une petite victoire. Mais elle sonnait creux. Désormais, il ressentait cruellement l'absence de sa femme. Il n'avait fallu que quelques jours pour que les choses qui l'agaçaient le plus chez elle – son côté tatillon, son snobisme, son obsession des apparences – se transforment en petites manies attachantes. Il était nostalgique de ses commentaires au petit déjeuner, quand elle lui disait qu'il ne pouvait pas mettre telle ou telle cravate avec telle ou telle chemise, et si par le passé il lui était arrivé de choisir des vêtements désassortis juste pour l'énerver, dorénavant il prenait soin de s'habiller d'une façon qu'il pensait qu'elle approuverait.

Mais c'était sa fille qui lui manquait le plus. Les premiers jours, il avait espéré rentrer le soir et trouver Clémence assise à la table de la cuisine, en train de tremper un biscuit dans une tasse de ce thé à la menthe qu'elle s'était mise à boire dernièrement. Mais elle n'avait pas réapparu, et s'il avait pris l'habitude de passer ses soirées au Pot c'était en partie pour s'éviter la déception de trouver la maison vide en sortant du travail.

Il était 10 heures passées lorsque Gorski grimpa les marches et pénétra dans le hall du commissariat. Le policier responsable de l'accueil, Schmitt, était au guichet dans sa posture habituelle, voûté sur un exemplaire de *L'Alsace*, exhibant sa calvitie à quiconque arrivait. Une cigarette se consumait dans le cendrier près de sa main droite. Gorski avait renoncé depuis belle lurette à exiger de lui une attitude plus professionnelle en public. Le bruit de la porte lui fit relever les yeux de son journal et, en voyant Gorski, il jeta un coup d'œil à l'horloge accrochée au mur au-dessus de la rangée de chaises en plastique qui tenait lieu de salle d'attente. Il fit une mine clairement destinée à exprimer l'idée que certains ne se gênaient pas pour arriver au boulot à l'heure qui les arrangeait. Gorski l'ignora. En règle générale, il se faisait un devoir d'être à son bureau avant 8 heures. Il n'était tenu de respecter aucun horaire particulier, ni même de faire semblant de quoi que ce soit, mais il voulait ainsi donner l'exemple en matière de ponctualité. Et éviter que ses subordonnés ne s'imaginent qu'il se croyait au-dessus d'eux. Il aurait dû se moquer de ce qu'un tire-au-flanc opportuniste comme Schmitt pouvait bien penser de lui, pourtant ce n'était pas le cas. Pourquoi avait-il l'impression, encore maintenant, de devoir raser les murs comme un écolier retardataire ? Pourquoi avait-il besoin de réprimer la tentation pressante de justifier son retard ? De son temps, Ribéry arrivait et repartait comme une fleur à l'heure qui lui chantait, souvent dans une odeur de vinasse. Et personne ne le regardait de travers, même quand il adressait des petites remarques lubriques aux membres féminins de l'équipe. Mais Gorski n'était pas Ribéry. Bizarrement, il n'avait jamais réussi à s'intégrer. Chaque fois qu'il essayait de se joindre au bavardage ambiant, ses commentaires tombaient à plat.

Gorski salua le petit groupe de policiers qui traînaient dans la salle commune derrière la vitre de la réception. On le salua en retour, mais personne ne fit particulièrement attention à lui. Il passa en revue le courrier posé sur son bureau. C'était uniquement pour la forme ; il était attendu à Mulhouse à 11 heures pour l'identification du corps de Bertrand Barthelme. Il prit un café à la machine dans le couloir et retourna à sa voiture. Alors qu'il montait dans la Peugeot, il se renversa du café sur la jambe. Heureusement, il avait choisi un costume foncé pour l'occasion. Rien ne l'aurait empêché de passer lui-même chercher Mme Barthelme et son fils pour faire avec eux les vingt kilomètres jusqu'à Mulhouse, sinon qu'il ne pensait pas que c'était le rôle du commissaire de police de servir de chauffeur. Et puis le trajet risquait de se dérouler dans un silence pesant et, après avoir vu le corps, il aurait été obligé de ramener chez elle la veuve traumatisée. Il n'aimait pas se trouver en présence des endeuillés. Les condoléances conventionnelles, même quand elles étaient prononcées avec sincérité, paraissaient toujours sonner creux. Après les funérailles de son propre père, sa mère et lui étaient rentrés dans l'appartement de la rue des Trois-Rois. Elle s'était mise à préparer un déjeuner léger, comme si de rien n'était. Mais quand Gorski avait passé la tête dans la petite cuisine, il l'avait vue pleurer sur sa planche à découper. Il s'était aussitôt reculé, et lorsqu'elle était revenue avec le repas préparé, Mme Gorski avait séché ses larmes. Depuis, jamais ni l'un ni l'autre n'avaient évoqué l'enterrement ni la mort de son père.

Gorski avait donc confié à un jeune policier dénommé Roland la tâche d'aller chercher Mme Barthelme. Roland était encore en période d'essai et ne semblait pas avoir remarqué les relations glaciales entre Gorski et le reste de l'équipe. C'était un type serviable, et il avait accepté cette basse besogne avec un enthousiasme suggérant qu'il avait le sentiment d'avoir été chargé d'une mission de la plus haute importance.

La pluie ne s'était pas calmée pendant la nuit et la route paraissait dangereusement glissante sous les pneus de la 504 malhabile de Gorski. En passant sur l'autoroute au niveau de l'accident, il constata que la voie de droite était toujours condamnée. Une dépanneuse était garée sur la bande d'arrêt d'urgence et deux hommes étaient en train de fixer un câble hydraulique sous le châssis de la Mercedes emboutie. Gorski se félicita de sa décision de ne pas avoir accompagné Mme Barthelme. Il arriva à la morgue de Mulhouse quelques minutes après 11 heures. La veuve et son fils se trouvaient déjà dans la salle d'attente. Roland traînait, mal à l'aise, près de sa voiture. Quand il vit Gorski, il se redressa en un garde-à-vous comique.

Par son ameublement et sa déco, le hall de la morgue ne différait pas tellement de celui du commissariat. Il s'en distinguait cependant par l'odeur âcre de formaldéhyde ou de quelque autre produit chimique et les affiches déchirées rappelant au personnel les règles d'hygiène élémentaires. Mme Barthelme portait une robe d'été bleu clair et un imperméable beige noué par une ceinture. Une tenue qui ne semblait adaptée ni à la saison ni aux circonstances. Elle avait l'air moins pâle que la veille au soir, et Gorski la soupçonna d'avoir mis un peu de fard à ses joues. Sa robe lui arrivait juste au-dessous du genou et Gorski remarqua brièvement ses mollets galbés, qu'elle avait laissés nus. Son fils se tenait à ses côtés. Il était vêtu d'une chemise en flanelle, d'un pantalon en velours côtelé marron et d'une veste en daim. Gorski l'avait immédiatement trouvé antipathique. Les gens se comportaient souvent de manière étrange en apprenant la mort d'un proche, mais les réactions du jeune homme lui avaient paru sonner faux. Et à présent il regardait Gorski avec quelque chose qui s'apparentait à du dédain, comme s'il le tenait pour responsable de leur présence en ce lieu.

Gorski leur serra la main à tour de rôle et s'excusa de son retard. Il leur demanda d'attendre encore quelques instants et passa dans la chambre froide. Un technicien dont il avait oublié le nom était en train d'ajuster le drap en plastique bleu qui recouvrait le corps sur la table d'autopsie. Il leva les yeux en entendant Gorski entrer, et les deux hommes échangèrent une poignée de main. L'odeur chimique était encore plus forte ici.

« À cause des dégâts sur le côté gauche du crâne, j'ai disposé le corps de façon qu'on puisse ne dévoiler que la partie intacte du visage », dit-il.

Il montra alors comment il comptait baisser le drap, et Gorski approuva d'un hochement de tête. Puis il ressortit expliquer la procédure à Mme Barthelme. Il ajouta qu'il n'était pas nécessaire qu'ils soient deux à identifier le corps, mais le fils ne paraissait pas rechigner à accompagner sa mère. Les garçons avaient des tendances morbides, à cet âge. Sans doute pensait-il que ça lui ferait une bonne anecdote pour impressionner ses petits camarades.

Ils se répartirent solennellement autour de la table, Gorski près de la tête, la veuve et son fils sur le côté du corps. Gorski fit un signe au technicien, qui baissa alors discrètement le drap. Gorski posa la question à Mme Barthelme. Elle répondit que c'était bien son mari. Et ce fut tout. Gorski les raccompagna dans le hall. L'affaire avait duré à peine trente secondes. Certains auraient pu remettre en cause l'intérêt d'une telle formalité. La possibilité que le corps sur la civière ne soit pas celui de Bertrand Barthelme était si infime qu'elle était négligeable. Pour ce faire, il aurait fallu qu'un inconnu lui ait volé ses vêtements, son portefeuille et sa voiture et qu'il ait eu un accident au cours de sa fuite. Soit ça, soit que Barthelme lui-même ait d'une façon ou d'une autre mis en scène l'accident afin de se faire passer pour mort. Ces deux hypothèses étaient presque trop grotesques pour mériter la moindre considération, et en pareilles circonstances on aurait pu penser que contraindre une veuve à venir identifier la dépouille de son mari était un exercice inutile, voire cruel. Mais Gorski n'était pas de cet avis. Les procédures entourant un décès, qu'il soit accidentel ou autre, n'étaient pas arbitraires. Il fallait les appliquer systématiquement et sans *a priori*. Il n'y avait pas de place pour les opinions personnelles ni même pour le bon sens. L'État exigeait que les causes du décès de ses citoyens soient dûment répertoriées, et l'on ne pouvait parvenir à la bonne conclusion qu'en se fondant sur des observations solides. Et puis d'ailleurs, d'après l'expérience de Gorski, personne n'avait jamais refusé de se livrer à une identification officielle. Dans ce genre de situation, les gens acceptaient qu'il y ait un certain nombre d'obligations à remplir – peut-être même trouvaient-ils ça rassurant –, et Gorski ne se sentait jamais coupable de devoir leur faire vivre cette expérience. Il ne faisait que suivre la procédure.

De retour dans le hall, Gorski demanda à Mme Barthelme si elle voulait un verre d'eau. Elle sourit faiblement et secoua la tête, mais ses mains tremblaient un peu. Le garçon examinait la pièce avidement, comme s'il était en voyage scolaire. Gorski sortit sur le parking. La voiture de Roland n'était plus là, et Gorski se rendit compte qu'il ne lui avait pas ordonné d'attendre.

« Je voulais vous demander quelque chose, inspecteur », lui dit Mme Barthelme lorsqu'il revint à l'intérieur.

Présumant qu'elle voulait savoir quand le corps leur serait restitué, Gorski expliqua qu'il faudrait d'abord pratiquer une autopsie et attendre les conclusions de l'enquête.

Mme Barthelme secoua la tête.

« Ce n'est pas ça », dit-elle.

L'odeur des produits détergents commençait à donner la nausée à Gorski. Il suggéra qu'ils poursuivent la discussion pendant le trajet retour jusqu'à Saint-Louis. Mme Barthelme attendit qu'ils soient sortis du parking pour reprendre la parole, après avoir jeté un coup d'œil furtif à son fils.

« Voilà, il y a une chose qui me tracasse. Mon mari a dîné en ville, hier soir. »

Gorski l'observa dans le rétroviseur. Elle s'était penchée légèrement en avant sur la banquette arrière, le visage plein d'attente.

« Hun-hun, fit-il.

— Il dînait avec certains de ses confrères – son club, comme il disait – tous les mardis soir. Donc, voyez-vous, il n'avait aucune raison de se trouver sur l'A35.

— Où dînaient-ils ?

— À l'auberge du Rhin. »

C'était un restaurant sur l'avenue de Bâle, le moins miteux de ce que Saint-Louis avait à offrir.

« Peut-être qu'hier ils sont allés ailleurs. À Mulhouse, par exemple », suggéra Gorski.

Cela expliquerait parfaitement pourquoi Barthelme roulait dans le sens nord-sud au moment de l'accident.

« Pourquoi auraient-ils fait cela ? » objecta Mme Barthelme.

Gorski se tut. Comment voulait-elle qu'il réponde à cette question ? Et puis, quoi qu'il en soit, ça n'avait aucune importance.

« Vous comprenez mon étonnement, insista Mme Barthelme. Ça m'a empêchée de dormir toute la nuit.

— Je comprends, répondit Gorski, mais je ne vois pas bien ce que je peux faire. Si aucun crime n'a été commis, l'enquête se limitera aux causes de l'accident. Ça relève du médecin légiste et non de la police. »

Mme Barthelme se laissa retomber en arrière et baissa les yeux. Gorski se demanda si elle était consciente qu'il pouvait la voir dans le rétroviseur. Il l'avait déçue. Son fils avait le regard rivé vers la vitre, comme s'il n'avait rien entendu de la conversation ou, du moins, comme si ça ne l'intéressait absolument pas. Ils arrivèrent au niveau de l'accident. La Mercedes était en train d'être chargée sur la remorque de la dépanneuse. Gorski augmenta subtilement la pression sur l'accélérateur. Mme Barthelme détourna le regard puis se tamponna les yeux avec un petit mouchoir. Elle avait des traits extrêmement délicats. Gorski se sentit obligé de dire quelque chose.

« Je suppose que, jusqu'à ce qu'on ait déterminé la cause de l'accident, il ne serait pas inopportun de mener quelques investigations discrètes sur les allées et venues de votre mari. »

Le visage de Mme Barthelme s'illumina d'un coup. Elle se pencha de nouveau en avant et posa la main sur l'épaule de Gorski.

« Je vous en serais très reconnaissante », dit-elle.

Gorski se força à sourire. Elle était très jolie, et il n'avait de toute façon rien de plus urgent à faire.

4

Yvette et Stéphane étaient attablés dans le fond du café des Vosges. Raymond était sûr qu'il les trouverait là. Tous les trois avaient l'habitude de s'y réunir presque chaque soir après les cours. C'était un endroit quelconque, avec des tables et des chaises en métal qui crissaient sur le carrelage gris du sol chaque fois que quelqu'un se levait. La vue sans intérêt sur l'avenue du Général-de-Gaulle était obscurcie par des voilages. L'inscription en lettres dorées qui s'effritait sur la vitrine présentait l'établissement comme un « Salon de thé ». À l'intérieur, les ternes aquarelles ornant les murs prétendaient entretenir un certain standing. Dans une vitrine près du comptoir était disposé un choix de gâteaux et de tartes. Le café était essentiellement fréquenté par une clientèle de vieilles dames. Si les trois amis l'avaient choisi, c'était uniquement parce qu'il se trouvait sur leur chemin pour rentrer du lycée, et peut-être aussi parce que la banalité du cadre leur donnait l'impression d'être moins conformistes qu'ils ne l'étaient réellement.

Stéphane interrompit sa conversation avec Yvette lorsqu'il vit Raymond approcher.

« Alors, les amis, quoi de neuf ? lança ce dernier en

se glissant sur la banquette à côté d'Yvette. J'ai raté quelque chose au bahut ? »

Yvette et Stéphane échangèrent un regard en coin, et Raymond se félicita de l'effet que son entrée avait eu sur eux ; ni l'un ni l'autre ne savaient quoi dire. La serveuse au bec-de-lièvre apparut à leur table et prit sa commande.

« Désolé pour ton daron », souffla Stéphane lorsqu'elle fut repartie derrière le comptoir.

Jamais auparavant il n'avait parlé de Me Barthelme en ces termes. La jovialité forcée de sa formulation parut sonner faux à Raymond.

« Ah, vous êtes au courant ? » rétorqua-t-il.

Yvette le dévisageait avec une expression troublée.

« C'est dans le journal, répondit Stéphane. Tout le monde est au courant. »

Raymond haussa les sourcils. Son père aurait détesté ça. Il avait horreur d'attirer l'attention. Il refusait toujours d'aller aux dîners ou aux mariages, et personne n'était jamais invité chez eux.

« Qu'est-ce que vous voulez que je vous dise ? » fit Raymond en haussant les épaules.

Yvette se pencha vers lui. Il crut qu'elle allait poser une main réconfortante sur son bras, mais elle n'en fit rien. La serveuse apporta le thé de Raymond. Un silence gêné s'installa alors qu'elle disposait sur la table la coupelle et la tasse en verre fumé, puis la théière en inox.

« Et je pourrais avoir de l'eau ? » ajouta Raymond, sans autre raison que de continuer à faire comme si de rien n'était.

Il versa de l'eau chaude sur le sachet dans la tasse et regarda le thé infuser. Personne ne dit rien jusqu'à ce que la serveuse revienne avec une carafe.

« Alors, comment allait notre cher Peletière ce matin ? demanda-t-il. Toujours ce joyeux mélange de pellicules et de transpiration ? »

Peletière était leur professeur d'histoire.

« Raymond ! s'exclama Yvette. À quoi tu joues ? »

C'étaient les premiers mots qu'elle prononçait depuis son arrivée. Il la regarda et écarta les mains dans un geste d'innocence.

« Tu sais très bien que je ne pouvais pas blairer ce vieux con, dit-il. Ce serait un peu hypocrite de jouer le fils éploré, non ? »

Yvette détourna la tête. Raymond avait l'impression qu'elle avait les larmes aux yeux, comme s'il avait dit que c'était *elle* qu'il ne pouvait pas blairer. Il s'en voulut.

Raymond et Yvette se connaissaient depuis l'âge de onze ans. La famille d'Yvette avait quitté son village du Bas-Rhin pour emménager à Saint-Louis quand son père avait décroché un poste de contremaître dans une usine de ciment en périphérie de la ville. Dès le départ, ils avaient formé tous les deux une sorte de vieux couple, contents de rester assis des heures à regarder les pigeons picorer la poussière dans le square près du temple protestant. Raymond avait toujours pensé qu'ils se marieraient ensemble. Après l'école, il la raccompagnait jusqu'au bout de sa rue avant de rentrer chez lui en traînant les pieds. Adolescents, le samedi, quand les cours finissaient à midi, ils faisaient un long détour par le canal et s'asseyaient sur la berge pour contempler en silence l'eau verte et immobile. Parfois, ils s'embrassaient, ou plutôt ils collaient leurs bouches l'une contre l'autre. Au début, c'était pour s'amuser, comme s'ils jouaient au papa et à la maman, mais peu à peu Raymond avait commencé à trouver ça excitant.

Il ne lui avait jamais traversé l'esprit que cela ait pu avoir un effet similaire sur Yvette, aussi gardait-il sa main positionnée de façon stratégique pour cacher son érection.

Un jour, par un chaud après-midi d'été pendant les grandes vacances de leurs quatorze ou quinze ans, Yvette posa la paume sur le devant du short en toile de Raymond. Elle agrippa délicatement son pénis à travers le tissu rêche, et il éjacula aussitôt en réprimant un grognement. Yvette le regarda avec un air espiègle et laissa échapper un petit rire nerveux, mais Raymond avait horriblement honte, comme s'il avait été surpris en train de commettre un acte répugnant. Il n'arrivait pas à décrocher un mot. Yvette ne remarqua pas – ou fit mine de ne pas remarquer – la tache sombre qui s'était formée sur son short. Afin de la dissimuler, Raymond ôta brusquement sa chemise et plongea dans le canal. Il disparut sous la surface opaque avant de resurgir, les cheveux plaqués sur le front. Le choc de l'eau froide sur son corps dissipa son malaise.

« Tu ne veux pas venir te rafraîchir ? » lança-t-il.

Il avait le désir soudain de voir Yvette enlever sa robe et sauter à l'eau. Elle se contenta de sourire avec indulgence, comme une mère aurait pu le faire en regardant son enfant tituber dans un bac à sable. Raymond crawla facilement jusqu'à la rive opposée, plongea de nouveau et ressortit entre les joncs aux pieds d'Yvette. Il l'attrapa par les chevilles et essaya de la tirer pour rire, mais elle replia les jambes et serra les bras autour. Raymond resta encore un moment dans l'eau à faire la planche, laissant le soleil lui sécher le torse, puis regrimpa tant bien que mal sur la berge.

Après ça, leurs activités galantes cessèrent pendant un temps. Les rares fois où ils s'embrassaient, c'était

Raymond qui y coupait court. Il ne voulait pas qu'elle croie que son geste antérieur était désormais attendu. Et puis, surtout, elle risquait de vouloir qu'il en fasse autant d'une manière ou d'une autre. Non qu'il ne s'intéressât pas à ce qu'elle avait entre les jambes, mais il lui aurait paru indécent de la toucher à cet endroit. Récemment, néanmoins, les choses avaient évolué. Le corps d'Yvette avait mûri et, un soir, dans sa chambre, elle s'était dégagée de leur étreinte et s'était mise à défaire sans un mot les deuxième et troisième boutons de son chemisier. C'était loin d'être un acte lubrique, mais Raymond pouvait difficilement ne pas l'interpréter comme une invitation à glisser sa main sous le vêtement. Ce qu'il s'empressa de faire. Si elle ne le repoussa pas, il n'osa aller jusqu'à écarter le bonnet de son soutien-gorge. Pourtant, la simple présence de sa main arracha un gémissement de plaisir à Yvette. Ce qui suffit à faire éjaculer Raymond. Il dit alors d'une voix d'enfant : « Je crois que j'ai eu un accident. » Ce à quoi Yvette répondit sur un ton maternel qu'il était un vilain garçon. Raymond prit ainsi l'habitude de peloter les seins d'Yvette pendant qu'elle appuyait la paume sur son entrejambe. Il finit par s'en vouloir que leurs rapports sexuels – ou ce qu'il voyait comme tels – ne soient pas réciproques, mais il n'avait qu'une très vague idée de la marche à suivre pour donner du plaisir à une femme. Yvette, quant à elle, ne se montrait pas mécontente de leur arrangement, et une fois qu'il avait fini elle lui tendait un mouchoir en silence pour qu'il essuie sa sécrétion.

Raymond avait songé à demander conseil à Stéphane. Sous prétexte que ce dernier avait neuf mois de plus que lui et avait vécu ailleurs, Raymond le supposait infiniment plus expérimenté. Mais Yvette et lui ne faisaient jamais la moindre allusion à leurs activités devant Stéphane. En sa présence, ils ne se touchaient pas. De même, au lycée, ils se comportaient comme de simples amis. Raymond se demandait parfois si Yvette partageait le même genre d'intimité avec Stéphane. Il trouvait même excitant d'imaginer ses deux camarades ensemble, mais il était sûr que rien de la sorte ne s'était jamais produit. Pour commencer, Yvette et Stéphane n'étaient jamais seuls tous les deux. Et, finalement, la nature clandestine des activités de Raymond et d'Yvette ne faisait que leur conférer un plus grand frisson.

Un après-midi, vers la fin de l'été, le trio était allé pique-niquer à vélo dans les bois de la Petite Camargue. Ils avaient étalé une couverture au bord du lac pour manger le pâté et le fromage qu'ils avaient apportés. Stéphane discourait avec volubilité sur l'absurdité de choisir de continuer à exister dans un univers sans Dieu, mais Raymond n'écoutait pas. Il ne pouvait imaginer personne moins susceptible de se suicider que Stéphane. Les arbres autour du lac avaient déjà commencé à changer de couleur, et il avait le sentiment mélancolique que quelque chose touchait à sa fin. Quelque part, un pigeon roucoulait dans les feuillages. Ils entameraient bientôt leur année de terminale, et après ça leur trio serait brisé. Le sujet de conversation le plus fréquent d'Yvette et de Stéphane était désormais les mérites respectifs des universités où ils envisageaient de s'inscrire. Yvette penchait pour Strasbourg, tandis que Stéphane avait jeté son dévolu sur Paris. « Pourquoi voudriez-vous aller ailleurs ? » répétait-il sans cesse. C'était une conversation à laquelle Raymond se sentait incapable de prendre part, et il interrompait constamment ses amis par des remarques hors de propos. Raymond était un élève médiocre. Le commentaire récurrent sur ses bulletins scolaires le décrivait comme un garçon intelligent mais partisan du moindre effort. Une fois par an, son père le convoquait dans son bureau pour discuter de ses résultats.

« Je suis stupéfait par ces bulletins, avait-il confié à son fils alors qu'il avait onze ou douze ans. Je ne constate moi-même aucun signe de cette intelligence dont parlent tes professeurs. En tout cas, tes notes ne corroborent pas cette allégation. Peut-être pourrais-tu m'éclairer ? »

Comme Raymond ne répondait pas, Me Barthelme avait secoué la tête et conclu :

« Je suppose qu'il est moins criminel d'être bête que de ne pas se donner la peine de mettre à profit ses talents. »

Il était vrai que Raymond ne s'était jamais trop foulé à l'école. C'était une forme de résistance molle contre son père. Au fil de son adolescence, la conjecture selon laquelle le cabinet Barthelme & Corbeil deviendrait un jour Barthelme, Corbeil & Fils s'était peu à peu dissipée. Si Raymond se mettait à bûcher suffisamment pour remonter sa moyenne, son père l'obligerait à faire des études de droit. Cependant, en se complaisant dans cette attitude d'autosabotage, Raymond ruinait ses chances de jamais s'échapper de Saint-Louis. Il n'avait aucune envie de finir dans une banque de la rue de Mulhouse et de se jeter sous un train avant ses quarante ans. Aussi avait-il résolu d'améliorer ses résultats. Ce qui s'avéra plus compliqué qu'il ne l'avait imaginé. Il avait accepté depuis longtemps l'étiquette confortable d'élève en deçà de ses capacités. Et si, en fait, il se rendait compte qu'il n'était pas aussi intelligent que ses professeurs – et lui-même – le pensaient ? Si ses notes reflétaient très exactement son niveau ? Il était bien plus humiliant d'échouer lorsqu'on avait fait un effort. Quand on ne levait pas le petit doigt, on pouvait toujours entretenir l'illusion que c'était une question de paresse, et non de bêtise. Toutefois, la perspective de se retrouver coincé à vie dans ce trou paumé l'avait motivé. Au début, il avait eu du mal. Il lui manquait encore la concentration et l'autodiscipline qu'on attendait chez un élève de son âge. Mais, petit à petit, ses notes avaient commencé à remonter. S'il prenait soin de conserver son attitude en apparence je-m'enfoutiste, ses professeurs avaient remarqué ses progrès et l'encourageaient. Malgré cela, il n'était pas encore assuré d'avoir son bac du premier coup.

Après le pique-nique, Stéphane avait déclaré qu'il avait envie de se promener autour du lac. Il débordait d'énergie et était incapable de rester plus de quelques minutes sans rien faire. Raymond ôta sa chemise et s'allongea sur la couverture, les mains croisées derrière la tête. Il était bien là où il était. Yvette, comme l'avait prévu Raymond, dit qu'elle non plus ne voulait pas bouger. Elle essaya de convaincre Stéphane de rester avec eux, mais ses protestations étaient assez timides. Stéphane secoua la tête devant leur léthargie et s'éloigna d'un pas vif entre les arbres.

Raymond sortit *La Curée* de Zola, le livre qu'ils étaient censés étudier à la rentrée. Il avait décidé de s'avancer dans sa lecture, mais il n'avait pas encore réussi à dépasser le premier chapitre. Il se plaignit à Yvette, qui avait fini le roman en quelques jours, que l'incipit, à savoir la description de l'embouteillage des calèches dans le bois de Boulogne, était interminable.

« Ça fait cinq pages, objecta-t-elle. Il fait ça pour nous présenter le milieu dans lequel ça se passe.

— C'est d'un ennui ! » grommela Raymond.

Il se mit à lire à voix haute, d'un ton exagérément monotone :

« *Le lac, vu de face, dans le jour pâle qui traînait encore sur l'eau, s'arrondissait, pareil à une immense plaque d'étain ; aux deux bords, les bois d'arbres verts dont les troncs minces et droits semblent sortir de la nappe dormante, prenaient, à cette heure, des apparences de colonnades violâtres…* »

Yvette s'allongea près de lui et posa une main sur son torse. Elle lui effleura l'oreille de ses lèvres. Raymond continua à lire tout haut :

« … *dessinant de leur architecture régulière les courbes étudiées des rives ; puis, au fond, des massifs montaient, de grands feuillages confus, de larges taches noires fermaient l'horizon.* »

Yvette l'embrassa dans le cou et traça des cercles sur son torse du bout des doigts. Raymond lâcha son livre et se tourna pour l'embrasser. Il y avait un sérieux nouveau dans la façon dont ils s'y prenaient, cette fois. Raymond posa une paume sur la peau nue du ventre d'Yvette et la glissa dans la taille de son short en jean. Yvette ne manifesta aucune opposition et défit même le bouton en métal pour lui faciliter la tâche. Les doigts de Raymond atteignirent sa toison pubienne, que jusque-là il n'avait même jamais vue. Son majeur s'arrêta sur une petite boule cartilagineuse. Yvette prit une brusque inspiration. Ne sachant que faire, Raymond se contenta de laisser sa main où elle était. Yvette lui attrapa le poignet et lui plaqua la main contre son sexe. Elle se mit à onduler lentement du bassin. Sa respiration s'accéléra. Elle avait le visage enfoui dans le cou de

Raymond. Le soleil papillotait à travers les feuillages jaunissants des branches au-dessus d'eux. Le poignet de Raymond était tordu selon un angle inconfortable et commençait à lui faire mal. Yvette l'agrippa encore plus fermement et l'enfonça plus loin entre ses jambes. Son souffle sortait par brèves saccades qui rappelaient à Raymond une locomotive à vapeur en train d'accélérer. Juste à ce moment, ils furent déconcentrés par un couple sur la rive opposée du lac. Ils ne pouvaient pas entendre ce qu'ils se disaient, mais il était clair qu'ils se disputaient. Raymond se hissa sur un coude afin d'observer la scène à travers les arbres. La femme gifla son compagnon et disparut dans les bois. L'homme resta planté là, se tenant la joue et regardant autour de lui pour voir si quelqu'un avait assisté à l'incident. Raymond sortit la main du short d'Yvette et massa son poignet engourdi. Il fit un commentaire idiot sur ce que le type avait dû dire pour mériter une baffe pareille. Yvette lui tourna le dos. Quand Raymond lui posa la main sur l'épaule, elle la haussa d'un coup sec pour s'en débarrasser. Il mit ses doigts dans sa bouche afin de goûter le résidu salé qui s'y était déposé. Après quoi il ramassa le livre et fit mine de reprendre sa lecture. Ils n'échangèrent pas un mot jusqu'à ce que Stéphane revienne, excité par la scène de ménage, à laquelle il avait assisté de près. Cependant, ni Raymond ni Yvette n'étaient intéressés, et ils remballèrent leurs affaires en silence avant de retourner à l'endroit où ils avaient laissé leurs bicyclettes.

Raymond but une gorgée de son thé. La serveuse au bec-de-lièvre l'observait de derrière le comptoir. Peut-être qu'elle aussi était au courant de l'accident et intriguée par son attitude. Si ça se trouve, il y avait même eu une photo de son père dans *L'Alsace*.

Ce genre d'articles se terminait souvent par une phrase comme : *Le défunt laisse derrière lui une femme et un fils*.

Yvette se mit à ranger ses affaires dans son cartable. Elle se leva pour partir.

« Je ne sais pas pourquoi tu te sens toujours obligé de te comporter comme ça », dit-elle.

Raymond adopta un air innocent.

« Comme ça comment ? demanda-t-il.

— Comme si tu te fichais de tout. Et de tout le monde. »

Elle mit son sac en bandoulière.

Si Stéphane n'avait pas été là, Raymond aurait peut-être dit quelque chose pour se rattraper. En vérité, s'il avait été seul avec Yvette, il aurait eu une autre attitude dès le début. Son numéro de pseudo-indifférence était entièrement destiné à Stéphane. Mais il pouvait difficilement changer de stratégie maintenant, alors il haussa les épaules et dit :

« Peut-être que je me fiche vraiment de tout. »

Yvette secoua la tête avec dédain.

« Il est chamboulé, c'est normal », intervint Stéphane.

Raymond n'avait aucune envie que Stéphane parle à sa place, mais il regrettait son comportement. Il ne voulait pas qu'Yvette s'en aille.

« Je suis désolé, souffla-t-il. J'ai dû aller identifier le corps avec maman, ce matin. »

Il avait joué sa carte maîtresse. Yvette n'oserait quand même pas partir après une telle révélation.

« Oh, fit-elle en se rasseyant et en posant son sac par terre.

— Ça n'a pas dû être marrant », commenta Stéphane.

Raymond raconta que sa mère et lui étaient passés devant la voiture de son père sur la route de Mulhouse. Sinon, il y avait en fait assez peu de choses à dire sur le processus lui-même. Il ne leur confia pas que, lorsqu'ils avaient pénétré dans la morgue, une image de *Frankenstein* lui avait traversé l'esprit et qu'il s'attendait presque à voir le corps se lever tout doucement de la table d'autopsie.

« Ça n'a duré que quelques secondes, expliqua-t-il. Ils avaient essayé de le cacher, mais j'ai bien vu qu'il était salement amoché. Maman n'est pas tombée dans les pommes ni rien. Tout ça était assez étrange.

— Ça devait être horrible », acquiesça Yvette avec gravité.

Raymond haussa les épaules, mais cette fois sans malice. Il sourit timidement à Yvette. Il était content que Stéphane soit là. Il n'avait pas envie de donner plus de détails, de raconter que, malgré tout, il avait dû ravaler un sanglot lorsque le type avait soulevé le drap sur le visage de son père.

« Le plus bizarre, reprit-il, c'était le flic. Je crois qu'il a déjà des vues sur ma mère. »

Il tapota le bras d'Yvette en imitant Gorski :

« Ça va aller, madame Barthelme. Je m'excuse de devoir vous faire subir ça, madame Barthelme. »

Après quoi il entortilla ses mains de façon obséquieuse et fit claquer un bruyant baiser dans l'air.

Yvette et Stéphane se forcèrent à rire, mais il était clair que ni l'un ni l'autre ne trouvaient ses commentaires amusants. Raymond remarqua le regard que ses deux amis échangèrent. Un silence s'abattit sur la tablée. Stéphane consulta sa montre et déclara qu'il voulait passer prendre un livre à la bibliothèque. Raymond pensait qu'Yvette resterait un moment, mais elle aussi dit qu'elle devait partir. Ils calculèrent leur quote-part respective de la note, comme ils faisaient toujours, et déposèrent les pièces dans la soucoupe en étain.

Ils dirent au revoir à Stéphane sur le trottoir devant le café. Son excuse était clairement un mensonge. S'il avait eu besoin de passer à la bibliothèque, il l'aurait fait avant de sortir du lycée. Néanmoins, Raymond était content de se retrouver seul avec Yvette. Il regrettait de s'être comporté comme il l'avait fait. Il était d'ailleurs sur le point de le dire, mais quelque chose le retint. Il éprouva soudain une rancœur envers Stéphane, comme si c'était lui qui était responsable de son attitude.

Raymond et Yvette remontèrent tout doucement la rue de Mulhouse. Plus le silence durait, plus il était dur à briser. Maintenant qu'il avait manqué l'occasion de s'excuser, Raymond n'avait en tête que des répliques idiotes et désinvoltes, qui ne feraient qu'aggraver l'impression de froideur qu'il avait donnée au café. Il songea à demander à Yvette à quoi elle pensait, mais ça l'agaçait toujours quand elle lui posait cette question, généralement dans les moments qui suivaient une forme ou une autre d'interaction sexuelle.

Un gros monsieur s'approchait d'eux d'un pas titubant. Il portait un chapeau tyrolien avec une petite plume dans le ruban. Il avait le visage rougeaud et ils durent s'écarter pour le laisser passer. En temps normal, Raymond aurait fait quelque commentaire désobligeant sur son nez en chou-fleur. Mais les choses avaient changé. Désormais, il était déplacé de se moquer des passants. Raymond se demanda combien de temps il devrait attendre avant que ce soit de nouveau acceptable ; ou s'ils étaient entrés dans une nouvelle phase de leur vie dans laquelle ils devraient se comporter à tous moments comme des adultes compassés.

Ah oui, s'imagina-t-il les gens dire de lui, *il ne sourit jamais. Il n'a plus jamais été le même depuis la mort de son père.*

Il jeta un regard en coin à Yvette. Il aimait son profil. Elle avait un petit nez et de longs cils. Sa bouche était naturellement incurvée vers le bas, mais son expression générale était calme plutôt que triste, comme si elle trouvait le monde autour d'elle vaguement amusant. Il éprouva un brusque élan d'affection pour elle.

Ils arrivèrent au coin de la rue des Trois-Rois, où d'habitude leurs chemins se séparaient. Yvette lui adressa un sourire compatissant. Elle tendit la main et lui effleura le poignet. Raymond saisit l'occasion que lui offrait ce geste.

« Je suis désolé pour tout à l'heure, dit-il. J'ai été con. »

Yvette haussa les épaules d'un air résigné. Elle n'attendait pas grand-chose d'autre.

5

Le cabinet Barthelme & Corbeil ne rouvrait qu'à 14 heures. Gorski décida de déjeuner au restaurant de la Cloche. Il n'avait pas faim, mais il n'avait pas envie non plus de repasser par le commissariat. Même seul dans son bureau, il se sentait mal à l'aise là-bas. Il était possible d'entrer dans le bâtiment par le parking à l'arrière – évitant ainsi toute interaction avec Schmitt ou quiconque d'autre se trouvait à l'accueil –, mais Gorski avait alors l'impression de se cacher. En outre, s'il passait par l'entrée de service, personne ne savait qu'il était à son poste et on ne lui transférait pas les appels. Pour remédier à cela, il était obligé de remonter tout le couloir et de glisser la tête par la porte de la salle commune. Gorski avait beau saluer ses collègues avec le plus de légèreté possible, il les soupçonnait toujours de penser qu'il essayait d'espionner leurs conversations ou de les surprendre à se tourner les pouces. Afin de dissiper ce malentendu, il se forçait à rester planté un moment sur le pas de la porte et à échanger des banalités avant d'annoncer : « Bon, si quelqu'un me cherche, je suis à mon bureau. »

De sorte que, même quand il se garait à l'arrière, il entrait par devant, le bref signe de tête à Schmitt n'étant finalement qu'un maigre prix à payer pour s'épargner ces autres désagréments. Une fois dans son bureau, il laissait sa porte entrouverte pour ne pas apparaître distant de son équipe. Il aurait aimé mettre un terme à cette pratique – qui ajoutait au sentiment de devoir toujours se surveiller –, mais s'il commençait soudain à fermer sa porte après tant d'années, ses collègues se demanderaient forcément quelles activités clandestines l'avaient incité à modifier ainsi ses habitudes. Autant que possible, Gorski préférait tout bonnement éviter le commissariat.

Il était 12 h 45 lorsqu'il pénétra au restaurant de la Cloche. C'était le coup de feu. Bien qu'elle ait eu les bras chargés d'assiettes, Marie se faufila jusqu'à lui d'un pas affairé et l'accompagna à une table en vitrine qui donnait sur le parking de la place de l'Europe. Depuis le départ de Céline, Gorski s'était promis de ne pas manger à la Cloche plus de deux ou trois fois par semaine. Même après sa retraite, Ribéry avait continué d'y déjeuner tous les jours. Son ancien mentor était mort depuis quinze ans, pourtant Gorski résistait encore aux tentatives de Marie pour l'asseoir à la table du coin qui avait toujours été la sienne. D'ailleurs, il évitait aussi d'occuper la même place d'une fois sur l'autre. Naturellement, il avait bien conscience que cette modique revendication de liberté constituait en elle-même une forme de routine. Ce jour-là, en tout cas, il était content de sa table. Il tournait le dos au corpulent coiffeur qui, lui, s'installait toujours à la table près de la porte. Lemerre avait une personnalité aussi déplaisante que son apparence physique, et il ne manquait jamais d'essayer d'entraîner Gorski dans les potins locaux. La serveuse renfrognée, qui s'était récemment trouvée au centre de l'attention de toute la ville, officiait de l'autre côté de la salle. Gorski était soulagé. Malgré le fait qu'elle semblait toujours l'ignorer, sa présence le mettait mal à l'aise. Il devait prendre sur lui pour ne pas suivre des yeux ses moindres mouvements dans la pièce.

Marie revint pour noter sa commande. De même qu'il refusait de s'asseoir à la même table deux fois de suite, Gorski ne prenait jamais la même chose. Ribéry, lui, avait mangé une salade de viande, un pot-au-feu et une tarte aux pommes tous les midis pendant trente ans, la seule exception étant le jeudi – jour du marché –, où il prenait le baeckeofe. Il devait paraître étrange que Gorski ne soit pas capable de se décider pour un menu régulier. À tel point que lorsque Marie lui demanda : « Alors, qu'est-ce que ce sera aujourd'hui ? », ce fut avec une emphase particulière sur le dernier mot, comme si elle s'adressait à un enfant capricieux. Ne savait-il donc pas ce qu'il aimait ? Aussi prit-il un air réfléchi très étudié – il tapota son index contre ses lèvres – pour examiner les ardoises sur lesquelles était inscrit le menu. Le contenu de son assiette lui était de toute façon assez indifférent. Gorski ne pouvait pas se mentir sur la réelle motivation de sa présence à la Cloche. Juste au moment où Marie s'éloignait de sa table, il ajouta, comme s'il venait d'y penser :

« Oh, et mettez-moi aussi un pichet de blanc.

— Bien sûr, inspecteur. »

Si elle désapprouvait, elle ne le montrait pas. Son vin en bonne voie, Gorski se détendit un peu. En vérité, il aurait été plus à son aise au Pot, où il pouvait commander autant de bières qu'il voulait sans qu'Yves lève un sourcil, et où il n'était pas obligé de s'asseoir en vitrine, au vu et au su de tous les passants. Il préférait la bière. Le vin blanc lui donnait des maux d'estomac, et il avait pris l'habitude de se promener avec un tube d'antiacides dans la poche de son imper.

La soupe de Gorski arriva sans son pichet. Il la mangea docilement, tel un enfant à qui on aurait promis une récompense s'il terminait ses légumes, mais avec une inquiétude grandissante. Il espérait qu'il n'aurait pas besoin de s'abaisser à rafraîchir la mémoire de Marie. Mais elle attendait simplement que son époux, Pasteur, transvase le vin dans le pichet. Lorsqu'elle le lui déposa sur la table, Gorski sursauta légèrement, comme s'il avait oublié qu'il l'avait commandé, puis remercia la patronne d'un sourire.

Derrière lui, Lemerre tournait les pages de *L'Alsace* et commentait les nouvelles du jour au pharmacien, Cloutier, qui l'avait rejoint à sa table. Cloutier aimait cancaner sur les médicaments qu'il fournissait à ses clients, et souvent il faisait suivre ses indiscrétions d'une remarque du genre : « Je n'exclurais pas une attaque de chtouille », accompagnée d'un clin d'œil entendu. Gorski regardait fixement par la vitrine. Marie lui apporta sa schnitzel. Il découpa l'escalope en fines tranches qu'il mastiqua lentement. Après chaque bouchée, il s'autorisait une gorgée de vin. Il pensait à Lucette Barthelme et à l'expression de gratitude qui avait traversé son regard lorsqu'il lui avait promis de mener quelques recherches pour son compte. Il n'avait aucune raison légitime de s'engager là-dedans. Mais cela ne pouvait pas faire de mal et, de toute façon, il n'était par ailleurs pas très occupé.

Il fut tiré de ses pensées par Lemerre et se retourna de mauvaise grâce, le coude appuyé sur le dossier de sa chaise. Le coiffeur lui montrait un titre dans les pages intérieures du journal.

« Une affaire croustillante, regardez », dit-il avec délectation.

Une femme avait été étranglée dans son appartement de Strasbourg.

« Une sacrée gonzesse, on dirait, poursuivit Lemerre. *Elle était connue pour recevoir un grand nombre de visiteurs masculins*, lut-il avant de répéter la dernière phrase tout haut : *Un vrai crime passionnel, apparemment.* »

Gorski hocha sèchement la tête. Le crime passionnel était un mythe – une idée davantage prisée des romanciers et des vieilles filles que des enquêteurs de police –, mais il savait d'expérience que c'était une erreur de se laisser aller à débattre avec Lemerre.

« Sans aucun doute », répliqua-t-il.

Il s'apprêtait à se tourner de nouveau vers son assiette, mais Lemerre n'en avait pas terminé.

« On n'en a pas des masses, par ici, commenta-t-il avec un vague geste dans la direction générale de la ville.

— Pardon ? fit Gorski.

— Des crimes passionnels. Ça court pas les rues, à Saint-Louis.

— Non, reconnut Gorski.

— Du coup, je me demande à quoi un inspecteur de police peut bien passer ses journées. »

Gorski lui décocha un maigre sourire. Après quoi Lemerre s'excusa d'avoir interrompu son déjeuner.

« Je vois bien que vous êtes très occupé, inspecteur », ajouta-t-il.

Cloutier et lui partirent d'un grand éclat de rire. Gorski vida son verre d'un trait avant de le remplir de nouveau à ras bord, sans se préoccuper de savoir si on le regardait. Il se força à finir son escalope mais ne toucha pas à la salade de pommes de terre qui l'accompagnait.

Les bureaux de Barthelme & Corbeil n'avaient rien de remarquable. Les noms des deux associés étaient gravés sur une discrète plaque en cuivre à l'entrée de ce qui semblait à part ça être un immeuble résidentiel. La plaque laissait entendre que ces messieurs n'avaient pas besoin de claironner leur présence dans les lieux ni de courir après les clients. Gorski appuya sur l'Interphone, et on lui ouvrit. Le cabinet se trouvait au premier étage. C'est seulement sur le verre dépoli de la porte qu'était indiquée la nature des activités de Barthelme & Corbeil : *notaires*.

Gorski entra sans frapper et fut accueilli par une secrétaire assise derrière un imposant bureau en chêne. C'était une femme menue d'une quarantaine d'années. Ses cheveux étaient vaguement retenus par une pince. Elle portait un chemisier vert à motifs cachemire et, autour du cou, un pendentif représentant un symbole oriental. Elle avait les yeux et le bout du nez rougis. Sans doute n'avait-elle appris la mort de Barthelme qu'en arrivant au travail le matin même. Il était révélateur qu'on ne l'ait pas renvoyée chez elle et, d'ailleurs, que l'étude soit restée ouverte tout court. L'espace de la réception ne payait pas de mine. À part le bureau en chêne, les meubles étaient plutôt bas de gamme. La moquette était râpée aux endroits de circulation intensive. Pourtant, l'impression n'était pas celle d'une firme sur le déclin, mais plutôt à l'abri du monde extérieur. C'était un lieu où l'on pouvait tenir des conversations délicates à voix basse. Barthelme & Corbeil servait d'intermédiaire entre les familles qui se protégeaient derrière les rangées de sycomores de la rue des Bois et le monde pouilleux au-delà.

Gorski sourit d'un air compatissant et adressa ses condoléances à la secrétaire.

« Ça a été un choc », répondit-elle avec un sourire forcé.

Malgré ses larmes, il y avait dans son regard une vitalité qui tranchait avec son environnement.

Gorski demanda s'il lui serait possible de toucher un mot à Me Corbeil. La femme prit la carte de visite qu'il lui tendait et poussa la porte de la pièce sur sa gauche après avoir toqué tout doucement.

Corbeil était à son bureau en train de lire des documents, ce qu'il continua à faire même après que la présence de Gorski lui eut été annoncée. Sans lever les yeux, il tendit le doigt en direction de deux fauteuils en cuir vert. Ne voulant obtempérer à ce geste grossier, Gorski resta debout au milieu de la pièce. Ribéry n'aurait jamais toléré un tel accueil. Il se serait avancé jusqu'au bureau et aurait arraché les papiers sous le nez du notaire. D'ailleurs, pour commencer, la situation ne se serait pas présentée. Malgré tous ses défauts, Ribéry avait une chose que Gorski n'aurait jamais : il était sociable. Il connaissait tout le monde en ville, du maire au barman, et ni Corbeil ni personne d'autre ne l'aurait traité avec un tel manque de respect. Comme pour montrer que l'incorrection de Corbeil ne l'affectait pas, Gorski flâna jusqu'à la fenêtre et fit mine de contempler la rue en contrebas. Sur le trottoir d'en face, Lemerre retournait vers son salon d'un pas tranquille en soufflant comme un bœuf. Gorski s'alluma une cigarette. Le bruit du briquet fit relever la tête à Corbeil, comme s'il avait oublié qu'il avait un visiteur. Il dévissa le capuchon d'un épais stylo à plume et ajouta sa signature au bas du document qu'il avait terminé de lire. Puis il se leva, traversa la pièce pour rejoindre Gorski et lui tendit la main.

« Alors comme ça, vous êtes notre célèbre inspecteur Gorski, hein ? »

Gorski soutint son regard. La phrase l'avait irrité, ce qui était sans doute le but recherché. Ce n'était pas tant le « célèbre » clairement ironique que l'usage du mot « notre », impliquant que Gorski était en quelque sorte la propriété des notables de la ville. Corbeil n'avait l'air aucunement perturbé par la mort de son associé. C'était un homme de taille moyenne, à la peau rosée sans la moindre imperfection. Il était complètement chauve à l'exception de quelques touffes soigneusement taillées au-dessus des oreilles. Il portait un costume en tweed et des richelieus marron. Ses gestes étaient précis et quelque peu efféminés. Gorski avait le sentiment que les deux associés ne se seraient jamais appelés par leur prénom et encore moins tutoyés. Et, en effet, quand il exposa le motif de sa visite, on aurait dit que Corbeil avait déjà oublié les circonstances de la mort de son confrère.

« D'après ce que j'ai cru comprendre, c'était un simple accident, fit observer le notaire. Alors j'ai du mal à voir quelle raison vous avez de… »

Il s'interrompit, comme pour chercher la formulation la plus insultante.

« … de venir fouiner par ici. »

Avant que Gorski ait le temps de répondre, Corbeil le guida jusqu'aux fauteuils en cuir qu'il lui avait indiqués plus tôt. Entre les deux se trouvait une table basse sur laquelle étaient posés un gros cendrier en verre taillé et une carafe de cognac. Il s'assit et invita Gorski à en faire autant, puis croisa les jambes avant de se relever d'un bond pour aller chercher deux verres dans un placard derrière son bureau.

« J'en oublie mes manières, dit-il en se rasseyant et en leur versant deux généreuses rasades de cognac. Si j'ai bonne mémoire, votre prédécesseur n'était jamais contre un petit remontant. Vous non plus, j'imagine. »

Gorski sirota une gorgée en résistant à l'envie de tout avaler cul sec. Le vin qu'il avait bu au restaurant de la Cloche n'avait fait qu'attiser sa soif.

« Vous étiez en train de m'expliquer les raisons de votre visite », reprit le notaire.

Le cognac avait laissé un goût sucré sur la langue de Gorski.

« J'essaye simplement de reconstituer les faits et gestes de Me Barthelme avant l'accident », dit-il.

L'expression de Corbeil ne varia pas. Il avait le visage si terne qu'il était difficile d'imaginer qu'il puisse jamais exprimer une quelconque émotion.

« La piste criminelle n'est donc pas écartée ? » demanda-t-il.

La piste criminelle. C'était une expression que les gens employaient uniquement quand ils s'adressaient à un flic ; une façon d'éviter les formulations plus directes.

« Le service d'enquête sur les accidents de la route n'a pas encore rendu son rapport, indiqua Gorski.

— Certes, mais il me semble que l'hypothèse est celle d'un accident, justement. Vous avez vous-même employé ce terme. Si c'est bien le cas, je ne vois pas en quoi vous avez besoin de venir fourrer votre nez dans les "faits et gestes" de mon associé, comme vous dites. »

L'attitude du notaire agaçait Gorski au plus haut point. Jamais il n'aurait parlé à Ribéry sur ce ton.

Et puis il était curieux qu'il évoque une « hypothèse ». La brève dans *L'Alsace* ne comportait qu'une description rudimentaire de la scène et quelques lignes sur la victime. Il n'y avait aucune spéculation sur les causes. Peut-être Corbeil avait-il déjà passé quelques coups de fil de son côté.

« Je m'efforce de ne pas raisonner sur la base d'hypothèses, rétorqua Gorski. Quelles que soient les conclusions de l'enquête, il y a certaines questions auxquelles il faut répondre.

— Je ne suis pas sûr d'être d'accord avec vous, inspecteur. Le fait qu'un individu ait eu la malchance d'être impliqué dans un accident ne vous donne pas le droit de fureter dans ses affaires. »

Gorski ne pouvait cacher son impatience plus longtemps.

« Je ne *furète* pas, maître Corbeil. Je mène une investigation sur un… »

Il se reprit juste avant d'employer à nouveau le mot « accident ».

« … sur les circonstances du décès d'un individu, et je ne vois pas pourquoi vous êtes autant sur la défensive. »

Il sortit une deuxième cigarette. Corbeil se leva et prit un cigare dans une boîte sur son bureau, qu'il alluma à l'aide d'un gros briquet en onyx. Il tira dessus quelques secondes, semblant se perdre dans le plaisir que lui procurait le tabac. Puis il secoua vivement la tête, comme s'il se souvenait soudain que Gorski était là.

« Vous avez tout à fait raison, mon cher inspecteur. Je n'ai nullement l'intention de faire obstruction, au contraire. Veuillez excuser ma propension légaliste à tout décortiquer. »

Il se rassit, et Gorski se força à sourire.

« Mes recherches, à ce stade, dit-il, tendent uniquement à déterminer pourquoi votre confrère roulait vers le sud sur l'A35 au moment de l'accident. J'imagine que vous vous êtes forcément posé la question aussi. »

Corbeil secoua la tête avec lenteur.

« Je ne vois pas pourquoi je me la serais posée, mais peu importe. »

Il décrivit un petit moulinet avec son cigare pour inviter Gorski à poursuivre.

« La voiture de Me Barthelme a quitté la route peu après 21 heures. Je voudrais seulement savoir à quelle heure vous vous êtes séparés et s'il vous a donné quelque indication sur là où il allait. »

Le regard de Corbeil trahit un instant de perplexité.

« Je ne suis pas sûr de vous suivre, dit-il.

— C'est pourtant une question simple.

— Mais qui semble reposer sur un malentendu de votre part. Je n'ai pas revu Me Barthelme après avoir quitté l'étude. »

Gorski réprima un sourire. Il avait la vague impression d'avoir remporté une petite victoire. Mais il limita sa réaction à un sobre hochement de tête, cherchant à donner le sentiment qu'il avait d'une certaine manière contraint le notaire à cet aveu.

« Vous n'avez donc pas dîné à l'auberge du Rhin avec Me Barthelme ?

— Pas du tout, répliqua Corbeil en laissant échapper un petit rire amusé.

— J'avais cru comprendre que votre associé et vous dîniez ensemble tous les mardis soir. »

Corbeil dévisagea Gorski avec méfiance et lui fit savoir qu'il se trompait. Il n'avait même jamais mis les pieds dans ce restaurant.

« Je me demande bien d'où vous est venue pareille idée, s'étonna-t-il.

— Dans ce cas, pouvez-vous me dire à quelle heure vous l'avez vu pour la dernière fois ?

— Dans l'après-midi, ici, à l'étude.

— À quelle heure, précisément ? »

Corbeil gonfla les joues pour indiquer qu'il ne pouvait quand même pas se souvenir d'un détail aussi trivial. Gorski lui fit remarquer que ça ne remontait jamais qu'à la veille.

« Peut-être votre secrétaire aura-t-elle meilleure mémoire », suggéra-t-il.

Corbeil lui lança un regard noir avant de se lever et d'aller jusqu'à son bureau. Il consulta un gros agenda et déclara qu'il était en rendez-vous à l'extérieur. Puis il appuya sur un bouton de son Interphone et demanda à la secrétaire de venir les rejoindre. Il aurait aussi bien pu l'appeler en ouvrant la porte, mais sans doute pensait-il que ce bête appareil lui conférait davantage d'autorité.

La femme fit son entrée quelques instants plus tard et resta plantée dans l'embrasure de la porte, mal à l'aise. Corbeil l'invita à s'avancer dans la pièce, sans toutefois lui offrir de siège.

« Irène, M. l'inspecteur voudrait vous poser une ou deux questions au sujet de Me Barthelme. »

Les yeux de la secrétaire passèrent de l'un à l'autre. Gorski sourit pour la rassurer.

« Il n'y a pas de quoi s'inquiéter, dit-il. Je veux juste savoir à quelle heure Me Barthelme a quitté l'étude hier après-midi.

— Il devait être 4 heures, ou un peu plus.

— Il avait un rendez-vous ?

— Non, il n'y avait rien à son agenda.

— Et il ne vous a pas dit où il allait ? »

Irène réprima un sanglot. Elle regarda Corbeil dans l'espoir qu'il lui vienne en aide.

« Mais c'était autour de 4 heures ? reprit Gorski.

— Oui.

— Et est-ce qu'il est repassé au bureau ensuite ? »

Elle secoua la tête.

« À quelle heure êtes-vous partie ?

— Peu de temps après lui. »

Elle jeta un nouveau coup d'œil à Corbeil, qui la considérait avec une certaine répugnance.

« Me Barthelme m'avait dit que, si j'avais fini ma journée, je pouvais partir.

— Il est donc possible qu'il soit revenu au bureau après votre départ. »

Elle se tamponna les yeux avec un mouchoir qu'elle serrait en boule dans sa main.

« Je ne vois pas bien l'intérêt que ça peut avoir », observa Corbeil.

Gorski résista à l'envie de lui rétorquer que ce qu'il pensait n'avait aucune importance, mais il n'insista pas. Cette secrétaire semblait être la seule personne un tant soit peu touchée par la mort de Barthelme, et il ne voyait pas la nécessité d'ajouter à son chagrin.

6

Le chemin le plus court pour regagner le commissariat passait devant Le Pot. Il était parfaitement possible de suivre un autre itinéraire, mais si Gorski consentait à faire un détour, ne serait-ce pas là un aveu qu'il avait un problème ? Qu'il n'était pas capable de passer devant un bar sans y entrer ? D'un autre côté, quoi de plus naturel que de s'arrêter boire une bière le temps de digérer sa conversation avec Corbeil ? Ce n'était pas tant qu'il avait besoin d'un verre, mais simplement que ce serait plus agréable que de retourner au bureau. Pourtant, ne s'était-il pas juré le matin même de ne plus mettre les pieds au Pot ? Il n'aimait pas boire seul, et il avait conscience de l'effet que produisait la présence d'un flic sur l'ambiance générale du lieu. C'était juste devenu un moyen de ne pas passer ses soirées dans la maison de la rue de Village-Neuf.

Il tourna dans la rue du Pot. Le fait de résister à la tentation n'aurait de valeur que s'il passait bel et bien devant. Il poussa même jusqu'à traverser pour rejoindre le bon trottoir. À quelques mètres de la porte, il jeta un coup d'œil à sa montre et adopta une expression visant à suggérer à quiconque pourrait l'observer qu'il était brusquement surpris de s'apercevoir qu'il avait plus de temps devant lui qu'il ne l'aurait cru.

Trois hommes en bleu de travail étaient debout au comptoir, un journal ouvert devant eux. Gorski se glissa sur la banquette en vinyle déchiré et commanda une pression en mimant le geste. Ce fut seulement une fois qu'Yves lui eut déposé sans un mot la chope sur la table qu'il se releva pour ôter son imperméable. Il laissa la bière reposer quelques instants. Maintenant qu'elle était là, il n'était plus pressé. Il regarda les bulles monter et s'accumuler sous la couche de mousse, que le patron avait adroitement écumée avec une spatule en inox qu'il gardait à portée de main à cet effet. Les hommes au comptoir échangèrent quelques commentaires obscènes sur la victime du meurtre de Strasbourg. Yves leur adressa alors un imperceptible signe de tête pour les alerter sur la présence de Gorski, et la conversation se tarit.

Gorski était intrigué par sa rencontre avec Corbeil. La majeure partie de son boulot de flic était totalement banale. On a tort de croire que les policiers passent leur temps à éclaircir des mystères insondables. C'est loin d'être le cas. Dans la très grande majorité des crimes, soit le coupable est connu dès le départ, soit, pour les vols à la tire et les cambriolages, il y a de fortes chances qu'on ne le retrouve jamais. La police fait mine d'enquêter, pas tant dans l'espoir d'arrêter les auteurs que simplement d'assurer aux citoyens dont les impôts paient leurs salaires qu'ils sont protégés des méchants dont les médias leur rabâchent à longueur de journée qu'ils sont prêts à les dévaliser, les violer ou les assassiner. Les rares fois où une investigation débouche sur une arrestation, c'est plus probablement le fruit de journées entières d'un travail de terrain laborieux que d'un brusque éclair de génie. Il en va ainsi, en tout cas dans une petite ville comme Saint-Louis, qui – à part quelques voleurs récidivistes – ne possède ni de population criminelle à proprement parler, ni de très grande tendance à la violence. Saint-Louis est un endroit paisible, largement épargné par la tragédie. Lors des occasions mondaines, on attendait systématiquement de Gorski qu'il divertisse la galerie par des anecdotes sur les affaires extravagantes qu'il avait résolues, au lieu de quoi, quand il essayait d'expliquer la vraie nature du travail de police, la conversation changeait vite de sujet.

Gorski était donc intrigué par le simple fait d'avoir découvert quelque chose qu'il ne savait pas jusque-là ; quelque chose qui contredisait la version des faits précédemment admise. Pas de quoi fouetter un chat, en vérité : un homme avait menti à sa femme. Le soir de sa mort, Barthelme n'était pas là où il avait dit qu'il serait. Mais, plus que ça, il n'était pas là où il avait dit qu'il était tous les mardis soir pendant toute la durée de son mariage. L'hypothèse la plus probable était parfaitement évidente, mais c'était quand même curieux. Bertrand Barthelme ne semblait pas du genre à entretenir une maîtresse. En outre, l'obstruction de Corbeil laissait penser qu'il savait que son associé avait quelque chose à cacher. Son manque de coopération pouvait tout à fait s'expliquer par un désir de préserver la réputation de son défunt confrère – et, par extension, celle de l'étude –, mais il suggérait aussi qu'autre chose se cachait peut-être derrière l'image bourgeoise et vieux jeu que Barthelme présentait à la face du monde.

Gorski but une gorgée de bière. Il se rappela que les

trous dans l'emploi du temps de Barthelme n'intéressaient absolument pas la police. Aucun crime n'avait été commis. Il avait mené ces recherches uniquement par désir idiot de faire plaisir à Lucette Barthelme. Mais c'était parfaitement déplacé, comme Corbeil l'avait très bien souligné. Le mieux était de communiquer à la veuve ses découvertes en l'état et de s'en tenir là. Sauf que, ne fût-ce que pour contrarier Corbeil, Gorski n'avait pas envie de s'en tenir là. Il était titillé, maintenant. Il imagina Ribéry assis à côté de lui avec son pichet du midi. En tant que flic, c'était l'opposé de Gorski : tout en instinct et intuitions. Quand son petit doigt ne lui soufflait pas la solution instantanée à une affaire, la plupart du temps il haussait les épaules et mettait ça sur le dos des Gitans (un groupe qu'il considérait comme hors de sa juridiction). Il n'était pas homme à user ses souliers, à aller frapper aux portes ou à disséquer les coupures de journaux et les casiers judiciaires.

Gorski se leva et demanda à Yves un jeton pour la cabine téléphonique au fond de la salle. Il appela Lucette Barthelme. Peut-être s'était-elle simplement trompée sur la personne avec qui devait dîner son mari. Il y avait sans doute une explication parfaitement innocente. Quand la gouvernante lui passa sa patronne, celle-ci sembla désorientée, comme si elle venait de se réveiller. Gorski s'excusa de la déranger et lui dit qu'il n'avait pas réussi à joindre Me Corbeil. Il lui demanda si elle ne voyait pas avec qui d'autre son mari pouvait avoir passé la soirée.

« Oh, je ne sais pas trop, dit-elle.

— Vous aviez évoqué un genre de club, insista Gorski.

— Oui. C'est vrai. Vous avez bonne mémoire, inspecteur. »

Gorski essaya de lui soutirer des noms en douceur.

Après réflexion, elle en fournit deux : un agent immobilier et le propriétaire d'une usine en périphérie de la ville. Gorski la remercia et lui promit de la tenir au courant des éventuels développements.

Les bureaux d'Henri Martin se trouvaient à l'écart des principales artères commerciales de Saint-Louis, au rez-de-chaussée d'un immeuble résidentiel de la rue des Vosges. Il n'y avait pas de vitrine dans laquelle étaient exposées les propriétés à vendre ou à louer. Près de la sonnette, un écriteau indiquait : *Consultation sur rendez-vous uniquement.*

Une des premières leçons que Gorski avait apprises de Ribéry était de ne jamais s'annoncer. Ne pas offrir à un témoin l'opportunité de mettre au point sa version à l'avance. Pourtant, Henri Martin ne parut pas surpris le moins du monde par la visite de Gorski. C'était un petit homme, vêtu d'un impeccable costume trois-pièces foncé. Sans lui demander son avis, il servit un whisky à Gorski avant de l'inviter à prendre place dans le fauteuil devant son bureau.

« J'imagine que vous n'êtes pas venu parler immobilier, lança-t-il tandis que Gorski s'asseyait.

— Ah bon ? Et pourquoi pas ? À vrai dire, je songe à déménager. »

Martin eut l'air embarrassé et lui décocha un sourire gêné.

« Nous offrons un service assez haut de gamme, répondit-il en guise d'explication. Nous sommes davantage des courtiers que des agents. Notre clientèle est plutôt… »

Il s'interrompit pour chercher le mot juste.

« … plutôt nantie. Mais je serais ravi de vous conseiller les services d'un de nos concurrents. »

Gorski esquissa un sourire pour indiquer qu'il n'était pas vexé, mais il remit à plus tard l'exposé du motif de sa visite. Martin s'était d'emblée placé sur la défensive, et quand les gens étaient sur la défensive, ils trouvaient le silence inconfortable. Martin alla se rasseoir derrière son bureau et posa délicatement son propre whisky sur un dessous-de-verre. Il essayait de gagner du temps. Gorski était persuadé que Corbeil l'avait déjà appelé. Il but une gorgée. Il n'y connaissait pas grand-chose en whisky, mais il sentait bien que ce n'était pas la qualité bas de gamme qu'on noie dans du soda.

« Donc, reprit Martin, si vous n'êtes pas là pour une consultation, puis-je supposer que votre visite est en lien avec la mort de Me Barthelme ?

— Pourquoi supposeriez-vous cela ? demanda Gorski.

— Qu'est-ce que ça pourrait être d'autre ? » rétorqua Martin avec un geste évasif de la main.

Le but de la visite de Gorski était parfaitement anodin : confirmer que Martin n'avait pas dîné avec Barthelme le soir de sa mort. Il aurait pu s'en assurer en posant une seule question, mais il décida d'en apprendre le plus qu'il pourrait. Ribéry appelait ça « aller à la pêche ».

« Je voulais vous interroger sur ce fameux club que vous formez, dit-il en restant volontairement vague.

— De quel club parlez-vous ? demanda Martin en penchant légèrement la tête.

— Celui dont vous-même, Me Corbeil, Me Barthelme et… »

Gorski sortit son carnet de la poche intérieure de sa veste pour se souvenir du dernier nom.

« … M. Tarrou êtes membres. »

Il fut satisfait de l'effet de sa question. Martin se préoccupa soudain de vérifier que les poignets de sa chemise étaient correctement fermés. Il portait des boutons de manchettes en or gravés à ses initiales. Puis il leva longuement les yeux en l'air, comme s'il essayait d'accéder à un recoin oublié de sa mémoire, un réflexe involontaire que Gorski avait observé à de nombreuses reprises. Il fit tourner son whisky sous son nez avant d'en boire une gorgée.

« Je crains de vous décevoir, inspecteur, finit-il par dire.

— Comment ça ?

— Je ne connais pas ce club.

— Mais vous connaissez ces messieurs ?

— Certes, mais il n'y a pas de "club", comme vous dites.

— Le terme est de Me Barthelme, pas de moi.

— Ça ne change rien. »

Gorski avait deviné la réponse à sa question suivante avant même de l'avoir posée.

« Alors puis-je vous demander quand vous l'avez vu pour la dernière fois ? »

Martin secoua la tête.

« Si je ne l'ai pas vu hier soir, je ne vois pas en quoi ça vous intéresse.

— Vous pourriez peut-être me faire confiance ? »

Martin gonfla les joues. Il commençait à s'impatienter, exactement comme l'espérait Gorski.

« Je ne pourrais pas vous le dire avec précision. Il y a deux ou trois semaines.

— Et la nature de votre relation ? Comment la décririez-vous ? »

Martin recula les épaules et rentra le menton dans la poitrine, mais il garda un ton affable.

« Vous permettez que je vous demande ce qui nécessite une telle enquête ? Si j'ai bien compris, la mort de Me Barthelme est un simple accident. »

C'était exactement la phrase qu'avait employée Corbeil.

« Ai-je suggéré le contraire ? répliqua Gorski innocemment.

— Dans ce cas, je ne vois pas ce que la nature de notre relation vient faire là-dedans. »

Gorski décida d'essayer une autre tactique. Il se pencha en avant dans son fauteuil.

« Si je peux compter sur votre discrétion, monsieur Martin, il y a certaines circonstances entourant la mort de Me Barthelme qui m'obligent à mettre le nez dans ses affaires. »

Martin le dévisagea avec une expression sceptique.

« Puis-je savoir à quoi vous faites allusion ? »

Gorski lui sourit d'un air désolé et fit un geste de la main pour indiquer qu'il n'était pas autorisé à divulguer ces informations.

« Donc, la nature de votre relation ? » reprit-il.

Martin paraissait mal à l'aise.

« On pourrait dire que nous étions des partenaires professionnels, répondit-il.

— Des partenaires professionnels », répéta Gorski avec gravité, comme s'il enregistrait l'expression dans sa tête.

Il vida son verre de whisky et se leva brusquement.

« Je ne vais pas vous déranger plus longtemps, déclara-t-il. Surtout, je compte sur votre discrétion. Vous savez comme les gens aiment parler.

— Bien sûr », répondit Martin d'un air solennel.

Une fois dehors, Gorski marcha à vive allure. Puis, après une distance raisonnable, il fit demi-tour et jeta un coup d'œil par la fenêtre du bureau de Martin. Celui-ci était déjà en train de passer un coup de fil.

7

Marc Tarrou était au téléphone lorsque Gorski entra dans la guérite en préfabriqué qui lui tenait lieu de bureau. L'Algeco était posé sur des parpaings, dans un coin du parking de son usine de ciment. Tarrou salua Gorski d'un hochement de tête amical et lui fit signe de s'asseoir sur une des chaises en plastique. Les parois étaient doublées en contreplaqué et couvertes de divers calendriers et publicités pour des matériaux de construction. La majeure partie de l'espace au sol était encombrée de piles de papiers et de classeurs bourrés à craquer. On aurait difficilement pu faire plus différent des locaux de Barthelme & Corbeil. Gorski resta debout. Ses yeux furent attirés par un calendrier, périmé depuis cinq ans, montrant la photo d'une fille en bikini agenouillée dans la mer au bord d'une plage des Caraïbes. Elle avait les cuisses écartées et la tête renversée en arrière alors qu'une vague se brisait sur elle.

Tarrou continua quelques minutes sa conversation, qui concernait un retard de commande, passant de temps en temps à une langue que Gorski crut identifier comme de l'arabe, tout en roulant les yeux et en secouant la tête de façon théâtrale à l'intention de son visiteur. C'était un bel homme, au teint mat et aux épais cheveux bruns, coiffés en arrière. Bien que l'Algeco ne soit pas chauffé, il était en manches de chemise. Un blazer bleu à boutons dorés était pendu au dossier d'une chaise. Sous son bureau, le bas de son pantalon était éclaboussé de la même boue claire que sur le parking. Tarrou termina sa conversation par une série de jurons colorés et reposa doucement le combiné sur son réceptacle avec un clin d'œil.

« Putains d'Arabes, dit-il. C'est le seul langage qu'ils comprennent. »

Puis, comme pour se justifier, il ajouta :

« Je suis moitié arabe moi-même, par ma mère. Un bâtard marseillais, ha ha ha. »

Gorski se demanda combien de fois il avait déjà sorti cette réplique. Il était difficile de croire que Bertrand Barthelme et sa clique aient pu fréquenter un type pareil.

Tarrou fit le tour de son bureau, la main tendue.

« Les flics, donc ? dit-il. Qu'est-ce que j'ai encore fait ? Inspecteur Gorski, c'est bien ça ? »

Gorski se força à sourire à son trait d'humour. Le cimentier libéra deux chaises en plastique et ils s'assirent. Mais, aussitôt, Tarrou se releva d'un bond pour aller chercher une bouteille de vin dans le tiroir du haut d'un meuble de rangement.

« Une petite goutte pour mettre de l'huile dans les rouages, hein ? »

Il y avait deux verres sales sur la table basse entre eux, dont l'un portait des traces de rouge à lèvres. Tarrou trouva une serviette en papier et les essuya pour la forme. Il les remplit de vin et en tendit un à Gorski, gardant pour lui celui avec le rouge à lèvres.

« Tchin-tchin », dit-il.

Il s'assit en face de Gorski, penché en avant, les coudes appuyés sur ses genoux écartés.

« J'imagine que vous vous demandez comment je sais qui vous êtes, reprit-il. Eh bien, je vais vous le dire. Ce faux frère de Corbeil m'a appelé pour m'avertir que vous étiez venu fouiner à son étude et que je pouvais m'attendre à une visite de votre part.

— Je vois, fit Gorski. Et, à votre avis, pourquoi a-t-il éprouvé le besoin de vous prévenir ?

— Ça, c'est à lui qu'il faudrait le demander, non, inspecteur ? »

Gorski ne savait pas trop comment prendre cette franchise apparente. D'après son expérience, ce genre de tactique était généralement un écran de fumée. Il en avait croisé un paquet, de ces types affables dont l'empressement à faire étalage de leur bonne foi ne servait qu'à éveiller les soupçons sur le fait qu'ils avaient quelque chose à cacher. Il y avait cependant un côté sympathique chez Tarrou. Feinte ou pas, sa bonhomie était préférable à l'hostilité à peine voilée de Corbeil et de Martin.

« Bref, poursuivit-il, si vous devez fouiner, fouinez donc ! »

Gorski reposa son verre sur la table basse.

« Comment décririez-vous votre relation avec le défunt ? demanda-t-il.

— Le défunt ? C'est comme ça qu'on l'appelle ? fit Tarrou avec un grand haussement d'épaules.

— Diriez-vous que c'était un ami ?

— Un ami ? répéta-t-il d'un air visiblement amusé. Je ne pense pas que Barthelme avait le moindre ami.

— Que diriez-vous, alors ?

— On faisait parfois quelques affaires ensemble. Ce n'est pas moi qui vais vous apprendre qu'il ne se passe pas grand-chose à Saint-Louis sans que ce bon vieux Barthelme se serve au passage. »

Gorski opina comme s'il savait exactement à quoi Tarrou faisait référence. Peut-être était-il finalement aussi candide qu'il en avait l'air.

« Et quand l'avez-vous vu pour la dernière fois ? »

Tarrou enchaîna tout un répertoire de mimiques : il fit une grimace, secoua la tête, se gonfla les joues, exhala bruyamment.

« Je ne pourrais pas vous le dire précisément… Il y a deux semaines, peut-être. Ou trois.

— Pas hier, en tout cas ?

— Non.

— Parlez-moi de votre petit club.

— Quel petit club ?

— Celui auquel vous apparteniez avec Barthelme, Corbeil et Martin. »

Tarrou parut sincèrement interloqué. Il ouvrit de grands yeux, puis vida son verre d'un trait et les resservit tous les deux.

« Vous ne vous retrouviez jamais pour dîner ensemble ?

— Si. Parfois. Mais je n'appellerais pas ça un club. C'est ce que disait Barthelme ? Ha ha, quel connard prétentieux !

— Que vous appeliez ça un club ou pas, est-ce que vous aviez l'habitude de dîner avec ces messieurs ?

— L'habitude ? Non. Il nous arrivait de nous retrouver pour discuter de… pour discuter de nos intérêts mutuels. Mais ça n'allait pas plus loin. S'il y avait un quelconque club, je n'en faisais pas partie. »

Il reposa son vin, comme s'il craignait de trop se délier la langue.

Gorski hocha la tête. Il était bien sûr tout à fait

possible que ce « club » ne soit rien d'autre qu'une fiction inventée par Barthelme pour mentir à sa femme. Mais il y avait clairement un lien entre les quatre hommes, et ça l'interpellait que tous soient aussi prompts à s'en défendre. Néanmoins, il sentait qu'il avait un allié en Tarrou et il ne voulait pas trop tirer sur la corde.

« Quoi qu'il en soit, vous n'avez pas dîné avec Me Barthelme hier soir ? demanda-t-il.

— Non.

— Et vous ne l'avez pas vu entre 16 heures et l'heure de sa mort ?

— Je ne connais pas l'heure de sa mort, mais non. »

Gorski vida son verre et se leva.

« J'avais cru comprendre qu'il s'agissait d'un accident, reprit Tarrou.

— Tout ce que je peux dire, c'est qu'une enquête est en cours », répondit Gorski.

Après quoi il ajouta, en sachant que Tarrou ne serait pas du genre à garder un potin pour lui :

« Il reste encore quelques détails à éclaircir. »

Il fit un geste désinvolte de la main, comme si ça n'avait aucune importance, mais il remarqua l'expression intriguée qui traversa le visage de Tarrou.

Ce dernier le raccompagna jusqu'à la porte.

« Transmettez mes salutations à Mme Barthelme », dit-il alors qu'ils se serraient la main.

Gorski le regarda et se sentit rougir. Tarrou lui donna une petite tape sur l'épaule.

« Ce serait quand même dommage de gâcher un morceau pareil, non ? » s'exclama-t-il dans un grand éclat de rire.

Gorski descendit les marches en parpaing de l'Algeco et atterrit dans une flaque. De l'eau boueuse lui rentra dans la chaussure. Il monta dans sa voiture et s'alluma une cigarette. Il n'avait pas les idées claires. Selon toute vraisemblance, la mort de Barthelme était un accident, et pourtant voilà qu'il courait à droite et à gauche en semant à tout-va des insinuations sans fondement. Il s'était laissé emporter. Après tout, qu'est-ce que ça pouvait faire qu'un groupe de businessmen se retrouve de temps en temps pour dîner ensemble ? Ou que la victime d'un accident de la route ait menti à sa femme ? Il n'y avait aucune raison de penser que les deux choses étaient liées. Et la remarque lubrique de Tarrou montrait qu'il l'avait percé à jour : Gorski était moins intéressé par les faits et gestes de Bertrand Barthelme que par la charmante Lucette.

Gorski avait toujours détesté la maison de la rue de Village-Neuf. La construction de ce lotissement à la lisière nord de Saint-Louis remontait à vingt ans, dans un style imitation rustique. De fausses poutres cherchaient à reproduire l'apparence des fermes alsaciennes traditionnelles à colombage. Les volets aux fenêtres étaient en PVC plutôt qu'en bois. Avant de se marier, Gorski avait imaginé prendre un appartement comme celui de ses parents, mais pour Céline il n'en était pas question, et très vite elle s'était emparée du sujet sans lui demander son avis. Son père, déjà maire adjoint de la ville à l'époque, avait acheté la maison pour l'offrir au couple en cadeau de mariage. Céline était ravie et virevoltait de pièce en pièce en claironnant ses choix de couleurs et d'ameublement tandis que Gorski et M. Keller patientaient, mal à l'aise, dans l'entrée.

La taille de la nouvelle demeure du couple fit jaser au commissariat. Schmitt et ses petits camarades ne rataient pas une occasion de se demander à voix haute comment diable il pouvait se permettre une maison pareille avec un salaire de flic. « Peut-être qu'il touche des pots-de-vin » était une des rengaines habituelles. « Est-ce qu'il faut un permis de construire pour pouvoir baiser sa femme ? » était la réplique favorite de Schmitt. Gorski avait commis l'erreur de ne pas couper court à tout ça dès le début. S'il ne l'avait pas fait, c'était par un désir déplacé d'avoir l'air sympa, de montrer que, même s'il était le chef, il était capable de se prêter aux moqueries comme tout le monde. Moyennant quoi il avait simplement réussi à devenir l'objet de toutes les risées.

S'il évitait de passer trop de temps dans la maison de la rue de Village-Neuf, c'était parce que, même après vingt ans, il avait l'impression d'être un gardien de théâtre qui errait sur la scène une fois que la salle s'était vidée. Nulle part il ne pouvait s'affaler avec son journal ou poser une bouteille de bière sans s'inquiéter de faire une marque sur la table. Ce soir-là, au moins, il s'était forcé à quitter Le Pot avant qu'Yves ne retourne avec lassitude la petite pancarte accrochée à la porte. Mais en se garant devant la maison, il regretta de s'être arrêté au bar. Il voyait la lumière de l'entrée briller derrière l'imposte vitrée au-dessus de la porte.

Cette dernière était fermée à clé. En pénétrant dans le vestibule, il lança un « bonsoir » hésitant. Aucune autre lumière n'était allumée dans la maison, et personne ne répondit. Il éclaira la cuisine et monta à l'étage. La porte de la chambre de sa fille était entrouverte. Clémence avait dû passer chercher des affaires. Gorski s'en voulut de l'avoir ratée. Il redescendit et se déboucha une bouteille de vin déjà entamée. Alors qu'il se servait un verre, il remarqua le petit mot calé contre la salière sur la table de la cuisine.

Coucou papa. J'ai fait un saut pour récupérer deux, trois trucs. J'imagine que tu dois être occupé à démanteler un gang de criminels international. Maman me rend dingue, à part ça ! Bisous. C.

PS : tu ne penses quand même pas mettre cette cravate avec cette chemise ?!!

Gorski sourit. La dernière phrase était une petite blague entre eux. Mais, en même temps, il sentit ses yeux le piquer. Il dut se mordre la lèvre pour réprimer un sanglot. Quelle connerie d'avoir traîné au Pot comme un lamentable ivrogne alors que Clémence était là. Il avala d'un trait le vin qu'il s'était servi et vida le reste de la bouteille dans son verre.

Pile à cet instant, le téléphone sonna. Gorski décrocha le combiné, qui était fixé au mur près de la porte de la cuisine.

« Clémence ? fit-il.

— Georges ! Je suis bien contente de vous trouver. »

C'était sa belle-mère, qui s'adressait à lui de son éternelle petite voix guillerette, comme si de rien n'était.

Gorski sentit ses épaules s'affaisser.

« Bonsoir, madame Keller », dit-il.

Malgré ses reproches répétés, il ne s'était jamais résolu à l'appeler par son prénom. Il aurait eu l'impression de flirter avec elle, d'une certaine manière.

« Alors, Georges, reprit-elle d'un ton faussement réprobateur, qu'est-ce qui se passe entre vous et Céline ? Elle se morfond ici comme une enfant perdue. Vous devriez lui passer un petit coup de fil. Je suis sûre que tout peut s'arranger. C'est tellement dommage. »

Gorski aimait bien sa belle-mère et ne lui en voulait pas de son ingérence. Il était même plutôt revigoré d'entendre ce qu'elle avait à dire. Néanmoins, il se sentit contraint de lui opposer une certaine résistance.

« Vous ne croyez pas que ce serait à elle de m'appeler ? » dit-il.

Il ôta ses chaussures. Elles étaient toutes crottées par la boue claire du parking de Tarrou et avaient laissé une traînée d'empreintes sur le parquet. Gorski termina les dernières gouttes de vin dans son verre.

« Georges, vous savez comme elle est têtue. C'est vous qui êtes raisonnable. Il suffirait d'un simple coup de fil. »

Il tira le câble du téléphone jusqu'à sa limite et ouvrit le frigo. Il en sortit une bouteille de bière et coinça le combiné dans son cou pendant qu'il la décapsulait.

« Je vais réfléchir, répondit-il. En attendant, je pourrais peut-être parler à Clémence ?

— Céline est là si vous voulez que je vous la passe, insista Mme Keller.

— Je ne pense pas que ce soit une bonne idée. »

Mais il l'entendit déjà appeler sa fille. Elle avait dû couvrir le combiné d'une main car il s'ensuivit quelques instants d'une conversation étouffée. Gorski but une longue gorgée de bière et fit rouler sa tête sur ses épaules. Il ne voulait pas raccrocher, par courtoisie envers Mme Keller. Elle finit par revenir au bout du fil.

« Voilà, je vous la passe, annonça-t-elle. Elle était juste en train de se repoudrer le nez. Allez, au revoir ! »

Gorski imaginait Céline tenir prudemment le combiné du bout des doigts, comme pour éviter les risques de contagion.

« Georges, dit-elle de son ton habituel : plat, un peu sec.

— Comment tu vas ? demanda-t-il.

— Je vais bien. C'est pour savoir ça que tu m'appelles ? »

Gorski était sur le point de lui dire que ce n'était pas lui qui avait appelé, mais il se ravisa.

« Et Clémence ?

— Clémence ? Bien, j'imagine. Pourquoi voudrais-tu que ça n'aille pas ? »

Gorski ne sut pas quoi répondre.

« Il y avait autre chose ? reprit Céline.

— Peut-être qu'on devrait se voir ? » suggéra-t-il sans grande conviction.

Une partie de lui avait envie que Céline revienne mais, pour l'instant, la nouveauté de ne pas avoir à soutenir une conversation avec elle ne s'était pas encore totalement dissipée.

« Tu me manques, se sentit-il obligé d'ajouter.

— Oh, arrête, Georges, pas de sentimentalisme, s'il te plaît. Tu as bu ?

— Je viens de rentrer », dit-il, ce qui, dans les faits, n'était pas un mensonge.

Après un silence, Céline redemanda :

« Il y avait autre chose ? »

Gorski persévéra :

« Peut-être qu'on devrait dîner ensemble, ou je ne sais pas. Je pense qu'il faudrait qu'on parle. »

Même si elle refusait, il pourrait dire à Mme Keller qu'il avait essayé.

Céline laissa échapper un profond soupir avant – à la grande surprise de Gorski – d'accepter.

« Clémence est là ? risqua-t-il encore.

— Elle boude dans sa chambre, comme toujours.

— Tu pourrais peut-être… »

Mais Céline avait raccroché. Gorski emporta sa bière dans le salon. Il alluma la télé sur une émission d'actualités. Après avoir enlevé sa veste et desserré sa cravate, il s'assit sur le canapé et s'endormit en quelques minutes. La bouteille de bière lui échappa des mains et se vida sur la moquette.

8

Raymond était dans le train pour Mulhouse. C'était le début de l'après-midi, et le wagon était presque vide. Il sortit son livre de sa sacoche et en tira le bout de papier qu'il avait caché entre les pages. Il l'examina pour la trois ou quatrième fois. La veille, après dîner, il était monté dans le bureau de son père. Il s'y était rarement retrouvé seul, ou alors uniquement afin d'aller chercher quelque chose pour son père ou de vérifier que les volets étaient bien fermés. Ce n'était pas une pièce dans laquelle on entrait sans y avoir été autorisé en bonne et due forme. Aussi, lorsque Raymond y pénétra, ce n'était pas avec un objectif précis en tête, mais juste parce qu'il le pouvait. Au début, il se contenta de marcher lentement le long des grandes bibliothèques qui tapissaient les murs, tournant prudemment autour du bureau qui trônait au centre. Il caressa du bout des doigts les tranches des volumes sur les étagères. Puis il prit place dans le fauteuil près de la fenêtre, dont le cuir vert était craquelé et patiné par l'usure. L'assise gardait encore la trace en creux des fesses de son père. L'appuie-tête était imprégné de l'arôme de son tabac à pipe.

Le premier souvenir qu'avait Raymond de son père

était cette odeur, qu'il associait surtout au tissu râpeux de ses costumes et aux poils rêches de sa barbe, mais qui en fait s'immisçait partout. Il paraissait étrange qu'elle persiste ainsi, comme si Bertrand Barthelme était encore présent dans la pièce. Raymond se rappelait d'une fois où il était venu s'asseoir aux pieds de son père pendant qu'il lisait dans ce même fauteuil. Il devait avoir trois ou quatre ans. Il effleurait le bas de son pantalon, amusé par les chatouillis au contact du tweed. Mais c'était l'odeur dont il se souvenait le mieux, cette riche odeur de noisette d'un monde auquel il n'appartenait pas. Alors déjà, Raymond savait qu'il ne fallait pas déranger son père, mais il espérait un signe d'affection de sa part, qu'il lâche l'accoudoir du fauteuil et baisse la main pour lui caresser la tête. Au lieu de quoi Me Barthelme avait secoué la jambe comme si une mouche s'était posée sur sa cheville. Raymond avait déguerpi de la pièce.

Raymond se leva et marcha jusqu'au bureau. Il s'assit dans le fauteuil depuis lequel son père lui livrait son sermon annuel sur ses piètres résultats scolaires. Il n'y avait aucun papier posé à la surface du meuble. Les seuls objets étaient l'abat-jour vert avec son fil en tissu à l'ancienne, un téléphone, un râtelier à pipes, un encrier et un stylo à plume. Raymond cueillit une des pipes sur le râtelier et la mit dans sa bouche. Le tuyau avait un goût amer, et il la reposa en s'essuyant les lèvres d'un revers de main. Il ouvrit tour à tour chacun des six tiroirs. À sa grande surprise, cinq étaient complètement vides. Seul celui en haut à gauche contenait quelques affaires en vrac : une boîte de curepipes, des allumettes, des trombones, etc. C'est dans ce tiroir que Raymond avait trouvé le bout de papier qu'il inspectait à présent. Il mesurait environ quatre centimètres sur deux et avait été découpé dans une page de carnet ou d'agenda. Le papier était de bonne qualité, jauni par le temps. Il y avait une légère trace d'eau sur le coin du bas et l'encre des dernières lettres avait un peu bavé. Peut-être avait-il été glissé sur une table de café où un verre avait laissé un résidu humide. Une adresse y avait été notée à la main : *13 rue Saint-Fiacre, Mulhouse*. L'écriture était ronde et féminine. Le « S » et le « F » majuscules de Saint-Fiacre étaient tracés avec des fioritures qui suggéraient un caractère flamboyant, extraverti. Le « e » final de Mulhouse se prolongeait par une petite arabesque. L'adresse n'était accompagnée d'aucun nom, et le fait qu'il n'y avait pas non plus de code postal laissait penser que le destinataire comptait s'y rendre en personne et non y envoyer un courrier.

Le train s'arrêta à Bartenheim et une femme monta avec un enfant en bas âge. Bien que le wagon fût quasiment vide, ils s'installèrent juste en face de Raymond. Ce dernier rangea le papier entre les pages de son livre, le remit dans sa sacoche et se tourna vers la vitre. Il n'avait pas envie de devoir faire la conversation et de répondre à des questions sur sa destination ou le motif de son voyage. La femme se mit à parler d'une voix bébête à son fils, un horrible bambin aux cheveux roux et au regard bovin.

Lorsqu'ils arrivèrent à la gare juste avant Mulhouse, Raymond se leva et marcha jusqu'à l'autre extrémité du wagon. Il descendit du train et remonta dans la voiture suivante. Il était assez fier de son coup, jusqu'à ce qu'il s'aperçoive que la femme se rendait sans doute aussi à Mulhouse et qu'elle le repérerait sur le quai à l'arrivée. Aussi, quand le train atteignit son terminus quelques minutes plus tard, Raymond débarqua dès qu'il fut immobilisé et se précipita vers les marches qui menaient au passage souterrain. Il s'autorisa un coup d'œil par-dessus son épaule : la femme tentait d'amadouer l'enfant pour le faire descendre du train.

Malgré la proximité de la ville, Raymond n'avait presque jamais mis les pieds à Mulhouse. Quand sa mère et lui avaient besoin de quelque chose qu'on ne trouvait pas à Saint-Louis, ils allaient plutôt à Strasbourg. Dans l'esprit de Raymond, Mulhouse n'était guère plus qu'une version un peu plus grande de sa ville natale, tout aussi morne et non moins provinciale. Ce qu'il n'avait pas compris, c'est que dans une ville de cent mille habitants au lieu de vingt, il y a la place pour quelques originaux qui ne se conforment pas à un mode de vie conventionnel. Les bars et les restaurants peuvent offrir quelque chose de plus exotique que les spécialités de la gastronomie régionale. Si une petite ville de la taille de Mulhouse a peu de chance de devenir un foyer anarchiste, elle est néanmoins suffisamment grande pour que des individus aux vues non orthodoxes puissent y trouver des gens qui les partagent et un endroit propice à les échanger. De même, il est possible dans une ville comme Mulhouse de mener, si on le souhaite, une existence relativement anonyme. La population est plus fluide, et les habitants moins intéressés par les petites affaires de leurs voisins. Plus une ville est de taille modeste, plus ses résidents ont tendance au repli sur soi. Moins de gens viennent s'y installer. Le changement, si tant est qu'il y en ait, se produit sur plusieurs générations. Les habitants s'enracinent dans leurs habitudes, et quiconque dévie de ces normes se voit signifier – d'une façon ou d'une autre – qu'il n'est pas le bienvenu. Voilà pourquoi les plus grandes villes attirent tous ceux qui ne trouvent leur place nulle part ailleurs.

Ce qui ne veut pas dire que Mulhouse soit une métropole comparable à Paris, Lyon ou Marseille, loin de là. C'est une petite ville de province dont l'immense majorité des résidents rechignerait à vivre dans une commune plus importante. Mulhouse a juste la taille qu'il faut. Elle possède un théâtre réputé et plusieurs salles de cinéma, ainsi qu'une galerie d'art et une université assez bien cotée. Le centre-ville est doté d'une place pittoresque entourée de rues tortueuses bordées de cafés et de boutiques d'artisanat. Les grandes chaînes sont aussi représentées. Que pourrait-on vouloir de plus ? se demandent ses habitants. Les grandes villes sont des nids de délinquance. Elles sont sales et délabrées. Des clochards et des Noirs vous agrippent par le poignet quand vous leur passez devant, mendiant quelques centimes. Des dealers et des prostituées rôdent dans les ruelles sombres, prêts à entraîner vos enfants dans une vie de perdition.

D'un autre côté, les Mulhousiens ne rêvent pas non plus d'une existence rurale. Qui voudrait habiter dans un village où il n'y a rien pour s'occuper le soir, et où les gens n'ont pas mieux à faire que de se planter au comptoir des magasins pour cancaner dans des dialectes rugueux ? Non, Mulhouse est parfaite. Aucun de ses habitants ne voudrait vivre ailleurs.

En sortant de la gare, Raymond se retrouva au milieu d'un immense terminal routier. Quelques bus s'arrêtaient aussi devant la gare de Saint-Louis, mais il n'y avait jamais besoin de les prendre. Raymond repéra un plan de la ville sous le Plexiglas éraflé d'un panneau d'information, mais il était déchiré, décoloré, et n'indiquait que les noms des artères principales.

Aucune trace d'une quelconque rue Saint-Fiacre. La femme du train sortit alors de la gare et jeta à Raymond un regard intrigué. Il détourna la tête et suivit une pancarte en direction du centre-ville. Après s'être engagé dans un labyrinthe de rues sinueuses, il perdit vite ses repères. Il était surpris par la variété des commerces et des restaurants que Mulhouse avait à offrir. Il passa devant une venelle où traînait un groupe de types louches en survêtement. L'un d'eux croisa son regard et murmura : « Haschisch ? » Raymond pressa le pas. Au bout d'une demi-heure, il devint clair qu'il avait peu de chance de tomber sur la rue Saint-Fiacre en déambulant au hasard. Il se sentait découragé, mais il se dit qu'il s'était embarqué dans une aventure. C'était libérateur d'être dans un endroit où l'on ne pouvait pas le reconnaître à tous les coins de rue.

Au carrefour de deux avenues, il chercha des yeux quelqu'un à qui demander son chemin. Il était autour de 15 heures et il n'y avait pas grand monde dehors. Quelques femmes faisaient leurs courses pour le repas du soir. Des serveurs tuaient le temps à l'entrée des cafés, attendant les clients. Raymond ressortit son bout de papier et scruta intensément l'adresse, comme si elle allait pouvoir lui révéler son emplacement par miracle. Un homme en costume passa d'un pas rapide. Deux jeunes gens, un peu plus âgés que Raymond, se tenaient sur le trottoir d'en face, une cigarette aux lèvres. Ils l'observaient d'un œil imperturbable, comme s'ils avaient perçu la présence d'un intrus sur leur territoire. Raymond se hâta de se remettre en mouvement. Une jolie femme qui devait avoir autour de vingt-cinq ans marchait vers lui. Elle portait une veste bleue et une jupe qui lui arrivait à mi-cuisses. Ses talons claquaient sur le bitume. Elle n'avait pas l'air pressée. Elle croisa le regard de Raymond et le dévisagea d'un air interrogateur, comme si elle s'attendait à ce qu'il lui fasse des avances. Raymond rougit et la dépassa en accélérant. Il tourna dans une rue latérale et percuta une jeune femme penchée sur une poussette. Il s'excusa puis, comme la glace était rompue, dit : « Peut-être que vous pouvez m'aider. Je cherche la rue Saint-Fiacre. »

Il lui montra le papier, comme pour corroborer ses dires. La femme le prit, répéta tout haut le nom de la rue et secoua lentement la tête.

« Désolée, fit-elle, je ne connais pas. »

Elle avait des cernes noirs sous les yeux.

Un homme d'une trentaine d'années descendit du trottoir afin de les contourner. La femme tendit le bras pour attirer son attention.

« Monsieur, ce jeune homme est perdu », dit-elle, comme si Raymond était un étranger qui ne parlait pas la langue.

Elle donna le papier au type. Il avait une cigarette aux lèvres et la peau vérolée. Raymond n'aimait pas que son petit mot circule ainsi sans qu'on lui demande son avis. Bientôt, la moitié de Mulhouse serait au courant de ses affaires.

« Rue Saint-Fiacre ? demanda l'homme en repoussant son chapeau en arrière et en ôtant la cigarette de sa bouche. Oui, je connais. »

Il se tourna et tendit la main vers le bout de la rue, la cigarette pincée entre deux doigts. Puis il commença à donner des indications compliquées à la femme, comme si c'était elle qui cherchait son chemin. Raymond hochait la tête, mais il écoutait à peine. L'homme s'interrompit et se frotta le menton, visiblement perdu dans ses propres explications.

« Enfin bref, c'est quelque part par là », résuma-t-il.

Le bébé se mit à pleurer dans la poussette. Raymond remercia le type et s'engagea dans la direction qu'il avait indiquée.

« Attendez, reprit ce dernier, c'est sur ma route. Je peux vous montrer.

— Ce n'est pas la peine », rétorqua Raymond.

Mais l'homme marchait désormais à ses côtés. Raymond n'avait d'autre choix que de s'y résoudre. La femme chuchotait gentiment à son enfant. Raymond se retourna pour la remercier de son aide, mais elle ne releva pas la tête. Alors qu'ils s'éloignaient, l'homme jeta un dernier coup d'œil au fessier de la femme.

« Mère célibataire », commenta-t-il d'un ton entendu.

Raymond hocha vaguement la tête en signe d'assentiment. Comme le trottoir était trop étroit pour qu'ils puissent tenir de front tous les deux, il descendit dans le caniveau. L'homme avait toujours le papier à la main. Raymond lui demanda s'il pouvait le récupérer. Il avait brusquement peur qu'on l'utilise par la suite comme une preuve à charge contre lui ; il se disait qu'il avait eu tort de le montrer, et même de demander son chemin. Il avait attiré l'attention sur sa présence à Mulhouse. L'homme lui rendit le papier et il le fourra dans sa poche arrière. Quand il rentrerait chez lui, il le remettrait dans le tiroir de son père avant que quelqu'un ne remarque sa disparition.

Ils marchèrent quelques minutes en silence. Après quoi l'homme lui demanda ce qu'il y avait rue Saint-Fiacre. Raymond redoutait cette question. Il ne pouvait certainement pas dire la vérité à ce type. Il avait supposé que le 13 rue Saint-Fiacre était une adresse résidentielle, et il s'en était même forgé une image mentalement. Mais, à vrai dire, ça pouvait très bien être un bar, une boutique, ou les locaux de n'importe quelle société. Peut-être était-ce l'étude d'un confrère de son père. En tout cas, il ne pouvait pas avouer à cet inconnu qu'il n'avait aucune idée de ce qu'il trouverait là-bas ni de ce qu'il allait y faire.

Comme il ne répondait pas, le type se tourna vers lui avec un regard inquisiteur.

« J'ai rendez-vous avec un ami », s'empressa de dire Raymond.

C'était une réponse passe-partout. Même si l'homme l'accompagnait jusqu'à destination, il n'aurait qu'à attendre son ami imaginaire à l'adresse mentionnée. Bien sûr, c'était un peu bizarre d'avoir donné rendez-vous à quelqu'un dans un endroit qu'il ne connaissait pas, mais le type se contenta d'un hochement de tête, et Raymond comprit qu'il n'avait posé la question que pour meubler le silence. Ils débouchèrent dans une grande rue passante, tournèrent à droite et continuèrent encore quelques minutes. À un moment, l'homme s'arrêta devant un bar pour serrer la main de quelqu'un qu'il connaissait. Ils échangèrent quelques mots pendant que Raymond patientait, mal à l'aise, sur le trottoir.

Arrivé à un carrefour, son accompagnateur déclara qu'il allait dans la direction opposée. Raymond jeta un coup d'œil par-dessus son épaule et retint le nom sur la plaque : rue de la Sinne. Le type lui expliqua qu'il devait continuer tout droit, puis prendre la troisième ou la quatrième sur la gauche.

« Je suis sûr que vous allez trouver », dit-il avec un haussement d'épaules.

L'homme lui serra la main et lui souhaita bonne

chance. Raymond trouva que c'était une étrange façon de le saluer, comme s'il le soupçonnait de ne pas avoir tout dit de la mission qui l'attendait. Quoi qu'il en soit, ses indications se révélèrent fiables.

La rue Saint-Fiacre était exactement comme Raymond se l'était imaginée, à tel point qu'il se demanda s'il n'y était pas déjà venu. C'était une rue étroite, avec des immeubles de trois étages des deux côtés. Les voitures étaient garées uniquement le long du trottoir de droite. À peu près au milieu se trouvait une boutique de philatélie un peu miteuse. Une inscription sur la vitrine annonçait en lettres dorées écaillées :

TIMBRES-POSTE

ACHAT – VENTE

À l'angle au bout de la rue, un petit café avait sorti sur le trottoir deux tables en métal pliantes. Le numéro 13 se trouvait juste en face du philatéliste. C'était un immeuble ordinaire du début du siècle, avec une lourde porte en bois, peinte en marron. Raymond regarda autour de lui avant de s'y engouffrer. Il avait le cœur qui battait. Bien entendu, au fond, il ne faisait rien de mal. Pourtant il avait l'impression de commettre un acte illicite. Si quelqu'un le surprenait, donnerait-il la véritable raison de sa présence ici ? *Ah, oui*, s'imagina-t-il répondre, *j'ai trouvé cette adresse notée sur un bout de papier dans le bureau de mon père et j'ai pensé que c'était peut-être là qu'il était le soir de sa mort.* Ça paraissait ridicule. *C'était* ridicule. Pourtant, il était là.

La seule lumière dans la cage d'escalier provenait d'une lucarne sur le palier du premier étage. Il y avait bien un interrupteur qui brillait en orange, mais

Raymond n'osa pas allumer. Il laissa ses yeux s'accoutumer à la semi-pénombre en s'efforçant de respirer calmement. Sur le mur de droite dans l'entrée se trouvait une rangée de boîtes aux lettres en métal dont la peinture vert foncé était toute cloquée. Raymond se pencha afin de lire les noms sur chacune. Aucun ne lui disait quoi que ce soit. La dernière boîte, qui débordait de prospectus publicitaires, était anonyme. Raymond en déduisit qu'un des logements devait être vacant. Rien n'indiquait à quel appartement correspondait chaque boîte. Raymond entendit soudain une porte s'ouvrir au-dessus de lui. Il n'attendit pas de voir si quelqu'un descendait, mais sortit aussitôt de l'immeuble et s'éloigna à vive allure sans jamais se retourner. Il se récita à voix basse les noms dont il se souvenait : Abbas, Lenoir, Comte, Ziegler ou quelque chose comme ça. S'il avait un tant soit peu réfléchi, il aurait emporté un carnet et un stylo. Il continua jusqu'au bout de la rue, où il s'appuya à un réverbère dans une pose désinvolte très étudiée. Des enfants jouaient dans un petit square mais ne firent pas attention à lui. Personne ne sortit de l'immeuble. Toute cette excursion lui semblait à présent mal préparée. Il n'avait rien prévu d'autre que de localiser l'adresse sur le bout de papier. Et après, qu'en attendait-il ? À moins de toquer à la porte de chaque appartement en expliquant qui il était – chose parfaitement exclue –, il voyait mal comment il pourrait apprendre quoi que ce soit d'intéressant.

Cela dit, maintenant il était là et il ne devait pas rentrer avant encore deux ou trois heures. Juste à côté de la boutique de philatélie, un porche voûté menait à une cour d'immeuble pavée et faisait un poste d'observation idéal. Raymond alla d'abord s'acheter un paquet de cigarettes au café du coin, puis il prit position.

Il n'aimait pas particulièrement fumer. Parfois, Stéphane et lui partageaient une ou deux cigarettes au café des Vosges, mais c'était davantage pour se donner un genre que pour le plaisir du goût du tabac. Au début, Yvette les grondait parce qu'ils se ruinaient la santé – les garçons aimaient bien quand elle les réprimandait –, mais au bout d'un moment elle s'y était mise aussi, tenant sa cigarette avec ostentation entre le pouce et l'index, bien qu'inhalant rarement.

Les appartements aux deux derniers étages de l'immeuble avaient chacun un petit balcon en fer forgé, suffisamment large pour y mettre tout juste deux chaises, et accessible par une porte à claire-voie. Sur le plus haut à droite étaient entreposés un vélo d'enfant rouillé et une tourelle de pots de fleurs inutilisés. Sur celui d'à côté, deux géraniums mal aimés s'accrochaient à la vie. La peinture des balustrades s'écaillait. Des mauvaises herbes poussaient dans la gouttière et le plâtre de la façade s'effritait et arborait des taches d'humidité. Le tout dégageait une impression générale de délabrement. Raymond essaya de se représenter son père sortant de cet immeuble décati, jetant des coups d'œil furtifs autour de lui avant de monter dans sa Mercedes.

Il ne se sentait pas très discret sous ce porche. N'importe quel passant ou habitant de l'immeuble qui regarderait par la fenêtre ne pourrait manquer de le repérer et de se demander ce qu'il faisait là. Au bout d'une vingtaine de minutes, une vieille dame sortit du numéro 13 avec un petit carlin en laisse. Elle portait un épais pardessus mauve et un feutre assorti. Le duo traversa la rue et s'approcha du porche. Le chien se mit à renifler une touffe d'herbe au pied d'un tuyau de descente. La femme regarda Raymond, mais elle ne le salua pas et son expression ne trahit pas la moindre curiosité. Le chien leva la patte contre le mur, après quoi ils poursuivirent leur chemin en direction du centre-ville. Un filet d'urine serpenta sur le trottoir.

Une demi-heure s'écoula. Personne d'autre n'entra ni ne sortit de l'immeuble. Très peu de gens empruntaient cette rue, et les rares passants ne prêtaient aucune attention à Raymond. Il fuma une deuxième cigarette. Il commençait à oublier le but originel de sa mission. Mais il ne s'ennuyait pas. Au contraire, chaque microévénement dans la rue revêtait quelque intérêt. Il se mit à imaginer la vie des gens qu'il voyait : la femme d'une cinquantaine d'années qui entra chez le philatéliste avec un carton dans les bras et en ressortit les mains vides quelques instants plus tard ; le vieux monsieur et son terrier qui, malgré la bruine qui s'était mise à tomber, étaient restés dix minutes à la terrasse du café sans rien commander, avant de se lever et de repartir en sens inverse. De l'un des appartements au-dessus de lui s'échappa soudain le son maladroit d'un piano. Peu de temps après que la musique eut cessé, une fille de treize ou quatorze ans sortit de l'immeuble et marcha lentement dans la rue tout en remuant les doigts dans le vide pour jouer un arpège silencieux.

L'immeuble d'en face commença peu à peu à lui révéler davantage de détails. Sur le mur à gauche de la porte, quelqu'un avait passé une couche de peinture fraîche pour recouvrir tant bien que mal un graffiti. La porte elle-même était surmontée d'une petite gargouille à la tête cornue et aux yeux protubérants qui tirait la langue de façon lubrique. Le trottoir sur la gauche était jonché de mégots de cigarettes, sans doute jetés depuis un des balcons en surplomb. Les fenêtres de l'appartement au rez-de-chaussée droite étaient ornées de rideaux jaunis, et les vitres semblaient ne pas avoir été nettoyées depuis des années. Raymond s'étonnait de ne pas avoir remarqué toutes ces choses plus tôt. De même, ce fut seulement au bout d'une heure qu'il détecta la mauvaise odeur sous le porche. Et s'il s'avançait d'un pas sur le trottoir, la brise lui apportait de l'extrémité de la rue des effluves vaguement industriels, peut-être en provenance d'une tannerie.

La vieille dame revint avec son carlin. Elle portait un cabas rempli de légumes et marchait encore plus lentement qu'avant. Raymond ne voulait pas qu'elle le revoie. Ça paraîtrait bizarre qu'il soit resté planté là depuis qu'elle était sortie. Aussi émergea-t-il de sous le porche pour s'engouffrer chez le philatéliste. Une clochette tinta lorsqu'il poussa la porte. La boutique sentait les vieux bouquins. C'était davantage une brocante qu'un magasin de philatélie. À part un présentoir où étaient exposées des pages de timbres, et derrière lequel était assis le propriétaire, il ne semblait pas y avoir grand-chose d'autre pour justifier l'enseigne au-dessus de la porte. À gauche en entrant, une vitrine était remplie de bijoux fantaisie. Aux murs étaient pendus de vieilles chaussures de ski, toutes sortes d'instruments de musique et des trophées de chasse défraîchis. Au son de la cloche, l'homme leva la tête du catalogue qu'il était en train de parcourir. Il regarda Raymond sans le moindre intérêt. La vitrine donnant sur la rue était encombrée de tout un bric-à-brac, si bien qu'il était difficile de voir à l'extérieur. Raymond se positionna à un endroit d'où il avait une vue à travers la porte vitrée et s'occupa en feuilletant une édition reliée cuir des œuvres complètes de Balzac. La vieille dame devait avancer à une lenteur exceptionnelle, car il sembla s'écouler une éternité avant qu'elle passe devant la porte. Raymond sentait le regard du propriétaire dans son dos.

« Je vous laisse le tout pour cinquante francs », dit-il.

Raymond se retourna et vit que l'homme l'observait par-dessus la monture de ses lunettes. Il opina et s'éloigna des livres. C'est alors que ses yeux se posèrent sur le couteau. Il était placé au sommet d'une pile de valises en cuir cabossées. La lame faisait dix à douze centimètres de long et s'incurvait élégamment vers le bout. Le manche était en corne ou en bois de cerf sculpté. Il était accompagné d'un fourreau en cuir foncé, cousu de fil jaune et brillant d'un lustre patiné. Raymond ramassa le couteau et le soupesa dans sa paume. Il était conscient que le patron le surveillait.

« Combien vous le vendez ? » demanda-t-il en essayant d'adopter un ton le plus détaché possible.

L'homme lui indiqua le prix, et ajouta en guise d'explication :

« Il est ancien. C'est une jolie pièce. »

Raymond hocha la tête et le reposa. Il était loin d'avoir une telle somme sur lui. Il n'avait pas vu passer la vieille dame, mais il avait été distrait par le couteau. Il ressortit de la boutique en disant au revoir au propriétaire. La rue était déserte. Il était à présent 5 heures de l'après-midi. Raymond n'était pas mécontent de son travail. S'il n'avait aucun indice prouvant que son père ait jamais visité cet endroit, ce bout de papier était pourtant resté dans son tiroir pendant des années. À un moment, son père l'avait jugé suffisamment important pour ne pas le jeter. Raymond n'avait pas l'habitude de penser à lui comme quelqu'un ayant des secrets. Jusqu'à ce jour, il avait accepté, comme tous les enfants, l'image que son père présentait au monde. Mais ce morceau de papier annoté d'une écriture féminine constituait une fissure dans cette façade. Raymond aurait volontiers passé la soirée à continuer sa planque en face du 13 rue Saint-Fiacre, si ce n'est qu'il était attendu pour dîner à 18 h 30 et qu'il ne tenait pas à susciter des questions sur ses activités de la journée. Alors qu'il repartait à pied vers la gare, il prévoyait déjà de revenir le lendemain.

9

Le rapport d'enquête sur l'accident et les conclusions de l'autopsie étaient sur le bureau de Gorski. Le premier commençait par une banale description du tronçon de l'A35 où avait eu lieu l'accident, accompagnée d'une carte avec des flèches montrant le sens de déplacement et le point d'impact où le véhicule s'était finalement immobilisé. Les conditions climatiques étaient également précisées, grâce aux données d'une station météo locale. Le rapport passait ensuite au véhicule en lui-même. Étaient d'abord énoncées avec force détails ses caractéristiques techniques, puis son état général. Un carnet d'entretien avait été retrouvé dans la boîte à gants, et rien ne laissait penser que la voiture n'était pas en parfait état de fonctionnement. Ce qui éliminait plus ou moins l'hypothèse d'une défaillance mécanique. Suivait une liste des vingt-neuf dommages différents relevés sur le véhicule, chacun assorti d'une description et d'une cause probable. La cause de presque tous les dommages était désignée comme « impact collision avec arbre ». C'était rébarbatif, mais Gorski lut consciencieusement toutes les lignes. Le rapport se terminait par une série de calculs et la conclusion que le véhicule avait quitté la route à l'endroit indiqué sur la carte alors qu'il roulait à une vitesse comprise entre cent quatre et cent dix kilomètres-heure.

Le rapport d'autopsie était tout aussi méticuleux. Après un exposé de la taille, du poids, de l'âge et de l'état général du corps, chaque lésion était décrite et attribuée à une cause probable. Le style des phrases, et même une partie du vocabulaire – « abrasion », « fracture », « rupture » –, étaient indifférenciables de ceux employés dans le rapport sur l'accident. Il n'y avait pas de raison qu'il en soit autrement : le corps de Barthelme, comme sa voiture, n'était rien d'autre qu'une pièce à conviction. Le fait que l'un était composé de tissus, de peau et d'os, et l'autre de métal, de plastique et de verre, n'avait aucune importance. Gorski lut les deux documents avec le même détachement. Outre les lésions à la boîte crânienne, instantanément fatales à elles seules, la cage thoracique s'était enfoncée sous l'effet du choc contre le volant, et les dommages causés aux organes du thorax auraient aussi suffi à entraîner la mort. Rien de tout ça n'apportait grand-chose aux observations que Gorski avait pu faire sur place. Mais cette minutie le rassurait. L'État ne se satisfaisait pas de vagues impressions ou de probabilités. L'État – comme Gorski lui-même – exigeait des certitudes. Et si la certitude n'était pas permise, alors toute conclusion sur une cause probable devait au moins s'appuyer sur des preuves quantifiables et vérifiables. La cause d'un décès avait beau paraître évidente, il fallait respecter la procédure. Ribéry se moquait toujours de ces subtilités qu'il considérait comme un gaspillage de temps et d'argent, et il refusait ne serait-ce que d'ouvrir l'enveloppe de ce genre de paperasse. « Si tu apprends quelque chose dans un rapport d'autopsie que tu n'avais pas vu de tes propres yeux, se plaisait-il à dire, c'est que tu n'as pas fait ton boulot, mon garçon. Dieu t'a mis deux yeux au milieu de la figure, et pas un stylo dans la main. » Gorski écoutait toujours ce chapitre de l'Évangile selon Ribéry en hochant docilement la tête, mais au fond il trouvait ça simplet. Si rien ne pouvait remplacer l'observation attentive d'une scène de crime, beaucoup de choses échappaient aussi à l'œil humain. En l'occurrence, le rapport d'autopsie contenait deux informations qui ne pouvaient être déduites d'un examen visuel de la scène. La première situait l'heure du décès, en fonction de la température ambiante enregistrée par la station météo la plus proche, entre 22 h 25 et 22 h 40. Ce qui voulait dire que l'accident avait eu lieu cinq à vingt minutes avant l'appel qui l'avait signalé. Ça n'avait rien d'étonnant. La circulation était calme ce soir-là, et le véhicule n'était pas immédiatement visible de la route.

La seconde information intéressante était que la victime présentait un taux d'alcoolémie très élevé : l'équivalent de plus d'une bouteille de vin. Une telle quantité d'alcool dans le sang, concluait le rapport, augmentait considérablement la possibilité que le conducteur se soit assoupi au volant, et aurait fortement amoindri sa capacité à reprendre le contrôle du véhicule.

Tout semblait donc assez carré. Mais, curieusement, c'est le conseil de Ribéry qui poussa Gorski à revenir au rapport d'enquête sur l'accident. Tous les éléments qu'il contenait amenaient à une seule conclusion, sauf qu'il y avait une omission. Gorski s'alluma une cigarette et parcourut du bout du doigt la liste des vingt-neuf dommages relevés sur la Mercedes. Après quoi il chercha la signature à la fin du document. Il consulta le répertoire qu'il gardait toujours sur le rebord de la fenêtre derrière son bureau et composa le numéro du policier chargé de l'enquête. Un certain Walter Lutz. C'était lui qui était arrivé le premier sur les lieux de l'accident, et Gorski avait échangé quelques mots avec lui tandis qu'ils fumaient une cigarette sur le bas-côté. Un petit homme trapu, un peu bourru.

Il décrocha au bout de trois ou quatre sonneries.

« Lutz », fit-il.

Gorski lui expliqua la raison de son appel.

« Tout est dans le rapport, répondit l'enquêteur.

— Oui, bien sûr. Je voulais juste clarifier un point de détail.

— C'est déjà assez clair, non ?

— Très clair.

— Donc ? »

Lutz faisait manifestement des efforts pour cacher son impatience.

Gorski n'avait aucune envie de contrarier son collègue en suggérant qu'il n'avait pas bien fait son travail.

« J'ai juste une question, un tout petit détail, dit-il. Je suis sûr que vous allez pouvoir me tranquilliser. »

Lutz émit un léger grognement pour lui indiquer de poursuivre.

« C'est au sujet des éraflures sur la carrosserie, côté conducteur.

— Oui, et alors ?

— Votre rapport n'en fait pas mention.

— Et ?

— Il y a une raison à cela ? demanda Gorski en s'efforçant de garder un ton neutre.

— Je n'ai pas jugé que ça faisait partie des éléments pertinents. »

Cette fois, Gorski ne pouvait continuer sans insinuer une forme de critique.

« Pourtant, tous les dommages sont censés être répertoriés dans votre rapport, non ?

— Tous les dommages en lien avec l'accident », précisa Lutz.

Gorski résista à la tentation de le désavouer sur ce point.

« Vous n'avez donc pas considéré que ces éraflures étaient liées à l'accident ? »

Lutz souffla bruyamment.

« Elles n'ont pas été causées par l'impact sur le véhicule, donc non, je ne les ai pas jugées pertinentes. Elles étaient peut-être là depuis des mois, si ça se trouve. »

Bertrand Barthelme, songea Gorski, ne semblait pas être le genre d'homme à rouler dans une voiture éraflée.

« Donc, résuma-t-il, comme ces éraflures ne collaient pas avec votre conclusion sur la cause de l'accident, vous ne les avez pas prises en compte.

— Exact », confirma Lutz.

Gorski se tut quelques instants. De sa main libre, il tapota son paquet de cigarettes contre son bureau pour en faire sortir une.

« Je suis désolé, reprit-il, mais si votre conclusion ne permet pas d'expliquer la présence de ces éraflures sur le véhicule, est-ce que vous ne devriez pas la modifier ?

— Je ne vois pas pourquoi, rétorqua Lutz. Tous les éléments convergent vers la conclusion à laquelle je suis parvenu. »

Gorski ne jugea pas utile de souligner que c'était inévitable si l'on écartait précisément tout ce qui venait contredire ladite conclusion. Il choisit plutôt d'adopter un ton conciliant.

« Juste pour satisfaire ma curiosité, dit-il, qu'est-ce qui, selon vous, pourrait avoir causé ces éraflures ? »

Il entendit presque son interlocuteur hausser les épaules au bout du fil.

« Est-il possible, suggéra Gorski, que la voiture ait basculé sur le côté alors qu'elle dévalait le talus et se soit redressée avant de percuter l'arbre ?

— C'est possible », fit Lutz.

Il était clairement prêt à accepter n'importe quoi, pourvu que ça lui permette d'abréger la conversation.

« Mais si c'était le cas, persista Gorski, ne devriez-vous pas revoir votre estimation de la vitesse à laquelle roulait le véhicule avant l'accident ?

— Peut-être, mais ça n'aurait aucune influence sur la conclusion générale.

— Non, en effet. Autre hypothèse : les éraflures auraient-elles pu être causées par une collision avec un autre véhicule ?

— Comment ça ? »

Gorski s'était déjà résigné à se faire un ennemi de Lutz.

« Par exemple, développa-t-il, si un autre véhicule était venu se coller à la Mercedes et l'avait forcée à quitter la route. »

Lutz resta silencieux un moment.

« Ça me semble hautement improbable, finit-il par dire.

— Bien sûr, c'est très improbable, reconnut Gorski avec un petit rire comme pour dénigrer sa propre idée. Mais ça expliquerait la présence des éraflures. »

Lutz sembla se dérider quelque peu, comme s'il

avait saisi que leur discussion n'était que purement théorique et n'impliquait aucune critique de son travail.

« Si ça avait été le cas, rebondit-il, le conducteur aurait freiné ou cherché d'une manière ou d'une autre à éviter l'accident. On aurait eu des traces de pneus sur la route.

— Sauf qu'il avait plu, objecta Gorski. La chaussée était grasse. Est-ce que ça ne veut pas dire qu'il n'y aurait pas eu de traces ? »

Il rappela également que le taux d'alcoolémie de Barthelme aurait probablement ralenti son temps de réaction.

Lutz lui concéda le point à contrecœur.

« Donc, poursuivit Gorski, étant donné la présence de ces éraflures sur le côté de la carrosserie, on ne peut pas entièrement écarter l'idée que la voiture ait été poussée à sortir de la route par un autre véhicule.

— Écoutez, inspecteur, s'agaça Lutz, vous avez mon rapport sous les yeux. Tous les éléments corroborent ma conclusion. Si vous avez envie d'imaginer des théories fantaisistes, libre à vous. Mais moi, j'ai mieux à faire. »

Gorski s'excusa du temps qu'il lui avait pris et raccrocha. Selon toute vraisemblance, Lutz avait raison : c'était un fantaisiste. Voilà de quoi Ribéry l'aurait traité. Et il lui aurait gentiment conseillé d'arrêter de trop réfléchir. Gorski écrasa sa cigarette et sortit pour aller au Pot.

C'en était arrivé au point où Yves lui servait une bière avant même qu'il se soit assis. Lorsqu'il la lui apporta à sa table, Gorski lui demanda aussi un hot dog. Il n'avait pas spécialement faim, mais il était conscient qu'il fallait qu'il mange quelque chose. De toute façon, les hot dogs d'Yves étaient assez peu consistants. La viande se désagrégeait dans la bouche et le pain était d'une texture spongieuse et sucrée qui ne requérait aucune mastication. La seule chose qui avait du goût était l'épais serpentin jaune de moutarde. Gorski ramassa sur la banquette l'exemplaire de *L'Alsace* que quelqu'un avait laissé là. Le meurtre de Strasbourg avait été relégué aux pages intérieures : FEMME ÉTRANGLÉE : LA POLICE PIÉTINE. Il avait déjà connaissance des faits essentiels. Une certaine Véronique Marchal avait été retrouvée étranglée dans son appartement. Il n'y avait pas eu d'effraction, et apparemment rien n'avait été volé. La police était restée prudente jusque-là sur les circonstances dans lesquelles on avait découvert le corps de Mlle Marchal, mais on supposait – et l'article mentionnait une source proche de l'enquête – que le mobile était sexuel. Des voisins avaient témoigné que la femme recevait souvent des hommes chez elle, sans toutefois préciser leur nombre ni s'ils la rémunéraient pour ses services. Après avoir récapitulé les principaux éléments de l'affaire, l'article citait l'inspecteur en charge de l'enquête, Philippe Lambert, qui disait que la police poursuivait désormais plusieurs pistes et informerait la presse en temps voulu des nouveaux développements. Gorski comprenait très bien ce qu'une telle phrase voulait dire : Lambert n'avait rien. Le corps de la femme n'avait été découvert que le lendemain matin du meurtre, si bien que l'heure de sa mort ne pouvait être établie avec précision, on savait seulement qu'elle s'était produite dans la soirée du 14 novembre.

Gorski se redressa sur la banquette, avala la fin de son hot dog et s'essuya les doigts sur la serviette en papier. Après quoi il relut les dernières lignes de l'article. Il ne se trompait pas : le meurtre avait eu lieu pendant les quelques heures de trou dans l'emploi du temps de Barthelme juste avant l'accident. Sa première idée fut de demander à Yves un jeton de téléphone pour la cabine et d'appeler Lambert sur-le-champ. Mais, à part qu'il aurait été indiscret de passer un tel coup de fil depuis le Pot, il ne fallait pas non plus tirer des conclusions hâtives. Gorski roula le journal sous son bras et retourna au commissariat. Il se servit un café, l'emporta à son bureau et relut l'article en entier. Même en comptant une heure et demie pour les cent trente kilomètres de route jusqu'à Strasbourg, Barthelme aurait parfaitement eu le temps de faire l'aller-retour dans le temps imparti. Peut-être qu'il avait consommé autant d'alcool pour se donner du courage en vue du meurtre qu'il prévoyait de commettre. Gorski secoua la tête : c'était interpréter les faits dans le sens de sa théorie. Si ce n'est que la voiture de Barthelme arrivait de cette direction, rien n'indiquait qu'il se soit rendu à Strasbourg ce soir-là. En outre, l'idée qu'il ait pu prendre part à un meurtre ne collait pas avec l'hypothèse d'un assoupissement au volant. S'il venait de quitter une scène de crime, il aurait été – à moins d'être le tueur doté du plus grand sang-froid au monde – dans un état d'agitation plutôt que de somnolence. En même temps, s'il était lui-même l'auteur du meurtre, il avait pu être tout à coup submergé de remords et avoir volontairement propulsé sa voiture contre un arbre.

Dans tous les cas, ça valait au moins un coup de fil à Lambert. Gorski présenterait les choses sur un ton détaché : *Je suis sûr que ce n'est rien, mais je me suis dit que je devrais quand même vous en parler. C'est sans doute juste une coïncidence.* Et c'était vrai ; ce n'était sans doute rien d'autre qu'une coïncidence.

Car, finalement, de quoi s'agissait-il ? D'un homme qui roulait vers le sud sur l'A35 à une heure correspondant plus ou moins à celle du meurtre. Et après ? Le fait qu'il soit mort dans un accident n'avait aucun rapport avec le reste. Gorski hésita. Il se souvint que Barthelme avait menti à sa femme sur son emploi du temps ce soir-là, et qu'il lui mentait depuis des années. Il était clairement impliqué dans quelque activité illicite. Il se remémora la phrase que Lemerre avait tant savourée : « Elle était connue pour recevoir un grand nombre de visiteurs masculins. » Pourquoi Barthelme n'aurait-il pas été l'un de ces visiteurs ? Après tout, son épouse et lui faisaient chambre à part.

Gorski se leva et se mit à faire les cent pas dans la pièce. Il se planta devant la fenêtre. La peinture du rebord extérieur s'écaillait et le bois dessous commençait à pourrir. Une vieille dame remontait tout doucement la rue de Mulhouse en traînant derrière elle un petit Caddie tout cabossé.

Il se rassit à son bureau et décrocha le combiné de son téléphone. Ce serait négligent de sa part de ne pas appeler. Si c'était son enquête, il aurait voulu que toute personne détenant même le plus petit indice le contacte. Par ailleurs, il était possible que Lambert, malin comme il était, cache certaines informations à la presse. Peut-être qu'un homme au volant d'une Mercedes verte avait été aperçu en train de quitter les lieux du crime. Peut-être que, quand on leur présenterait la photo de Barthelme, les voisins reconnaîtraient soudain l'homme qui rendait visite à Mlle Marchal tous les mardis soir.

La standardiste du commissariat de la rue de la Nuée-Bleue demanda d'une voix lasse qui était à l'appareil avant de transférer son appel sans autre commentaire. Le destinataire mit six sonneries à répondre.

« Oui ? fit-il d'un ton impatient.

— Lambert ? » dit Gorski.

Il aurait été un peu trop familier de l'appeler par son prénom – ils ne s'étaient jamais croisés que quelques fois –, mais il aurait trouvé obséquieux de lui donner du « Inspecteur ». Quoi qu'il en soit, la personne au bout du fil ne prononça pas un mot, et Gorski perçut juste un cri étouffé : « Phil, c'est pour toi. » Il avait dû couvrir le combiné de sa main.

Quelques instants plus tard, Lambert prit la communication. Il avait l'air fatigué. Gorski se demanda s'il avait eu tort d'appeler.

« Inspecteur (il ne put s'en empêcher), ici Georges Gorski.

— Ah, Gorski, de Saint-Louis. »

Gorski se félicita de ne pas avoir à rafraîchir la mémoire de son confrère.

« Alors, tu as résolu cette histoire de serveuse disparue ?

— Ça s'est résolu tout seul, à vrai dire.

— Une enquête close est une enquête close », commenta Lambert.

Il y eut un bref silence.

« Que puis-je faire pour toi ? » finit par demander Lambert.

Gorski était conscient de ce que sa question impliquait : il ne serait jamais venu à l'esprit de Lambert que Gorski puisse faire quelque chose pour lui.

« Eh bien, ce n'est sans doute rien, mais à tout hasard, je me suis dit…

— Écoute, Georges, le coupa Lambert, je n'ai pas

beaucoup de temps, alors si tu pouvais aller droit au but…

— Oui, bien sûr. J'ai cru comprendre que tu t'occupais de l'affaire Marchal ?

— En effet. »

Gorski l'imagina rouler des yeux impatiemment.

« C'est à ce sujet que je t'appelle.

— Ah ? fit Lambert, un peu plus intéressé tout à coup. Tu as quelque chose pour moi ? Parce que, si c'est le cas, je débarque direct dans ton trou paumé pour te payer un verre.

— Eh bien, comme je t'ai dit, ce n'est sans doute rien, mais je préfère quand même t'en parler.

— Hun-hun.

— Voilà, le soir du meurtre, un notaire du nom de Bertrand Barthelme roulait sur l'A35 dans le sens nord-sud. Il a eu un accident à quelques kilomètres de Saint-Louis aux alentours de 22 h 30.

— Et pourquoi tu me racontes ça ?

— Parce que, euh, j'ai pensé… commença Gorski, brusquement conscient de l'insignifiance de ce qu'il s'apprêtait à dire. J'ai pensé qu'il revenait peut-être de Strasbourg.

— Peut-être. Comme dix mille autres personnes. Et alors ?

— Oui, bien sûr, mais la raison pour laquelle je me suis dit qu'il pouvait être impliqué dans ton affaire, ou du moins que ça valait la peine de t'en toucher un mot, c'est qu'il avait menti à sa femme sur ce qu'il était censé faire ce soir-là, et que… »

Lambert laissa échapper un soupir de lassitude.

« Pardon, Georges, je te remercie de ton coup de fil, mais j'ai toute la presse sur le dos, là.

— Oui, oui, je comprends, je pensais juste que ce

serait négligent de ne pas t'en parler », dit Gorski, mais Lambert avait déjà raccroché.

Gorski trouva sa mère assoupie dans le fauteuil devant la cheminée. Elle leva la tête en entendant la porte se refermer et cligna lourdement des yeux. La chaleur étouffante de la pièce provenait du radiateur à convection qui occupait désormais le foyer.

« C'est toi, Georges ? demanda-t-elle d'une voix chevrotante. Où est Georges ? »

Gorski posa le sac de courses qu'il avait apporté sur la table près de la fenêtre et s'assit à côté de sa mère.

« Je suis là, maman, dit-il en lui prenant la main. Tu dormais.

— Ton père est en retard pour dîner, répondit-elle. Tout va s'abîmer. »

Gorski ne se donna pas la peine de la corriger. Ce genre d'incidents se produisait de plus en plus fréquemment, ces derniers temps. Au début, il avait mis ça sur le compte des rêves qu'elle faisait, mais il était devenu clair qu'il y avait autre chose. Quand il lui avait gentiment suggéré d'aller voir le Dr Faubel, elle avait rétorqué qu'elle n'avait pas de problème et qu'il n'en était pas question. De toute façon, Gorski craignait que tout diagnostic de dégénérescence mentale ne conduise le médecin à préconiser un placement en maison de retraite, chose à laquelle Mme Gorski ne consentirait jamais. *Je préfère mourir chez moi, merci*, répondrait-elle d'un ton guilleret.

Gorski déballa les courses et prépara du thé. Il prit son temps dans la kitchenette. Les moments qu'il passait avec sa mère lui devenaient de moins en moins supportables. Lorsqu'il revint avec les tasses et une coupelle de tranches de citron soigneusement disposées sur un plateau, sa mère semblait avoir pleinement repris ses esprits. Il ouvrit la fenêtre pour aérer un peu.

« Tu as l'air fatigué, commenta-t-elle. Tu as le teint gris. Céline ne s'occupe pas bien de toi ? »

Gorski ne lui avait pas dit que sa femme était partie. Bien que sa mère ne l'ait jamais beaucoup aimée, il aurait eu le sentiment de la décevoir. Et puis il ne voyait pas l'intérêt de la contrarier dans la mesure où, après tout, la situation était peut-être temporaire.

Il se contenta de répondre qu'il travaillait trop et mélangea trois cuillerées de sucre dans la tasse de sa mère. Elle le remercia d'un sourire alors qu'il la lui déposait sur la table d'appoint près de son fauteuil. Lui-même prit place dans celui de son père et sirota son thé. Ce goût sucré et citronné le ramenait toujours à son enfance dans ce même appartement. Rien n'avait changé dans la pièce. La moindre surface était encombrée de babioles prélevées au fil des années dans la boutique de prêteur sur gages de son père, juste en dessous. Il jeta un coup d'œil vers la porte, comme s'il s'attendait lui aussi à voir M. Gorski remonter d'une minute à l'autre dans sa blouse de travail marron. Son regard se posa sur la mezouzah fixée au chambranle, devant laquelle il était passé tant de fois sans la remarquer.

« Maman, dit-il, tu te souviens d'un soir, quand j'étais petit, où on avait eu la visite de deux Américains ? »

En général, sa mère et lui s'en tenaient à quelques banalités sur Clémence ou sur Mme Beck, qui avait transformé la boutique du rez-de-chaussée en fleuriste et qui montait souvent à Mme Gorski une petite soupe ou un reste de ragoût. Jusqu'au soir de l'accident, il n'avait pas repensé à la visite de ces deux mormons des années plus tôt. Mais sa mère ne parut pas déstabilisée pour un sou.

« Oh, oui, répondit-elle, comme si ça datait de la veille. Deux charmants garçons. Mais bizarres. Ils étaient habillés exactement pareil. Et la façon dont ils parlaient français… »

Elle se mit à rire.

« Je suis surprise que tu t'en souviennes. Tu étais très jeune, à l'époque. »

Gorski aurait voulu lui rappeler les termes qu'ils avaient employés : *de confession israélite*. Il n'avait pas prévu de parler de cette anecdote, et s'il l'avait fait c'était uniquement à cause de cette expression. D'ailleurs, il était presque sûr que c'était la seule raison pour laquelle il se souvenait de leur visite. Il n'avait plus jamais été question par la suite de cette appartenance à laquelle les Américains avaient fait allusion. Était-ce son père ou sa mère qui était juif ? Ou bien ce petit boîtier sur la porte n'était-il qu'un ornement, qui ne signifiait rien de plus que les chopes en terre cuite anglaises en forme de figurines faisant office de serre-livres sur la cheminée ? Il avait espéré inciter sa mère à quelque commentaire sur le sujet, mais il comprit vite que rien ne viendrait. Peut-être avait-elle tout simplement oublié cette remarque. Aussi répondit-il seulement que ça avait dû le marquer parce que c'était la première fois qu'il voyait des Américains.

« Ah çà, ils étaient *très* américains, renchérit-elle en gloussant. Homosexuels, bien sûr. »

Gorski sourit. Il était content qu'elle se souvienne au moins de l'épisode en question.

10

Le lendemain, Raymond retourna rue Saint-Fiacre. La veille, au dîner, il avait annoncé à sa mère qu'il comptait reprendre les cours. Le matin, il prit son petit déjeuner comme d'habitude, debout dans la cuisine. Lorsque Thérèse monta avec le plateau pour sa mère, Raymond, sans même finir sa bouchée de pain, alla ouvrir le pot en pierre dans lequel était caché l'argent pour les courses. Il y préleva deux billets de cent francs et referma le couvercle. Quand Thérèse redescendit quelques minutes plus tard, il avait le cœur qui battait à tout rompre, mais il se força à rester dans la cuisine. Il fit même quelques commentaires sur la météo. C'était bien sûr parfaitement futile de feindre ainsi la nonchalance ; dès que Thérèse se mettrait en route pour aller au marché, elle se rendrait compte qu'il manquait de l'argent. Et, ne serait-ce que pour prouver sa propre innocence, elle en ferait aussitôt part à sa patronne. Bien entendu, elle n'accuserait pas ouvertement Raymond. Il lui suffirait de dire que de l'argent avait disparu.

Raymond n'avait pas fait ça sur un coup de tête. Il y avait pensé la veille, dans le train au retour de Mulhouse. Peut-être même avant, au moment où le philatéliste lui avait donné le prix du couteau. Il avait évité de songer aux conséquences de son acte, sachant que cela le freinerait dans son élan. À vrai dire, il avait constaté, non sans un certain étonnement, qu'il n'avait aucun mal à faire comme si de rien n'était. Il éprouvait même une sorte de plaisir à papoter joyeusement avec Thérèse alors qu'il avait les billets dans la poche arrière de son pantalon.

Raymond arriva dans la rue Saint-Fiacre à 9 h 30. Elle n'était pas plus animée que la veille. Dans la mesure où elle se trouvait à l'écart des grands axes de la ville, les gens avaient peu de raisons de l'emprunter s'ils n'y habitaient pas. Le magasin de philatélie n'était pas encore ouvert. En préparation de sa journée de planque, Raymond avait emporté un carnet et un stylo, une demi-baguette, son livre et les cigarettes qu'il avait achetées au café qui faisait l'angle. Sur une page du carnet, il avait dessiné un plan de la rue en indiquant l'emplacement des lieux importants. Sur la page d'à côté, il avait tracé un schéma de l'immeuble : un rectangle divisé en deux colonnes de quatre lignes, chaque case représentant un appartement. La veille au soir, il avait cherché dans le bottin les noms dont il arrivait à se souvenir. Il n'avait rien trouvé à Ziegler, mais il n'était pas sûr d'avoir retenu celui-là correctement. En revanche, les trois autres étaient bien là : Abbas, Lenoir et Comte. Abbas ne l'intéressait pas. Il n'imaginait pas son père fraterniser avec quiconque d'origine arabe. La France, répétait-il toujours, devait rester aux Français. Raymond avait appelé les deux autres numéros depuis le téléphone dans le bureau de son père. Une voix d'homme avait répondu au premier par un « Oui ? » abrupt. Un enfant pleurait derrière lui. Raymond dit qu'il avait fait erreur et raccrocha.

Il résuma dans son carnet les informations obtenues à côté du nom de Lenoir. Puis il appela la personne désignée dans l'annuaire comme *Comte, I.*, et ce fut une femme qui lui répondit. Raymond prit le ton le plus assuré possible.

« Pourrais-je parler à M. Comte ? » demanda-t-il.

Il y eut un bref silence.

« Il n'y a pas de M. Comte, dit la femme. Qui est à l'appareil ? »

Sa voix, ni jeune ni vieille, avait un timbre chaleureux et clair, mais aussi une certaine nervosité, comme un léger tremblement. Raymond resta quelques secondes sans rien dire. Il entendait la femme respirer au bout du fil. Peut-être fumait-elle une cigarette.

Elle répéta sa question.

Raymond reposa le combiné sur son socle. De petites gouttes de sueur perlaient à son front. Il se sentait coupable, comme s'il venait de commettre un acte délictueux. En regard du nom de Comte, il nota : *femme seule, âge moyen*.

Raymond prit position sous le porche en face du numéro 13. Quelque part dans l'immeuble, il imagina Mlle Comte en robe de chambre, assise à la table de sa cuisine devant un bol de café, une cigarette se consumant dans le cendrier. Elle devait avoir la quarantaine. Peut-être qu'un chat se frottait contre ses jambes. Peut-être qu'elle repensait à ce coup de téléphone étrange qu'elle avait reçu la veille au soir.

Sur le coup de 10 heures, le philatéliste émergea de sa boutique. Il était en pantoufles, une cigarette aux lèvres. Il devait habiter l'appartement au-dessus. Il ouvrit le cadenas qui fermait le rideau métallique devant la vitrine. Raymond se retrancha sous le porche jusqu'à ce qu'il entende les grincements du rideau qui se levait. Il attendrait encore un moment avant d'entrer. S'il voulait pouvoir marchander le couteau, il ne fallait pas qu'il ait l'air d'avoir fait le pied de grue devant la boutique. Mieux valait donner l'impression qu'il passait par hasard et que ça ne lui ferait ni chaud ni froid de repartir sans le couteau.

Il venait d'allumer sa première cigarette – il avait décidé d'avance qu'il s'autoriserait à en fumer quatre – quand la porte du numéro 13 s'ouvrit et qu'un homme en sortit d'un pas pressé, une mallette à la main. Il semblait stressé. Sa cravate n'était pas correctement nouée et il mangeait un croissant ou un pain au chocolat en marchant. Il monta dans une vieille Renault cabossée et démarra. Il paraissait probable que ce soit l'impatient M. Lenoir, qui lui avait répondu au téléphone la veille. Quelques minutes après, une femme à peu près du même âge apparut avec deux jeunes enfants, le plus petit attaché dans une poussette, l'autre tenant un bout de pain, son anorak enfilé seulement d'un côté. Ils s'éloignèrent en direction du centre-ville. Raymond recula sous le porche et nota ses observations.

Il ne se passa rien d'autre pendant environ une demi-heure. Après quoi une femme autour de la trentaine sortit à son tour. Elle était vêtue d'un imperméable vert serré à la taille par une ceinture. Bien qu'il ne pleuve pas, elle ouvrit un parapluie transparent. Elle avait les cheveux blonds ébouriffés. Elle aussi se hâta en direction du centre, ses talons claquant sur le trottoir. Elle jeta un coup d'œil à Raymond en passant devant lui, mais son visage ne trahit pas la moindre curiosité. Se pouvait-il que ce soit la femme qu'il avait eue au téléphone ? Il ne le pensait pas. Il y avait une assurance dans sa démarche qui ne collait pas avec l'hésitation qu'il avait détectée dans la voix de Mlle Comte. L'une de ces deux femmes était-elle celle qui avait jadis noté son adresse sur le bout de papier que Raymond avait entre-temps remis dans le bureau de son père ? Rien ne permettait de le savoir. Cependant, Raymond avait l'impression de progresser. En comptant la vieille dame de la veille, et en supposant qu'aucun des habitants qu'il avait vus jusque-là ne s'appelait Abbas, il connaissait désormais les occupants de plus de la moitié des appartements.

En milieu de matinée, un grand calme enveloppait la rue. Raymond songea que c'était le bon moment pour retourner dans l'immeuble et relever les noms qui lui manquaient sur les boîtes aux lettres. Si on lui posait des questions, il avait décidé de dire simplement qu'il cherchait un M. Dupont, peut-être en tapotant sa sacoche pour suggérer qu'il avait un colis à lui livrer. Il traversa la rue d'un pas décidé, carnet et stylo à la main. Malgré le prétexte qu'il s'était inventé, il ressentait la même nervosité que lorsqu'il avait poussé la porte de l'immeuble la veille. Il hésitait toujours à allumer la lumière. Pourtant, si sa présence était aussi innocente qu'il le prétendait, pourquoi resterait-il dans le noir ? Il pourrait difficilement dire qu'il n'avait pas vu l'interrupteur : il était juste à côté des boîtes aux lettres. Il appuya sur le bouton scintillant. À son grand soulagement, il ne se passa rien. Raymond se mit alors au travail, griffonnant le reste des noms sur une page vierge de son carnet : Ziegler (il avait bien lu), Jacquemin, Duval et Klein. Lorsqu'il eut terminé, il trouva encore le courage d'avancer jusqu'aux portes des appartements du rez-de-chaussée. Sur celle de droite, une plaque en cuivre arborait le nom d'Abbas gravé en lettres tarabiscotées. Une lourde barre de fer protégeait la porte de gauche. Raymond ressortit et respira un grand coup. Il marcha jusqu'au bout de la rue Saint-Fiacre, fit demi-tour dans la rue parallèle presque identique et revint se poster sous le porche. Il commençait à bien connaître ce petit quartier de Mulhouse. En récompense de ses efforts, il s'accorda une deuxième cigarette.

Un peu après 11 h 30, une femme d'une soixantaine d'années sortit de chez le philatéliste. Raymond ne l'avait pas vue entrer dans la boutique. Ça devait être l'épouse du propriétaire. Elle revint au bout de vingt minutes avec une baguette sous le bras. Raymond décida qu'il était temps de procéder à son achat, mais quand il arriva devant le magasin, une pancarte annonçait : *Fermé pour le déjeuner*. Pourtant, la porte n'était pas verrouillée. Raymond la poussa discrètement, et la clochette tinta. Il pénétra dans la boutique déserte et tendit l'oreille pour guetter des signes de mouvement à l'étage au-dessus. Il entendit des pas sur le parquet. Une porte s'ouvrit, sans doute celle de l'appartement, et le propriétaire lança dans l'escalier : « Il y a quelqu'un ? On est fermés ! » Raymond retint son souffle. Il avait les yeux rivés sur le couteau, toujours posé sur la pile de valises dans le fond du magasin.

La voix du philatéliste retentit à nouveau : « Il y a quelqu'un ? »

Laissait-il toujours la porte ouverte pendant le déjeuner, ou était-ce un oubli ? Peut-être sa femme et lui croyaient-ils chacun que l'autre avait fermé. Ou peut-être faisaient-ils partie de ces gens crédules qui pensent qu'un écriteau « fermé » suffit à dissuader les voleurs. Dans tous les cas, Raymond entendit des pas dans l'escalier. Sans plus réfléchir, il s'avança sur la pointe des pieds jusqu'au fond de la boutique, attrapa le couteau et le fourra dans sa sacoche avant de ressortir précipitamment. Il traversa le porche en courant et se plaqua contre un mur de la cour. Il avait la tête qui tournait, presque la nausée. Il s'accroupit par terre. Qu'est-ce qui lui avait pris de faire une chose pareille ? Jusqu'à ce matin, il n'avait jamais rien volé, pas même un sac de bonbons. Le philatéliste allait forcément s'apercevoir que le couteau avait disparu et se souvenir que, la veille, un jeune homme s'y était intéressé. Raymond n'aurait su dire combien de temps il resta recroquevillé ainsi, le dos contre le mur. Au bout d'un moment, il essaya d'évaluer sa situation. N'importe qui regardant par la fenêtre d'un des appartements qui donnaient sur la cour trouverait son comportement hautement suspect. Peut-être même que quelqu'un l'avait déjà repéré et avait appelé la police. Si le philatéliste ne l'avait pas fait lui-même. Raymond s'efforça de raisonner avec lucidité. Quoi qu'il arrive, personne ne l'avait vu prendre le couteau. Tant qu'on ne le trouvait pas sur lui, il pouvait nier en bloc. Après avoir vérifié qu'il n'était pas observé, il le sortit discrètement de sa sacoche et le cacha parmi des mauvaises herbes qui dépassaient d'un tuyau de descente. Puis il se releva et, avec autant de nonchalance qu'il le put, il retourna jusqu'à l'entrée du porche.

Il passa une tête prudente dans la rue. Aucune trace du philatéliste. Pas de sirènes de police non plus. Alors qu'il émergeait sur le trottoir, il fit mine de remonter sa braguette, comme s'il s'était engouffré dans ce passage pour se soulager. Après quoi il se dirigea d'un pas vif vers le centre-ville. Il prit la première rue à gauche et, quand il fut certain que personne ne le regardait, rebroussa chemin vers le bout de la rue Saint-Fiacre. Il s'alluma une cigarette. Il avait les mains qui tremblaient. Il recracha une longue volute de fumée. Quel imbécile il était ! S'il avait réfléchi ne serait-ce qu'une fraction de seconde, il n'aurait jamais eu le courage de faire ça. Pourtant il l'avait fait, et sans se faire prendre. Il se sentait euphorique. Ce n'était pas tant d'avoir volé le couteau, qu'il aurait de toute façon pu acheter. Mais une occasion s'était présentée, et au lieu de rester paralysé par l'indécision, il l'avait saisie.

Maintenant, il fallait juste qu'il attende assez longtemps pour être sûr que personne n'avait appelé la police avant d'aller récupérer le couteau dans sa cachette. Le propriétaire du magasin n'avait sans doute même pas remarqué sa disparition. Au mépris de la limite qu'il s'était fixée lui-même, Raymond s'alluma une autre cigarette. Il avait deux cents francs en poche. Il pouvait s'acheter autant de paquets qu'il voulait. À cet instant, il avait complètement perdu de vue le véritable but de sa mission rue Saint-Fiacre.

Quelque temps plus tard, Raymond retourna chercher le couteau dans la cour. Accroupi au pied du tuyau, il le glissa dans son fourreau, parfaitement ajusté. Il se redressa et résista à la tentation de regarder autour de lui pour voir s'il était observé. Cela ne ferait que le rendre encore plus suspect qu'il ne devait déjà en avoir l'air. À la place, il garda les yeux baissés et retraversa le porche pour regagner la rue. Il était sur le point de sortir sur le trottoir quand la porte du numéro 13 s'ouvrit. Raymond se recula vivement. Une jeune fille apparut. Elle devait avoir dix-neuf ou vingt ans et elle était vêtue d'un jean noir et de bottes lacées jusqu'à mi-mollet. En haut, elle portait une veste d'homme en tweed avec des renforts aux coudes. Malgré le temps maussade, elle avait de grosses lunettes de soleil rondes. Et un feutre à bord fin sur l'arrière du crâne. Elle se dirigea vers le centre-ville. Elle marchait à grandes enjambées, d'un pas à la fois nonchalant et déterminé. Raymond s'engagea dans la même direction. On ne pouvait pas l'accuser de la suivre. Le fait qu'elle était sortie de l'immeuble au moment même où il s'apprêtait à partir était une pure coïncidence. Il resta néanmoins sur le trottoir d'en face et régla son allure afin de ne pas la dépasser. Sa sacoche bringuebalait contre sa hanche. L'idée du couteau niché à l'intérieur lui plaisait bien. La fille arriva au carrefour où Raymond s'était séparé de l'homme au visage vérolé qui lui avait montré son chemin. Il se tint un moment en retrait.

La fille continua tranquillement au milieu de la circulation, sans avoir l'air de se soucier du danger. Un gros camion vint boucher la vue de Raymond et, quand il redémarra, elle avait disparu. Raymond eut un pincement au cœur de déception. Il se faufila entre les files de voitures. Soudain, il aperçut au-dessus des véhicules son petit chapeau qui dodelinait le long de la rue de la Sinne. Il accéléra pour la rattraper. Cette fois, il ne pouvait plus prétendre qu'il ne la suivait pas. La fille s'arrêta devant la vitrine d'un disquaire. Raymond se plaqua dans une embrasure de porte. Il n'était qu'à vingt mètres derrière elle. Elle avait un profil saisissant : un nez aquilin très prononcé et des pommettes saillantes. Elle gardait la tête légèrement penchée en arrière, peut-être seulement pour empêcher ses lunettes de glisser, mais cette posture lui conférait un air hautain. À cet instant, si elle se retournait, elle surprendrait sans doute Raymond en train de l'observer. Peut-être l'avait-elle déjà remarqué en sortant de l'immeuble, ou même avant, par la fenêtre de son appartement. Raymond ne parvenait pas à s'expliquer son comportement, mais il ne pouvait non plus se résoudre à partir. Une partie de lui espérait même se faire repérer.

La fille continua dans la rue de la Sinne et entra dans le bar devant lequel son accompagnateur s'était arrêté la veille pour saluer quelqu'un. Raymond attendit deux ou trois minutes avant d'y pénétrer à son tour. C'était un endroit caverneux, haut de plafond, orné de moulures sculptées. Deux hommes étaient juchés sur des tabourets au comptoir ; l'un tournait lentement les pages d'un journal, l'autre avait le menton qui tombait sur la poitrine, comme s'il dormait. Le barman accueillit Raymond par un petit hochement de tête, sans sourire. Raymond alla s'asseoir sur la grande banquette verte le long du mur à droite de l'entrée. Il ne voyait la fille nulle part.

Tout en haut sur le mur en face de lui, une grosse pendule portait le nom de l'établissement : *Le Convivial.* La trotteuse trottait majestueusement. Il était presque 5 heures. La salle comptait une vingtaine de tables autour desquelles étaient réparties des chaises en bois dépareillées, dont environ la moitié étaient occupées par un assortiment de vieux messieurs, pantalon remonté jusqu'au nombril, bras croisés sur le ventre. Ils échangeaient des tournées de poignées de main et de salutations à chaque nouvelle arrivée, mais le reste du temps ils étaient plutôt silencieux. Les murs étaient badigeonnés d'un lavis jaune et décorés de reproductions encadrées de Lautrec. Deux piliers étaient couverts d'affiches de cinéma ainsi que de photos de Belmondo, Bardot, Gainsbourg et consorts. À l'autre bout de la salle se trouvait une table de billard, avec deux queues négligemment abandonnées sur le tapis, lequel était déchiré au milieu et avait été réparé à l'aide d'une bande de Scotch noir. Raymond avait l'impression qu'elle ne devait pas beaucoup servir.

Personne ne lui adressa ne fût-ce qu'un regard. Il commença à se demander si le barman l'avait réellement vu. C'était un type trapu d'une trentaine d'années, dont les cheveux couleur sable étaient soigneusement peignés en arrière. Il portait une chemise bleue à manches courtes avec *Le Convivial* brodé sur la poche. Ses bras arboraient plusieurs tatouages rudimentaires. Accoudé au comptoir, il fixait un point quelque part au-dessus de la porte et ne semblait avoir nulle intention de servir Raymond ni qui que ce soit d'autre. Il avait une minuscule barbichette sous la lèvre inférieure, qu'il caressait d'un air absent entre le pouce et l'index. Peut-être était-ce le genre d'endroit où on était censé commander au bar. Dans tous les cas, si la fille n'était pas là, Raymond n'avait aucune raison de rester. Cependant, il aurait l'air idiot de se lever brusquement et de repartir sans avoir rien consommé. Il imagina le barman lui lancer : « Hé, gamin, tu t'es cru dans une salle d'attente ? », déclenchant un éclat de rire général parmi les hommes attablés.

C'est alors, à 5 heures pétantes, que la fille émergea d'une porte sur laquelle on pouvait lire *W-C Femmes*, dont Raymond doutait qu'ils soient souvent utilisés. Elle s'était changée pour enfiler un chemisier blanc et elle avait un tablier noué autour de la taille. Elle avait ôté son chapeau, et ses lunettes de soleil étaient désormais relevées sur sa tête. Ses épais cheveux châtains étaient coupés court dans la nuque et coiffés en avant pour former une coque. Sans dire un mot au barman, elle entreprit aussitôt de ramasser les verres et les tasses vides sur les tables avant de les nettoyer avec vigueur. Les habitués attendaient manifestement son arrivée, car ils se mirent alors à lui aboyer leurs commandes, qu'elle ne prenait pas la peine de noter. Elle avait l'air à l'aise avec eux, s'adressant aux plus âgés en les appelant « oncle ». Un homme lui colla une main aux fesses pendant qu'elle essuyait sa table, ce qui lui valut une sévère réprimande dont il se réjouit ostensiblement. Une fois les tables débarrassées, elle énuméra d'un ton mécanique les commandes au barman, qui se mit au travail. Ce fut seulement alors qu'elle porta son attention vers Raymond, que jusque-là elle avait fait mine de ne pas remarquer.

Elle se planta devant sa table, main droite sur la hanche. Le talon de son pied gauche pivotait par terre comme si elle écrasait une cigarette.

« Alors, monsieur, qu'est-ce que je vous sers ? » demanda-t-elle avec une emphase ironique sur le « monsieur ».

Elle avait une voix grave assez agréable, et de grands yeux aux paupières tombantes, si espacés qu'on aurait dit qu'ils regardaient dans des directions opposées. Raymond se demanda si elle portait ses lunettes pour corriger quelque défaut de vision ou parce qu'elle avait honte de son strabisme. Si ce n'est qu'elle n'avait pas l'air du genre à être gênée par grand-chose.

« Je vais prendre un thé, dit-il.

— Un thé ? » répéta-t-elle.

Elle pencha la tête sur le côté, comme si cette demande l'amusait ou la surprenait. Il aurait dû, histoire de faire illusion, commander plutôt une bière, mais avant qu'il ait eu le temps de changer d'avis, la fille avait déjà crié par-dessus son épaule : « Dédé, un thé pour le jeune homme ! »

À ces mots, plusieurs clients se tournèrent pour regarder Raymond. Il se sentit rougir. La fille repartit vers le comptoir et commença à distribuer les consommations que Dédé avait préparées. Elle allait et venait avec une grande décontraction, sans qu'ait lieu aucun échange d'argent. Sans doute payait-on à la fin. Elle posa le thé de Raymond sur sa table sans un mot et lui laissa la note dans une soucoupe en étain. Raymond versa ses trois sachets de sucre habituels dans la tasse et mélangea distraitement. Il sortit ses cigarettes de sa poche et s'en alluma une.

Après avoir terminé sa première tournée, la fille était maintenant appuyée sur le coin du bar et papotait avec Dédé. Elle hocha la tête en direction de Raymond et chuchota quelque chose qui le fit pouffer. Raymond détourna le regard vers les affiches sur le mur d'en face, puis la pendule, qui indiquait à présent 5 h 10. En plongeant la main dans sa sacoche pour chercher son livre, il tomba sur l'étui du couteau et promena tout doucement les doigts sur le cuir patiné, la garde et enfin le manche. Il jeta un coup d'œil autour de lui pour voir si quelqu'un l'observait. Trois tables plus loin le long de la banquette, deux hommes étaient absorbés par une partie d'échecs sur un plateau en linoléum. Raymond sortit son livre et l'ouvrit en l'aplatissant sur la table. La tranche était cassée et des pages commençaient à se détacher.

Un vieux monsieur avec un cou de dindon poussa la porte et s'avança jusqu'au comptoir d'un pas hésitant. Son pantalon était trop court et il ne portait pas de chaussettes. Il avait des taches à l'entrejambe. Il échangea une poignée de main molle avec le barman, qui déposa devant lui un petit verre d'une liqueur sombre. L'homme le contempla pendant quelques instants, les deux paumes à plat sur le bar, comme pour rassembler son courage. Puis il prit le verre et le vida cul sec.

Il chercha une pièce dans sa poche et repartit du même pas tranquille qu'il était entré.

Quelques minutes plus tard, un autre homme arriva et salua les clients attablés près de la porte. Il attrapa un journal sur le présentoir et s'installa à une table inoccupée. C'était le type qui avait indiqué son chemin à Raymond la veille. Ça devait être un habitué car, sans qu'il ait eu besoin de passer commande, la serveuse lui apporta un espresso et un verre de schnaps. Comme elle retournait au comptoir et qu'il la suivait des yeux, son regard tomba sur Raymond, qui plongea immédiatement le nez dans son livre. Mais c'était trop tard. Une expression interloquée passa sur le visage de l'homme. Quand Raymond releva la tête quelques secondes plus tard, il le fixait toujours et lui adressa un petit signe de la main.

« C'est bon, vous avez trouvé ? » lança-t-il d'une voix sonore.

Raymond jeta un œil en direction du bar pour voir si la serveuse écoutait. Elle le dévisageait d'un air inquisiteur. Heureusement, le type n'avait pas mentionné nommément la rue Saint-Fiacre.

« Oui, merci », répondit Raymond, avant de reprendre ostensiblement sa lecture.

Il ne savait pas bien ce qu'il espérait qu'il se passe, si tant est qu'il espérât quoi que ce soit. Instinctivement, il aurait eu tendance à boire son thé et à s'en aller le plus vite possible. C'est ce que le Raymond d'il y a quelques jours aurait fait. Sauf que le Raymond d'il y a quelques jours ne se serait jamais retrouvé là. Le Raymond d'il y a quelques jours n'aurait pas osé voler deux cents francs à Thérèse dans le pot de la cuisine. Et il n'aurait certainement pas volé le couteau qui se cachait dorénavant dans sa sacoche. Pas plus qu'il n'aurait suivi une inconnue dans les rues de Mulhouse. S'il quittait le bar maintenant, ça s'arrêterait là. Mais il ne voulait pas que ça s'arrête là. Il ne connaissait même pas le prénom de la fille. Serait-il si compliqué de juste le lui demander ? Certes, il était entré dans la boutique de philatélie et avait volé le couteau, mais c'était un acte complètement impulsif. S'il l'avait prémédité, il n'aurait jamais eu le courage d'aller jusqu'au bout. De la même manière, s'il avait hésité ne fût-ce qu'une seconde avant de suivre la fille dans le bar, il aurait trouvé mille raisons de ne pas le faire. Désormais, n'ayant pas eu le réflexe de lui demander son prénom quand elle était venue prendre sa commande, il allait falloir qu'il se lance, et ça manquerait totalement de spontanéité. À part avec Yvette, qu'il considérait un peu comme une sœur – malgré leurs petits jeux sexuels –, Raymond ne manquait jamais de perdre ses moyens les rares fois où une fille venait lui parler. Et si la fille était jolie, il rougissait à tous les coups. Aussi préférait-il éviter de croiser le regard de ses camarades féminines au lycée, de peur qu'elles ne prennent ça pour une invitation à faire plus ample connaissance.

La seule solution était donc d'attendre et de voir ce qui se produirait. Raymond ne put s'empêcher de sourire à l'idée qu'en s'en remettant ainsi au hasard, il exerçait une forme de choix. Il trouvait ça rassurant. Il était à présent 17 h 20. Compte tenu du temps qu'il lui faudrait pour retrouver le chemin de la gare et prendre un train jusqu'à Saint-Louis, il décida qu'il pouvait rester encore une quarantaine de minutes sans risquer d'arriver en retard pour le dîner et de devoir répondre à des questions embarrassantes de sa mère.

Les joueurs d'échecs arrivaient à la fin de leur partie. Après chaque coup, ils appuyaient sur la pendule posée entre eux avec de plus en plus d'empressement. Le plus âgé des deux jouait à un rythme plus tranquille, mais sous la table sa jambe s'agitait nerveusement. Il portait des petites lunettes à monture métallique sur le bout du nez. L'autre se plaquait sans arrêt la paume sur la bouche en secouant la tête, comme résigné à la défaite. Son roi était assiégé dans un coin du plateau. Les blancs avancèrent un fou et le mirent en échec. Les noirs se défendirent en interposant un pion. Le fou blanc battit en retraite, avant que le plus jeune ne glisse sa tour jusqu'à la ligne arrière de son adversaire, où son roi était coincé entre trois pions. Le vieux ôta ses lunettes et déclara forfait. Ils n'échangèrent aucun mot tandis qu'ils rangeaient les pièces dans un coffret en bois, après quoi le jeune roula le plateau et le remit, avec le coffret, dans le casier du buffet où étaient entreposés les couverts. Ils sortirent et se dirent au revoir sur le trottoir devant le bar.

Raymond s'était laissé absorber par leur partie. C'était clairement un rituel régulier, quotidien ou hebdomadaire. Peut-être Stéphane et lui auraient-ils un jour leur table attitrée au fond d'un bar de Saint-Louis.

Dix minutes s'étaient écoulées. La serveuse ne semblait manifester aucun intérêt pour Raymond. Au contraire, elle détournait plutôt le regard quand elle passait devant sa table. Il commença à douter du bien-fondé de sa décision de s'en remettre au destin. Peut-être qu'il allait finalement devoir prendre l'initiative. Il baissa les yeux vers son livre, qu'il tenait toujours ouvert à plat devant lui, et tomba sur une phrase qu'il avait soulignée : *Sa chair s'était éclose depuis le gras du pouce jusqu'à la racine du petit doigt.* Raymond s'imagina sortir le couteau de sa sacoche, se lever et s'entailler la paume. Il imagina les hommes attablés près de la porte le montrer du doigt, la serveuse se précipiter vers lui avec un torchon et lui bander la main. Ce qui lui offrirait une occasion idéale – et spontanée, en apparence – de lui demander son prénom. Voilà à quoi il songeait lorsque la fille apparut devant sa table.

« Il y a un problème avec le thé ? »

Elle avait un plateau coincé sous le bras. Son pied gauche se balançait sur le talon comme avant, donnant l'impression qu'elle était agacée ou impatiente.

« Le thé ? répéta Raymond. Non, ça va. Je le préfère froid. »

Puis, comme pour le prouver, il porta la tasse à ses lèvres et en but une gorgée avec un plaisir exagéré. La fille roula les yeux. Raymond se maudit intérieurement. Elle n'avait aucune raison de venir le voir ; son commentaire sur le thé n'était qu'un prétexte. Et lui ne trouvait rien de mieux à dire que : *Je le préfère froid.* Quel imbécile ! Ce n'était même pas vrai, en plus, et maintenant, s'il la revoyait, il serait condamné à boire son thé froid. Malgré ça, elle ne bougea pas. Elle pointa le menton vers le livre sur la table et lui demanda ce qu'il lisait.

Il lui montra la couverture.

« Ah, fit-elle sur le ton d'un médecin diagnostiquant une maladie grave. Enfin, ne t'inquiète pas, je suis sûre que ça te passera. »

Raymond laissa échapper un petit rire nerveux et sentit le rouge lui monter aux joues, comme chaque fois. Histoire de faire diversion, il alluma une cigarette. À sa grande surprise, la fille tira la chaise en face de lui et s'assit. Les pieds de la chaise produisirent un crissement désagréable sur le sol. Elle prit une cigarette dans le paquet de Raymond et l'alluma à son tour.

« Tu sais, dit-elle en se penchant vers lui, je t'ai vu devant mon immeuble. »

Instinctivement, Raymond se recula contre le dossier de la banquette. Il devait être écarlate, à présent. Bien qu'il soit parfaitement futile de nier, c'est pourtant ce qu'il fit.

« Donc, tu sais où j'habite, reprit la fille.

— Bien sûr que non. Comment voudrais-tu que je le sache ?

— Si tu ne sais pas où j'habite, qu'est-ce qui te permet de dire que tu n'étais pas devant mon immeuble ? »

Raymond tira une taffe et recracha la fumée sans inhaler.

« Ce que je veux dire, répondit-il, c'est que si j'étais devant ton immeuble, c'était sans le savoir. Évidemment, dans le courant de la journée, je suis passé devant un certain nombre d'immeubles. Si l'un d'entre eux était le tien, alors oui, j'étais devant chez toi, mais seulement par hasard. »

Il était satisfait de sa réponse. Ses joues commencèrent à refroidir.

La fille prit une mine indécise, comme si elle se tâtait pour savoir quoi penser de lui.

« Alors, finalement, tu admets avoir été devant chez moi, oui ou non ?

— Si tu me dis où tu habites, je pourrai te dire si j'y étais », rétorqua-t-il.

Elle aspira une longue bouffée de sa cigarette et laissa tomber la cendre à ses pieds.

« Ce matin, je t'ai vu rue Saint-Fiacre, les yeux levés vers mon immeuble. Tu avais un carnet à la main. Plus tard, je t'ai revu traîner sous le porche à côté de la brocante. Et ensuite, quand je suis sortie dans l'après-midi, tu m'as suivie. »

Elle avait un ton parfaitement détaché, comme si c'était le genre de choses qui lui arrivait tous les jours. Elle haussa les sourcils d'un air interrogateur.

Avant que Raymond puisse répondre, Dédé cria avec une pointe d'exaspération dans la voix :

« Hé, Delph, tu as l'intention de bosser encore un peu aujourd'hui, ou bien on ferme boutique ? »

Et voilà : sans avoir rien eu à faire, Raymond connaissait son prénom. Elle pivota vers Dédé, qui depuis son comptoir lui désignait la tablée près de l'entrée, pencha la tête sur le côté et lui fit un doigt d'honneur avec un grand sourire, puis se retourna vers Raymond.

« Alors ? reprit-elle.

— C'est vrai, reconnut-il. J'étais là. Mais je ne t'ai pas suivie. Il se trouve juste qu'on est partis à la même heure.

— Et je suppose qu'il "se trouve juste" que tu es entré après moi dans ce charmant établissement ?

— Je ne t'espionnais pas », déclara-t-il à voix basse.

Curieusement, elle n'avait pas l'air plus énervée que ça. Raymond avait même l'impression que l'idée d'être espionnée ne lui déplaisait pas. Il lui sourit.

« Et donc, qu'est-ce que tu faisais là-bas ? demanda-t-elle.

— Ça, je ne peux pas te le dire, en tout cas pas maintenant. »

Il avait ajouté les derniers mots exprès, pour laisser entendre qu'ils se reverraient peut-être.

La fille – *Delph* – secoua la tête d'un air désapprobateur. Elle recula sa chaise avec le même crissement que la fois précédente et se leva. Raymond sentit l'occasion lui échapper. Son cœur battait à tout rompre. Il allait devoir prendre les devants.

« Peut-être qu'on pourrait se revoir, dit-il. Ailleurs. »

Il sentit de nouveau ses joues s'empourprer.

Delph éclata de rire. Un jour, quand il avait six ou sept ans, lors d'une sortie scolaire dans les bois de la Petite Camargue, un groupe de garçons plus âgés avait surgi d'un bosquet pour lui faire peur et il avait perdu le contrôle de sa vessie. Alors qu'il attendait que Delph dise quelque chose, Raymond éprouvait à présent le même sentiment de honte. Elle se contenta de hausser les épaules, comme si elle n'avait pas d'avis sur la question. Puis, avant de partir s'occuper des clients qui l'attendaient, elle ajouta :

« Je serai chez Johnny samedi. »

Raymond hocha la tête dans le vide et mémorisa solennellement les paroles de Delph. Il n'avait aucune idée d'où se trouvait « chez Johnny », ni même de ce que c'était, mais il ne put s'empêcher de jeter un regard autour de lui pour voir si quelqu'un avait été témoin de sa victoire. Le type au visage vérolé lui adressa un clin d'œil et agita le poing vers sa joue dans un geste obscène.

Raymond déposa la somme qu'il devait dans la soucoupe en étain et se leva en cognant sa sacoche contre le dossier de la chaise qu'avait occupée Delph. Elle ne releva pas la tête lorsqu'il passa devant elle. Il n'était pas encore 6 heures.

11

Gorski allait sortir du commissariat. Il était 9 h 30 du matin. Il avait rendez-vous avec Céline le soir même et il avait décidé que la moindre des choses serait d'aller se faire couper les cheveux chez Lemerre. Après le travail, il repasserait à la maison prendre une douche et changer de chemise. Sans quitter son journal des yeux, Schmitt l'interpella au passage :

« Ah, Georges, j'ai failli oublier. »

Gorski se retourna. Une femme d'une trentaine d'années, la mine épuisée, était assise sur une des chaises en plastique le long du mur à droite de l'entrée. Un garçonnet d'environ quatre ans gribouillait sur une feuille à ses pieds. La femme dévisagea les deux hommes tour à tour. Sa présence dissuada Gorski de réprimander son subalterne pour l'avoir appelé par son prénom.

« Vous avez reçu un appel de Strasbourg, indiqua Schmitt. Un certain inspecteur Larousse, Lamour, quelque chose comme ça.

— Lambert ? répliqua sèchement Gorski.

— Oui, c'est ça. Lambert.

— À quelle heure ? »

Schmitt gonfla les joues et regarda en l'air.

« Oh, il y a une heure, fit-il. Peut-être deux. »

L'espace d'un instant, Gorski oublia la présence de la femme.

« Vous êtes un sale con, Schmitt », dit-il.

Le garçon leva les yeux de son dessin. Schmitt se tourna vers la femme avec une expression d'innocence amusée. Gorski secoua la tête et repartit vers son bureau d'un pas furibond. Il décrocha son téléphone et commença à composer le numéro, mais se ravisa en cours de route. Il reposa le combiné sur son socle. Après leur précédente conversation, ce n'était peut-être pas si mal de laisser passer un peu de temps avant de retourner son coup de fil à Lambert. Il ne voulait pas donner l'impression qu'il n'avait rien de mieux à faire de ses journées que d'espérer un appel de son confrère de la grande ville, telle une écolière énamourée. Peut-être qu'il ferait même bien d'attendre que Lambert le rappelle. Non, ce serait grossier. Lambert n'aurait pas téléphoné si ce n'était pas important, et il s'était déjà écoulé un temps honorable.

La standardiste lui transféra la ligne, et Lambert décrocha dès la première sonnerie.

« Georges ! s'exclama-t-il comme s'ils étaient soudain grands copains. Comment ça va ?

— Bien, répondit froidement Gorski. Que puis-je faire pour toi ?

— Je repensais à ce suspect dont tu m'as parlé l'autre jour.

— Un suspect ? s'étonna Gorski.

— Le type qui a eu un accident.

— Ah, Barthelme, fit-il en feignant d'avoir complètement oublié. Non, mais je suis sûr que tu avais raison, il n'y a pas lieu de penser qu'il ait pu être impliqué.

— Écoute, ça ne peut pas faire de mal de vérifier, hein ?

— Non, bien sûr.

— Parfait, alors est-ce que tu penses que tu pourrais m'épargner un aller-retour et lui poser quelques questions de ma part ?

— Ce serait avec plaisir, répondit Gorski, si ce n'est qu'il y a un petit problème : il est mort. Il s'est tué dans l'accident.

— Ah », lâcha Lambert.

Il fit claquer sa langue quelques secondes, le temps de digérer l'information.

« Ce n'est peut-être pas plus mal, finalement. Tu m'avais parlé d'un mensonge dans l'histoire, non ?

— Il avait dit à sa femme qu'il dînait avec des collègues de travail.

— Hmm… »

Nouveaux claquements de langue, après quoi Lambert demanda si les obsèques avaient déjà eu lieu.

« Le corps est toujours à la morgue de Mulhouse. Il doit être restitué à la famille d'ici deux jours.

— Je vais te dire une chose, Georges, tu me rendrais un grand service si tu pouvais aller relever ses empreintes et me les apporter ici. »

À part son problème pressant de coiffeur, rien n'empêchait Gorski de le faire.

« J'ai pas mal de boulot, dit-il, mais je peux sans doute déplacer quelques rendez-vous.

— Si tu pouvais, Georges, je t'en serais infiniment reconnaissant. Je t'invite à déjeuner en échange. »

Gorski accepta. Au moins, Céline serait impressionnée d'apprendre qu'il travaillait sur une affaire d'homicide à Strasbourg.

« C'est sympa, commenta Lambert. Et ça pourrait

être utile si tu arrivais aussi à mettre la main sur une photo du suspect.

— Je vais voir ce que je peux faire », promit Gorski.

Il ne pouvait s'empêcher d'éprouver une certaine satisfaction à l'idée que Lambert ait été contraint de lui demander un service. Il se mit à pianoter sur son bureau. Cela faisait des années qu'il n'avait pas procédé à un relevé d'empreintes. C'était le genre de basse besogne dont se chargeait généralement Schmitt ou tout autre agent se trouvant à l'accueil. Il alla chercher le matériel nécessaire et sortit sans dire à personne où il se rendait. Dans le hall, la femme n'était plus là mais il y avait encore les dessins de son fils et un certain nombre de crayons de couleur éparpillés par terre.

Gorski eut du mal à trouver une place dans les rues étroites autour de la rue de la Nuée-Bleue. Il y avait bien un parking au sous-sol du commissariat de Strasbourg, mais il n'était pas sûr d'avoir le droit de s'y garer. Dans le doute, il dut marcher une bonne dizaine de minutes. Le ciel était couvert et, le temps qu'il arrive, il transpirait un peu. Lambert vint à sa rencontre dans le hall et l'accueillit par une vigoureuse poignée de main avant de l'entraîner dans un couloir. Tous les gens qu'ils croisaient le saluaient en lui donnant du « chef » ou du « Grand Phil ».

« Tu as les empreintes ? » demanda-t-il.

Gorski hocha la tête. Il était étonné que Lambert traite sa visite avec une telle urgence. L'enquête devait vraiment être au point mort. Lambert poussa une porte en verre dépoli et l'invita à entrer dans la pièce.

Il prit l'enveloppe en kraft que tenait Gorski et la remit à un homme d'une cinquantaine d'années qui avait le teint blafard, les cheveux en bataille et une barbe d'une semaine. Lambert le présenta sous le nom de Boris. Un cendrier débordait de mégots sur le bureau devant lui. Boris était le meilleur expert de France en empreintes digitales, expliqua Lambert.

« En tout cas, le meilleur que je connaisse, précisa-t-il.

— Et tu en connais beaucoup ? » demanda Boris.

Il avait chaussé des lunettes et examinait les empreintes de Barthelme à quelques centimètres de son visage.

« Juste toi, mon cher », répondit Lambert.

Boris poussa un soupir de lassitude. Gorski espérait que le document serait exploitable. Ça n'avait pas été facile de relever des empreintes sur un corps couché dans un tiroir à la morgue. La rigidité cadavérique était passée, mais sans un support ferme où appuyer le carton, il avait eu du mal à obtenir une trace nette. La carte que Boris avait entre les mains était le résultat de sa quatrième tentative. Le technicien se racla bruyamment la gorge et cracha ses glaires dans la corbeille à ses pieds. Il alluma l'écran du lecteur de microfiches sur son bureau.

« Je vais vérifier, dit-il, mais à ta place je ne me ferais pas trop d'illusions.

— Juste pour me faire plaisir », répondit Lambert.

Les empreintes sur la microfiche étaient grossies à la taille d'une main. Boris les fit défiler à toute vitesse en tenant celles de Barthelme sur la gauche pour pouvoir comparer. Aux yeux de Gorski, on aurait dit de simples taches floues. À un moment, Boris s'arrêta et revint en arrière. Il approcha la carte de l'écran, avant de se racler à nouveau la gorge et de continuer. Puis, aussi abruptement qu'il avait commencé, il éteignit la machine et rendit la carte à Lambert par-dessus son épaule.

« Merci de m'avoir fait perdre mon temps, dit-il.

— Mais je t'en prie », rétorqua Lambert sans paraître déçu outre mesure.

Dix minutes plus tard, Gorski et Lambert étaient dans un troquet minuscule à quelques pas de là, rue Marbach. La salle n'était guère plus large qu'un couloir, le long duquel courait un comptoir en zinc. Les trois box au fond étaient quasiment plongés dans le noir. Les fenêtres étaient habillées de voilages tachés, et le rebord en dessous jonché de mouches mortes, entre lesquelles slalomait une guêpe léthargique. Un homme coiffé d'un chapeau démesuré était assis au bar, la tête avachie sur la poitrine. Lambert donna un coup de pied dans son tabouret en passant, et il se réveilla en sursaut. Le barman salua l'inspecteur d'un hochement de menton et posa deux marcs sur le zinc. Lambert leva son verre en direction de Gorski avant de le vider cul sec en grimaçant. Gorski en fit autant et Lambert en commanda deux autres, puis entraîna Gorski vers un des box au fond de la salle.

Lambert prit place dos au mur et posa les pieds sur la banquette. Il portait des mocassins marron clair et des chaussettes à rayures. Céline aurait approuvé. Il s'alluma une cigarette. Il était autour de 14 h 30, mais dans la pénombre de cette arrière-salle il aurait aussi bien pu être minuit. Lambert semblait avoir oublié sa promesse d'inviter Gorski à déjeuner.

« Alors, raconte-moi ce que tu sais sur ce fameux Barthelme », dit-il.

Gorski parut surpris. À quoi bon, puisque le notaire venait d'être éliminé de la liste des suspects ?

Lambert secoua la tête.

« Au contraire, mon ami. Car voilà le problème : il y a des empreintes partout dans l'appartement. Celles de la victime, bien sûr, et on ne sait pas encore combien d'autres. Mais (il leva l'index afin de souligner ce qui allait suivre) sur la table basse du salon, on a trouvé deux verres, chacun avec des traces de whisky. L'un était couvert d'empreintes de la malheureuse Véronique, et sur l'autre, rien. Il n'y avait pas non plus d'empreintes sur la poignée intérieure de la porte d'entrée, ni sur les accoudoirs du fauteuil où était assis le deuxième buveur de whisky. »

Il marqua une pause pour laisser à Gorski le temps d'assimiler cette information avant de poursuivre.

« Le tueur a donc eu la présence d'esprit – ou la prudence, comme tu voudras – d'essuyer son verre et les autres surfaces qu'il avait touchées.

— Peut-être qu'il portait des gants », suggéra Gorski.

Lambert balaya cette idée.

« Ils se sont assis pour boire un verre ensemble, ça aurait eu l'air un peu bizarre qu'il garde ses gants. Et puis, si c'était ça, on aurait quand même retrouvé d'autres empreintes sur les surfaces en question. Or non. Elles avaient été nettoyées. À fond. Alors, si on avait trouvé les empreintes de ton Barthelme dans l'appartement, c'est *là* qu'il aurait été éliminé de la liste des suspects. Tous ceux dont les empreintes subsistent sont hors de cause. »

Gorski imagina comment il se ferait rembarrer par le juge d'instruction s'il soutenait l'idée que *l'absence* d'empreintes constituait une preuve à charge contre un suspect. Il y avait pourtant une logique indéniable dans le raisonnement de Lambert. Le barman s'approcha de leur box.

« Deux autres ? » demanda-t-il.

Une question purement rhétorique, vu qu'il avait déjà servi les verres et qu'il les posait sur la table.

« Merci », dit Lambert.

Il attendit que l'homme soit reparti pour reprendre la conversation.

« Alors, que peux-tu me dire de lui ? »

Gorski lui résuma ce qu'il savait, en donnant volontairement de Barthelme l'image la plus respectable possible.

« Et ce manège avec sa femme, ça durait depuis combien de temps ?

— D'après ce que je comprends, depuis le début de leur mariage.

— Et Mme Barthelme ?

— Elle est plus jeune que lui. Beaucoup plus jeune. »

Lambert fronça les sourcils, comme si ça ne collait pas avec ce qu'il attendait.

« Jolie ? »

Gorski haussa les épaules.

« Ouais, pas mal, je dirais. »

Lambert se pencha vers lui pour lui donner un petit coup sur le bras, que Gorski ignora.

« Apparemment, ils faisaient chambre à part », poursuivit-il.

Cela sembla ravir Lambert.

« Donc il fallait bien que cette vieille canaille aille se vider les couilles ailleurs ! s'exclama-t-il. Voilà, on avance ! Il faudrait que tu soutires encore quelques infos à la veuve. Si j'ai bien compris, ça ne devrait pas trop te coûter. »

Gorski objecta, en disant qu'il n'avait aucune raison légitime de la questionner.

Mais Lambert écarta ses scrupules d'un revers de

main. Ce genre de subtilités n'était pas son problème. Il vida son verre et se leva.

« Tu veux venir jeter un œil sur le lieu du crime ? proposa-t-il. C'est à une rue d'ici. Un regard neuf, ça peut toujours servir. »

Gorski ne put s'empêcher de se sentir flatté. Lambert fit un saut aux toilettes. Il en ressortit en remontant sa braguette, et ils quittèrent le bar sans payer. Il s'était mis à pleuvoir légèrement. Lambert marchait si vite que Gorski devait presque courir pour le suivre.

L'appartement de Véronique Marchal se trouvait sur le quai Kellermann. Il n'y avait pas de concierge. On accédait à l'immeuble grâce à une platine d'Interphone en laiton. Le policier en uniforme stationné devant la lourde porte en bois sculpté s'écarta pour les laisser passer. La décoration de l'appartement était du dernier cri : papier peint floqué marron, abat-jour en forme de globes en plastique orange, banquettes et fauteuils en cuir blanc. La moquette était si épaisse que les chaussures de Gorski s'enfonçaient dedans. Il était difficile d'imaginer l'ascétique Bertrand Barthelme dans un cadre pareil. Lambert conduisit son confrère jusqu'au salon. De hautes portes-fenêtres donnaient sur un petit balcon qui surplombait le canal. Lambert débita sa version des faits comme s'il commentait un match de foot : « Mlle Marchal fait entrer notre homme… Elle lui offre à boire… Elle s'assied là, lui ici… Ils bavardent suffisamment longtemps pour qu'elle finisse son verre… Ils passent dans la chambre à coucher… »

Gorski contempla la table basse en verre fumé, dont la surface était couverte d'une pellicule de poudre de détection d'empreintes. Lambert l'entraîna vers la chambre. Il lui montra les liens en soie qui avaient servi à attacher les poignets de Mlle Marchal aux montants du lit.

« Aucun signe de lutte, précisa-t-il, donc on peut supposer que jusque-là ça reste consensuel. »

Il s'arrêta alors au milieu de la pièce, le regard baissé vers les draps chiffonnés.

« Et puis il l'étrangle. Il n'y a pas eu d'acte sexuel, donc à mon sens le meurtre était prémédité, et non le résultat d'un dérapage au cours de leurs petits jeux. Ce qui colle bien avec le fait que le tueur ait eu la jugeote d'essuyer les surfaces qu'il avait touchées. »

Lambert se tourna vers Gorski. On pouvait difficilement contester ses conclusions.

« Un appartement comme ça, reprit-il en balayant la pièce d'un geste de la main, ce n'est pas donné. Mlle Marchal n'avait pas de compte en banque, mais on a trouvé plusieurs milliers de francs dans un bocal au fond du frigo, et autant dans un placard de la salle de bains. Mais pas de petit livre noir avec la liste de ses clients, ni quoi que ce soit de ce genre. Soit elle n'écrivait jamais rien, soit le tueur savait où elle cachait son journal et l'a emporté. J'imagine qu'on n'a rien retrouvé de cette sorte dans la voiture de Barthelme ? »

Gorski secoua la tête.

Ils étaient revenus au salon. Gorski aurait aimé ajouter quelque commentaire de son cru, mais la version de Lambert était tout à fait plausible. S'il retourna alors dans la chambre, c'était uniquement pour donner l'impression qu'il était en pleine réflexion. Il fit lentement le tour du lit, en essayant d'imaginer la femme qu'il n'avait vue que sur une photo floue dans le journal ligotée aux montants. Il était conscient que Lambert l'observait du pas de la porte. Il eut beau s'efforcer de trouver une idée originale, rien ne lui vint.

De retour sur le palier, Lambert alla secouer le heurtoir de l'appartement d'en face. Il demanda à Gorski s'il avait apporté une photo du « suspect », comme il l'appelait désormais. Gorski la sortit de la poche intérieure de son imperméable. C'était un agrandissement granuleux de la photo de Barthelme sur sa carte d'identité. Lambert l'examina d'un air sceptique avant de hausser les épaules, comme si la qualité de l'image importait peu.

Gorski n'entendit aucun bruit de pas dans l'appartement avant que la porte s'ouvre.

« Professeur Weismann ! s'exclama Lambert sur un ton jovial. J'espère que vous me pardonnerez ce nouveau dérangement.

— C'est un plaisir de vous voir, inspecteur. Je vous en prie, entrez. »

Lambert lui présenta Gorski. Weismann le dévisagea d'un air suspicieux avant de lui serrer la main mollement. Il devait avoir autour de cinquante-cinq ans, et il était vêtu d'un pantalon en velours côtelé, d'une chemise sans col crasseuse et d'un cardigan vert dont le bouton du milieu pendait à un seul fil de laine. Il avait des charentaises aux pieds et sentait très fort l'eau de Cologne. Il les fit entrer dans un vaste bureau exceptionnellement mal rangé. Le mur le plus long était couvert de livres, sous lesquels se trouvait un vieux secrétaire avec une machine à écrire en son centre. La surface au sol était presque entièrement occupée de cartons remplis de revues et autres documents.

« Le professeur Weismann est un éminent historien, indiqua Lambert à Gorski.

— Je crains que votre collègue ne me flatte, je ne suis nullement professeur, rectifia modestement Weismann.

— Mais vous êtes quand même un expert dans votre domaine, non ?

— Si l'on veut, oui. Vous vous intéressez à la période de la Réforme, monsieur Gorski ? »

Gorski esquissa un sourire évasif.

« Ma théorie est que, malgré l'échec du luthérianisme à réellement s'implanter en…

— C'est absolument fascinant », le coupa Lambert.

Comme il n'y avait nulle part où s'asseoir, les trois hommes formaient un triangle inconfortable au milieu de la pièce. Lambert demanda à l'historien s'il voulait bien jeter un coup d'œil à une photo.

« Encore un de vos suspects, inspecteur ?

— Juste quelqu'un qu'on aimerait pouvoir rayer de notre liste », répondit Lambert.

Il lui tendit l'image. Weismann l'approcha tout près de son visage et plissa les yeux.

« Vous avez des problèmes de vue, monsieur ? s'informa Gorski.

— Seulement pour lire, rétorqua sèchement l'intéressé.

— Le professeur Weismann croisait souvent des hommes dans l'escalier ou avait l'occasion de les observer sur le palier, expliqua Lambert.

— Parfois, quand Mlle Marchal avait de la visite, j'avais l'impression qu'on sonnait chez moi, vous comprenez », précisa Weismann.

Gorski lui sourit sans grande conviction. Il avait remarqué le tabouret placé derrière la porte en arrivant.

« Et avez-vous vu quelqu'un entrer chez Mlle Marchal le soir du meurtre ? s'enquit-il.

— Hélas, non. »

Lambert lui laissa quelques instants pour étudier la photo avant de lui demander s'il reconnaissait cet homme. Weismann fit une moue dubitative et secoua lentement la tête.

« La photo n'est pas très nette, mais je ne crois pas, non, inspecteur.

— Mais puisque vous ne voyiez les hommes qui entraient chez Mlle Marchal que de dos, vous ne pourriez pas affirmer avec certitude que vous n'avez *pas* vu cet homme, n'est-ce pas ? »

Weismann lui concéda ce point.

« Quelle taille faisait Me Barthelme ? demanda Lambert à Gorski.

— Un mètre quatre-vingt-cinq. »

Il l'avait lu dans le rapport d'autopsie.

« Y avait-il parmi ceux que vous avez vus des hommes autour de cette taille, monsieur Weismann ? reprit Lambert.

— Euh, oui, probablement.

— Et y avait-il des hommes barbus et bien habillés ?

— Oh, tous les messieurs que recevait Mlle Marchal étaient bien habillés. Ce n'était pas de la racaille. »

Il semblait s'enorgueillir par procuration de la qualité de sa clientèle.

« Et j'imagine, poursuivit Lambert, que lorsque vous croisiez ces messieurs dans l'escalier, ils ne s'arrêtaient pas pour discuter de la pluie et du beau temps, vu le motif de leur visite. À vrai dire, ils devaient plutôt avoir tendance à presser le pas en baissant la tête, non ?

— Tout à fait, inspecteur, acquiesça Weismann avec un petit rire complice. Vous avez parfaitement raison. »

Gorski observait la scène avec un mélange d'admiration et de stupeur. Il était clair que, dans quelques minutes, Lambert aurait convaincu Weismann qu'il avait bel et bien aperçu Barthelme.

« Vous ne pourriez donc pas affirmer que ce n'est pas un des messieurs que vous avez croisés ? »

Il tendit de nouveau la photo à Weismann. Cette fois, l'historien alla chercher dans son bureau une paire de lunettes de lecture. Il les chaussa en adoptant une mine sombre, comme si une lourde responsabilité lui incombait.

« Voilà assurément un homme distingué, commenta-t-il avant de secouer la tête en soupirant, comme s'il n'arrivait pas à croire à sa propre négligence. Maintenant que je regarde mieux, il y a bien une certaine ressemblance avec un monsieur que j'ai croisé une ou deux fois.

— Quelqu'un que vous avez vu entrer chez Mlle Marchal ?

— Je ne pourrais pas vous garantir que c'est la même personne mais, comme je vous dis, il y a une certaine ressemblance. La photo n'est pas très bonne.

— Et ce monsieur que vous avez vu, insista Lambert, comment le décririez-vous ? »

Weismann leva les yeux au plafond, puis énuméra très sérieusement ses caractéristiques :

« Grand, bien habillé, barbu. Un peu plus âgé que cet homme-là. Mais peut-être que la photo date un peu. »

Gorski s'apprêtait à intervenir, mais Lambert le fit taire d'un brusque mouvement de tête. Il s'excusa d'avoir interrompu le travail de Weismann et entraîna Gorski vers la porte. Weismann s'excusa à son tour de ne pas les avoir aidés davantage et assura à Lambert qu'il pouvait revenir quand il le souhaitait.

« La prochaine fois, je vous offre un schnaps », promit-il.

Lambert répondit qu'il y comptait bien.

Sur le palier, Lambert adressa un clin d'œil à Gorski

en posant un doigt sur sa bouche. Ce fut seulement une fois dehors qu'il déclara :

« Je crois que ça mérite un petit verre ! »

Ils retournèrent au bar miniature de la rue Marbach. L'homme au chapeau avait été remplacé par un autre, minuscule, qui portait un costume trois fois trop grand. Il avait un verre de vin blanc posé devant lui.

« Bonjour, inspecteur ! lança-t-il en voyant entrer Lambert.

— Content de voir que tu t'es rangé des voitures, Robideaux », lui répondit Lambert en passant.

Ils s'installèrent dans le même box qu'un peu plus tôt. Le barman vint prendre leur commande.

« Une bouteille de rouge, Karl, annonça Lambert. Un truc correct. »

Il y avait une pendule Art déco sur le mur en face du comptoir. Elle indiquait 4 h 15. Gorski n'avait rendez-vous avec Céline qu'à 8 heures. Il allait devoir renoncer au coiffeur, mais il avait du temps devant lui. Au besoin, il pouvait même ne pas repasser se changer. L'avenir de son mariage ne dépendait pas de la chemise qu'il portait.

Les deux hommes trinquèrent.

« Santé ! fit Lambert. Et félicitations. »

Gorski n'était pas sûr de comprendre pourquoi on le félicitait, mais il acquiesça d'un hochement de tête et ils goûtèrent le vin.

« Pas mal, approuva Lambert. Le blanc me donne des brûlures d'estomac. »

Gorski n'avait encore bu qu'une gorgée, mais Lambert le resservit avant de desserrer sa cravate et de défaire le premier bouton de sa chemise. Il avait une grosse montre en or au poignet. Il se pencha au-dessus de la table, comme s'il s'apprêtait à partager une confidence.

« Tu sais, Georges, pour être honnête, je te prenais un peu pour un plouc. Un de ces petits fonctionnaires étriqués de province. Mais je suis le premier à reconnaître quand je me trompe. »

Gorski ne dit rien.

« On aurait bien besoin de plus de types comme toi, par ici. Il y a trop d'intellos qui se la jouent avec leurs diplômes de droit, de nos jours. Toi, tu as appris le métier comme il faut.

— Je ne dirais pas ça, répondit Gorski.

— Et voilà, c'est justement ton problème. Tu es trop modeste. Dis-moi une chose : qu'est-ce qui fait que tu m'as appelé pour Barthelme ? La procédure ? »

Il secoua la tête avec emphase.

« Non, ça ! dit-il en se tapotant le nez. Et ça, ça ne s'apprend pas dans un manuel. »

Gorski esquissa un geste d'humilité, mais il n'avait aucune envie de démentir l'opinion favorable que son confrère de Strasbourg avait de lui. Il avala une grande lampée de vin. C'était bon d'être dans ce bar miteux avec ce gros bonnet qui n'avait pas regardé sa montre une seule fois ni jamais suggéré qu'il était attendu ailleurs. Que ce soit dû au vin ou aux louanges de Lambert, il commençait à se sentir plus à l'aise.

« Cela dit, observa-t-il, je doute que ce M. Weismann sera aussi sûr d'avoir vu Barthelme si on lui repose la question demain.

— C'est là que tu te trompes, Georges, répliqua Lambert en dressant un doigt en l'air. Quand Weismann se réveillera demain, il sera plus convaincu que jamais de ce qu'il a vu. Voilà pourquoi j'ai reculé sur la fin. Ne jamais brusquer un témoin. C'est peut-être moi qui ai planté la graine dans son esprit, mais plus il pense que c'était son idée, plus il sera catégorique.

— Sauf que ce n'était pas son idée.

— Ça ne change rien. L'important est qu'il *croie* que c'était son idée. Si j'y retourne demain et que je lui dis : "Oh, monsieur Weismann, je pense que vous avez fait erreur sur ce que vous m'avez dit hier", alors je te garantis qu'il maintiendra avoir vu Barthelme à plusieurs reprises et même, maintenant qu'il y repense, lui avoir parlé une ou deux fois. C'est la nature humaine », conclut-il dans un éclat de rire.

Il vida son verre et les resservit tous les deux.

Gorski ne supportait pas cette idée de « nature humaine ». C'était un concept creux que les gens utilisaient pour s'absoudre de la responsabilité de leurs actes. Il garda ces réflexions pour lui, cependant, et se contenta de faire remarquer qu'il serait difficile de convaincre un juge d'instruction de la solidité d'un tel témoignage.

Lambert balaya cette objection d'un revers de main.

« Je suis sûr que tu n'as pas besoin de moi pour savoir que ça sert toujours d'entretenir quelques amitiés dans le camp d'en face. »

Gorski n'avait jamais considéré les juges d'instruction comme « le camp d'en face », mais là encore, il préféra tenir sa langue.

« Ceci étant dit, poursuivit Lambert, tu as raison sur un point. Il va nous falloir une forme ou une autre de corroboration. Mlle Marchal ne vivait pas de l'air du temps. »

Il expliqua qu'ils allaient devoir éplucher les relevés de compte de Barthelme.

« Tu crois que tu pourrais t'en charger ? »

Gorski le dévisagea avec stupeur. Il commençait à avoir un mauvais pressentiment.

« Ça risque d'être compliqué d'obtenir un mandat, dit-il.

— Georges, lui rétorqua Lambert d'un air condescendant, c'est le genre de commentaire que j'aurais attendu de la part d'un petit fonctionnaire. Tu as la veuve dans la poche, tu vas bien réussir à lui faire un peu de charme, non ? »

Gorski s'alluma une cigarette. L'opinion que Lambert avait de lui était la bonne : *c'était* un petit fonctionnaire de province. Et voilà que maintenant, alors que pour une fois il avait suivi son intuition contre tous ses principes, il se retrouvait entraîné dans une situation à laquelle il n'avait aucune envie d'être mêlé. Il n'aurait jamais dû appeler Lambert.

Ce dernier commença à lui raconter l'histoire d'un adolescent qui avait poignardé sa mère. Gorski était soulagé qu'ils aient changé de sujet, mais il n'écoutait que d'une oreille. Il regardait le large et beau visage de ce flic de Strasbourg. Au commissariat, tout le monde l'appelait « chef ». Avec bonhomie, mais aussi une certaine crainte. Il comprenait aisément la déférence de Weismann : Lambert était le genre de personne autour de qui les gens gravitaient ; on avait envie de lui faire plaisir. Et Gorski n'était pas mieux. Est-ce qu'il n'acquiesçait pas, lui aussi, parce qu'il se sentait reconnaissant de partager une bouteille avec le « Grand Phil », d'avoir l'impression de faire partie de son cercle ?

« Le gosse s'en est tiré avec cinq ans, disait Lambert. Circonstances atténuantes, apparemment. Circonstances atténuantes, mon cul. C'est des conneries, tout ça. »

Gorski opina docilement.

« Tu devrais demander à être muté ici, Georges », continua Lambert.

Gorski eut un petit rire pudique. Il fut un temps où il aurait sauté sur une proposition pareille, mais il avait renoncé depuis belle lurette à faire ses preuves dans un environnement plus stimulant. Saint-Louis n'était peut-être pas grand-chose, et être commissaire de police là-bas peut-être pas des plus exigeants, mais c'était son domaine. Il n'avait nul désir de tremper dans les combines louches de ses homologues des grandes villes. C'est pourtant lui qui insista pour reprendre une bouteille.

12

Depuis l'accident, Raymond et sa mère dînaient sans quasiment prononcer un seul mot. Naturellement, ils avaient conservé les mêmes places qu'avant. Il aurait été impensable que Raymond reprenne celle de son père en tête de table, mais cette disposition inchangée ne faisait que souligner son absence. Et peut-être à cause de ça, ils s'étaient enfermés dans un certain comportement. Ils gardaient les yeux baissés, mangeaient sans grand appétit et se contentaient d'échanger des banalités. L'accident n'était bien sûr jamais mentionné. Ils étaient parvenus à une imitation quasi parfaite d'une famille grave et endeuillée. Raymond se demandait si cette comédie était destinée à Thérèse, qui verrait assurément d'un mauvais œil la moindre manifestation de gaieté. Mais c'était peut-être tout simplement que Raymond et sa mère n'avaient pas grand-chose à se dire et qu'il était plus facile de mettre ça sur le dos de la gouvernante que de l'admettre.

Ce soir-là, pourtant, Lucette semblait déterminée à dissiper cette ambiance lugubre. Elle était vêtue d'une jupe légère et d'un chemisier jaune et s'était même mis, nota Raymond, un peu de rouge aux joues. Quand Thérèse apporta la soupe, Lucette lui demanda avec une jovialité excessive si elle voulait bien monter le chauffage. Elle simula même un petit frisson afin de motiver sa requête. Dans la plupart des foyers, cela aurait été un événement insignifiant, mais chez les Barthelme, c'était une petite révolution. En temps normal, si Lucette avait eu froid, elle serait allée chercher un cardigan dans sa chambre. Les rares fois où l'on montait le chauffage, c'était uniquement sur ordre du chef de famille, et uniquement quand on en était arrivé au point où les membres de la maisonnée soufflaient des nuages de buée. L'hiver, il n'était pas inhabituel que Me Barthelme porte une écharpe et des gants dans son bureau histoire de donner l'exemple.

Thérèse réagit à la demande de Lucette par un simple : « Bien sûr, madame. »

Comme elle quittait la pièce, Lucette adressa un sourire complice à son fils. Et une fois qu'ils furent seuls, elle prit une grande inspiration. Raymond sentit tout de suite qu'elle avait répété à l'avance ce qu'elle s'apprêtait à dire. Sans doute voulait-elle lui parler des deux cents francs qu'il avait volés. Après lui avoir souhaité un bon appétit et avalé une première cuillerée de soupe, elle se lança :

« Je suis contente que tu aies décidé de retourner en cours, Raymond. On ne va pas passer nos journées à se morfondre à la maison et à se lamenter sur notre sort. »

C'était l'allusion la plus directe que l'un ou l'autre aient encore jamais faite à la mort de son père.

« Tout le monde a été gentil avec toi ? » demanda Lucette.

Raymond goûta la soupe. Elle était au chou-fleur. Il n'avait pas imaginé que sa mère lui poserait des questions sur sa journée au lycée. Mais il lui était reconnaissant de faire cet effort pour égayer l'atmosphère, et il était fier de sa rébellion au sujet du chauffage.

« Moi aussi, je suis content d'y être allé, maman, dit-il. Bien sûr, tout le monde était au courant de ce qui s'est passé.

— Ah, raconte-moi. »

Le ton de Lucette paraissait un peu forcé. Peut-être savait-elle déjà qu'il avait séché les cours et voulait-elle voir combien de temps il persisterait à mentir. Mais Raymond ne pouvait soupçonner sa mère d'un tel subterfuge. Il l'avait toujours connue parfaitement candide. Voilà pourquoi elle était si facile à berner. Son père, au contraire, détectait d'emblée les mensonges les plus anodins, et même quand Raymond était petit, il n'hésitait pas à déployer son arsenal de ruses de notaire pour lui soutirer la vérité. Lucette, elle, était sans arrière-pensées. Elle essayait simplement de les libérer de l'emprise que Bertrand continuait d'exercer sur eux. Aussi Raymond décida-t-il de jouer le jeu.

« Mlle Delarue m'a pris à part pour me demander si j'allais bien, inventa-t-il. Elle m'a dit que si j'avais besoin de sortir soudainement ou quoi que ce soit, ce ne serait pas un problème. »

Puis, afin d'enjoliver son mensonge – qui, dans tous les cas, lui était venu assez facilement –, il ajouta :

« Elle avait l'air un peu gênée. Pendant tout le temps où elle me parlait, elle n'arrêtait pas de regarder ses ongles. Mais elle a été gentille. Tout le monde a été gentil. Et tout le monde m'a demandé de te transmettre leurs condoléances. »

Il leva les yeux de son assiette. Lucette semblait contente.

« Je suis très fière de toi, Raymond. Et je suis sûre que ton père le serait aussi. »

Raymond laissa échapper un petit rire moqueur.

« Quoi d'autre ? » insista-t-elle, craignant que le silence ne les enveloppe à nouveau.

Par le passé, Raymond aurait sans doute répondu à un tel interrogatoire par monosyllabes, mais à présent, sentant qu'ils avaient conclu une sorte de pacte tacite, il s'embarqua dans un long discours sur ses difficultés en français. Le roman qu'ils étudiaient était horriblement ennuyeux, et bien entendu sa semaine d'absence n'avait pas aidé. Il poussa même, par pure provocation, jusqu'à continuer son monologue lorsque Thérèse revint débarrasser l'entrée. Le problème avec Zola, s'entendit-il dire, c'est qu'on sent tellement son jugement sur ses personnages qu'on a du mal à se faire sa propre opinion. Il s'interrompit pour reprendre son souffle.

« Je n'ai jamais trop accroché avec Zola à l'école, confessa Lucette. Ces descriptions interminables !

— Exactement ! » s'exclama Raymond.

Ils échangèrent un sourire, heureux de s'être trouvé un point commun. Thérèse réapparut avec le plat principal. Un ragoût d'agneau. Alors qu'elle posait les assiettes devant eux, elle leur souhaita bon appétit, mais avec une telle rudesse que c'était moins une invitation à savourer leur repas qu'à cesser de papoter comme des enfants.

Lucette ignora ou ne remarqua pas son ton. En jetant un regard à Raymond, elle demanda :

« Il n'y a pas de vin, ce soir, Thérèse ? »

La seule réponse de Thérèse fut d'incliner la tête

et de retourner chercher une bouteille à la cuisine. Il incomba à Raymond de l'ouvrir. Il prit le tire-bouchon dans le tiroir du buffet et reproduisit les gestes qu'il avait vu son père effectuer de si nombreuses fois. Sa tâche accomplie, il servit un verre à sa mère puis, à l'invitation de celle-ci, s'en servit un aussi. Thérèse quitta la pièce. Elle avait une façon de faire sentir sa désapprobation par une infime altération de sa démarche.

Ils mangèrent en silence pendant quelques minutes. Thérèse avait réussi à saper l'atmosphère conviviale qu'ils avaient concouru à créer, et Raymond ne trouvait plus rien d'intéressant à dire.

Ce fut finalement sa mère qui reprit la parole.

« Yvette a téléphoné. »

Elle essaya de faire comme si elle venait juste de s'en souvenir, mais c'était une piètre comédienne. Raymond se demanda si c'était une manière de lui signifier qu'elle savait depuis le début qu'il n'était pas allé en cours. Yvette n'aurait eu aucune raison d'appeler sinon. Sa mère aimait beaucoup Yvette, et cela irritait Raymond qu'elles s'entendent aussi bien. Lucette se mettait à jouer les gamines en sa présence, tandis qu'Yvette se confiait à elle sans la moindre gêne, comme deux amies et non deux personnes de générations différentes. Sans doute avaient-elles discuté un moment.

« Ah bon ? répondit Raymond. Quand ça ?

— Vers 4 heures.

— Je la rappellerai plus tard.

— Je pensais que vous vous seriez vus au lycée.

— On s'est ratés. On n'avait pas de cours en commun aujourd'hui.

— Je vois », fit Lucette d'un air triste.

Il était clair qu'elle savait que Raymond mentait. Elle tenta de cacher son embarras en lui demandant de lui resservir du vin, après quoi elle s'efforça d'adopter un ton plus enjoué.

« En tout cas, tu devrais l'inviter à dîner maintenant que… »

Elle avait failli mentionner la mort de son mari. Elle baissa les yeux vers son assiette. Elle avait à peine touché à son agneau.

« D'accord », dit Raymond.

La conversation s'étiola, et ce fut un soulagement lorsque Thérèse apparut avec le dessert.

Lucette invita alors la gouvernante à s'asseoir avec eux à table. Elle s'installa en face de Raymond, bras croisés. Lucette parut soudain agitée. Elle se toucha les cheveux et but une gorgée de vin avant d'expliquer que Thérèse lui avait fait part d'un petit problème et que tout ce qu'elle demandait à Raymond était une réponse honnête. Raymond fit mine de ne pas voir du tout de quoi elle parlait.

« Apparemment, ce matin, une certaine somme d'argent a disparu du pot dans la cuisine.

— Je vois », fit Raymond.

Thérèse le fixait du regard, la poitrine rehaussée sous la pression de ses bras croisés. Raymond s'était douté qu'elle préviendrait Lucette de cette disparition et que sa mère se sentirait à son tour obligée d'évoquer le sujet avec lui. Il avait prévu de répondre qu'il avait besoin de cet argent pour un projet au lycée et qu'il n'avait pas voulu la déranger de bon matin. *Je suis désolé, maman*, s'était-il imaginé dire, *j'ai complètement oublié de t'en parler.* Lucette ne se donnerait pas la peine de lui demander de détails sur ce fameux projet. Ce qu'il n'avait pas prévu, en revanche, était que sa mère le questionnerait en présence de Thérèse. Sans doute avaient-elles concocté ce plan pendant la journée. Il lui traversa l'esprit de suggérer que Thérèse devait se tromper, mais tatillonne comme elle était sur les moindres dépenses, ça n'aurait pas été crédible.

Alors, sur un ton de défi, il rétorqua plutôt :

« Et je sens qu'elle m'a accusé d'avoir pris cet argent !

— Personne ne t'accuse, tempéra Lucette, qui tripotait le pied de son verre. Mais on s'est dit que, comme tu étais dans la cuisine ce matin, tu pourrais peut-être nous éclairer sur la question. »

À l'évidence, il lui aurait suffi d'avouer pour que ça en reste là, mais il n'avait pas envie de concéder la victoire à Thérèse.

Il haussa les épaules.

« Eh bien, je ne peux pas vous éclairer », dit-il.

Lucette parut ébranlée. Elle jeta un coup d'œil à Thérèse, mais la gouvernante ne lâchait pas Raymond du regard.

« Si tu as besoin d'argent, Raymond, poursuivit-elle, tu n'as qu'à demander. Mais tu ne dois pas voler. »

Il n'avait pas d'autre échappatoire possible.

« Je n'ai pas volé cet argent ! » cria-t-il.

Après quoi il pointa un doigt au-dessus de la table en direction de Thérèse, conscient de la théâtralité grotesque de son geste.

« C'est peut-être elle que tu devrais accuser au lieu de moi ! »

Lucette fondit en larmes et se cacha le visage entre les mains. Raymond regrettait de l'avoir contrariée, mais il n'était pas question de reculer. Il se leva et jeta sa serviette sur la table, renversant ce qu'il restait de son verre de vin. Puis il sortit de la pièce d'un pas furibond. Il n'eut pas le courage de claquer la porte, mais il monta à l'étage en tapant lourdement du pied sur chaque marche. Il en voulait à sa mère. Elle ne lui avait pas laissé d'autre choix que de réagir ainsi.

Raymond se mit à tourner en rond dans sa chambre. Il songea à donner un coup de poing dans le mur, mais il avait peur de se faire mal. De toute façon, sans témoin, cela n'avait que peu d'intérêt. Quand il commença à se calmer, il s'assit au bord de son lit. La chaise en bois avait été soigneusement remise à sa place devant son bureau. C'était le signe que Thérèse était venue ranger sa chambre. Raymond se demanda si elle en avait profité pour fouiller dans ses affaires. Il se releva et ouvrit l'un après l'autre tous les tiroirs du bureau, mais rien ne semblait avoir été dérangé. Il lui traversa l'esprit de s'introduire dans les appartements de Thérèse et de cacher l'argent quelque part. L'idée le fit sourire, mais il n'arriverait jamais à convaincre sa mère d'inspecter son logement. Il décida plutôt d'acheter un cadenas pour sa propre chambre. Il colla l'oreille contre sa porte. On percevait des bruits de vaisselle dans la cuisine en dessous. Il alla récupérer sa sacoche au fond de la penderie et en sortit son nouveau couteau. C'était la première fois qu'il avait l'occasion de l'examiner attentivement. Il le tira de son fourreau et le soupesa dans sa paume. La sensation était plaisante. Il passa un doigt sur la lame. Elle n'était pas particulièrement coupante. Il essaya, pour voir, de l'appuyer sur le renflement charnu à la base de son pouce. Cela ne fit que lui laisser une ligne claire sur la peau. Un jour, quand Thérèse serait sortie, il irait chercher le fusil dans la cuisine pour l'aiguiser. Non qu'il ait aucune intention de jamais s'en servir. Il se posta devant le miroir à l'intérieur de la penderie, tenant le couteau avec désinvolture au bout de son bras ballant. Il imagina se faire aborder par deux types plus âgés, comme ceux qu'il avait vus à Mulhouse. Il sourit, puis remit le couteau dans son étui. Il chercha des yeux une cachette convenable, mais il n'y avait aucun endroit où Thérèse ne risquait pas de tomber dessus. Tant qu'il ne se serait pas procuré de cadenas pour sa porte, il allait devoir le garder sur lui en permanence.

Il passa dans la pièce d'à côté et s'assit au bureau de son père. Il s'y sentait déjà un peu plus à l'aise. Il décrocha le combiné du téléphone et composa le numéro d'Yvette. Ce fut Mme Arnaud qui répondit. C'était une toute petite femme, qui approchait de la quarantaine et qui avait les mêmes traits fins que sa fille. Elle était institutrice en école primaire et parlait souvent à Raymond comme si elle s'adressait à l'un de ses élèves. Un dimanche, en début d'après-midi, alors que Raymond passait voir Yvette, elle lui avait ouvert la porte en enfilant son peignoir. Il avait été surpris de la tirer du lit à cette heure-là.

Au bout du fil, Mme Arnaud lui présenta ses condoléances et lui demanda comment allait sa mère. Raymond ne savait que répondre. Lucette n'avait pas l'air spécialement bouleversée. Si elle était plus réservée que d'habitude, il supposait que c'était seulement parce qu'elle avait adopté l'attitude qu'on attendait d'elle. En tout cas, jusqu'à l'incident à table ce soir-là, il ne l'avait pas vue pleurer.

« Je crois qu'elle tient le coup, dit-il.

— Si on peut faire quoi que ce soit… »

Raymond trouva la proposition étrange, dans la mesure où, à sa connaissance, les deux femmes ne s'étaient jamais rencontrées.

« Merci », répondit-il.

Après quoi Mme Arnaud lui passa Yvette.

« Bonsoir, Raymond, fit-elle.

— Salut. »

Raymond détestait le téléphone. Le fait de parler dans un appareil en plastique lui donnait l'impression que la conversation sonnait faux. Et il imaginait toujours que Thérèse l'écoutait sur l'autre ligne. De toute façon, comme il voyait Yvette tous les jours au lycée, ils avaient rarement de raison de se téléphoner. Bien que ce soit lui qui l'avait appelée, il attendit qu'Yvette dise quelque chose. Elle lui demanda comment il allait.

« Bien, dit-il. Je m'ennuie un peu.

— Quand est-ce que tu vas revenir en cours ?

— Je ne sais pas. Après l'enterrement, j'imagine.

— Tu devrais passer à la maison. Je te montrerai ce que tu as raté.

— Je ne crois pas que je puisse. Maman n'est pas très bien. »

En vérité, il aurait aimé voir Yvette. Ses parents ne s'opposaient jamais à ce qu'ils s'enferment tous les deux dans sa chambre. Mais il avait le sentiment que, d'une certaine façon, même s'il ne s'était rien passé, il l'avait déjà trompée avec Delph.

« Je t'appelle du bureau de mon père, déclara-t-il, histoire de changer de sujet. Assis dans son fauteuil.

— Et qu'est-ce que ça te fait ?

— Bizarre. Comme si j'étais monté sur le trône. »

Il entendait la respiration d'Yvette.

« Samedi, sinon ? reprit-elle.

— Samedi ? répéta Raymond, en songeant à son rendez-vous avec Delph. Je suis désolé, mais je dois aider maman. L'organisation des obsèques, tout ça.

— Le soir, alors ?

— Non, rétorqua-t-il trop vite. Je ne peux pas. Maman aura besoin de moi. »

Yvette lui dit au revoir. Elle avait l'air déçue en raccrochant. Raymond éteignit la lampe sur le bureau de son père et resta quelques minutes dans le noir. Il entendait Thérèse s'affairer à l'étage du dessous.

13

Gorski se réveilla avec un sentiment d'effroi. Les rideaux n'étaient pas fermés. Dehors, le ciel était gris-jaune et semblait palpiter légèrement. Il souleva sa tête de l'oreiller. Ses vêtements étaient disséminés par terre. La porte de la chambre était grande ouverte. Il avait un goût âcre dans la bouche. Il jeta un coup d'œil au réveil sur la table de nuit. Il était 10 h 25. Il sortit ses jambes du lit et resta un moment assis sur le bord, le front entre les mains. Il avait la nausée. Il se força à se lever pour aller prendre une douche.

La soirée de la veille lui revint progressivement. En sortant du bar miniature de la rue Marbach, Lambert et lui avaient mangé un steak-frites dans une brasserie de la place Kléber. Après quoi son confrère de Strasbourg avait insisté pour l'emmener dans ce qu'il appelait « un petit endroit spécial ». Gorski ne lui avait opposé aucune résistance. Il était déjà soûl et avait complètement perdu ses repères dans les rues tortueuses. Le petit endroit spécial de Lambert se trouvait au sous-sol d'un immeuble dans une ruelle. C'était un minuscule établissement de neuf ou dix tables, dont la moitié étaient vides. La salle n'était éclairée que par les bougies sur les tables et les lumières qui illuminaient les bouteilles derrière le bar. La musique en bruit de fond était suffisamment forte pour noyer le brouhaha des conversations. La tenancière était une femme émaciée d'une cinquantaine d'années, perchée sur un haut tabouret à l'extrémité du comptoir. En voyant Lambert, elle traversa la salle d'un pas aérien pour venir le saluer chaleureusement, puis le guida par le bras jusqu'à une table entourée d'une banquette en velours semi-circulaire. Lambert lui présenta Gorski, qui – il était gêné à ce souvenir – lui fit une petite révérence et un baisemain. Lambert plaisanta en disant qu'il venait de la campagne.

« Je trouve ça charmant, répondit la patronne, Simone. Si peu de gens ont encore des manières, de nos jours. »

Elle adressa un grand sourire à Gorski. Elle avait les yeux lourdement maquillés et un fort nez busqué. Son profil lui rappelait un personnage d'un livre de son enfance sur les pictogrammes égyptiens.

On leur servit une bouteille de champagne et deux filles les rejoignirent à leur table, dont l'une semblait à peine plus âgée que Clémence. Lambert s'occupa de faire les présentations, mais Gorski n'entendit pas bien leurs noms. À un moment, soit dans le bar miniature, soit à la brasserie, Gorski avait commis l'erreur de confier à Lambert que Céline l'avait quitté. Une information que Lambert s'empressa joyeusement de transmettre aux filles, en leur recommandant d'être gentilles avec lui. Gorski eut un petit sourire gêné. Lambert remplit les coupes négligemment, renversant du champagne partout sur la table, et leva la sienne à Simone, qui s'était réinstallée sur son perchoir au comptoir. Elle inclina la tête en signe de remerciement.

Gorski avait un peu le tournis. Il posa sa coupe sur la table. Lambert se pencha vers lui.

« Allez, Georges, tu es un homme libre. Bois ! C'est offert par la maison. Tout est offert par la maison. »

Il lui donna un petit coup de coude dans les côtes en désignant d'un hochement de menton la fille assise à côté de lui. Elle était en train de boire son champagne à la paille, sans faire le moindre effort pour s'intégrer à la conversation. Elle avait l'air de s'ennuyer, mais pas d'être particulièrement mal à l'aise.

Une deuxième bouteille de champagne arriva. Lambert en commanda aussi une de whisky. Gorski comprit qu'on n'attendait pas grand-chose de lui, à part rire aux blagues de son confrère et faire mine de boire. La plupart des nouveaux arrivants s'arrêtaient à leur table pour saluer Lambert. Des flics, des journalistes, peut-être des hommes politiques, locaux ou pas. Aucun ne semblait se soucier d'être vu dans un tel établissement.

Un peu plus tard, Lambert fit un petit signe à sa voisine et ils se levèrent puis disparurent par une porte dans le fond. Gorski supposa qu'ils étaient allés aux toilettes, mais ils s'absentèrent trop longtemps pour ça. Il but une gorgée de son champagne et resservit la jeune femme. C'était une jolie blonde, avec une bouche incurvée vers le bas. Même dans la lueur chaude des bougies, sa peau paraissait exceptionnellement pâle. Sans le flot d'anecdotes de Lambert, le silence entre eux devint embarrassant. Gorski lui demanda d'où elle était. Il n'entendit pas sa réponse, mais elle parlait français avec un fort accent. Gorski hocha la tête comme s'il l'avait parfaitement comprise.

« Qu'est-ce qui vous amène à Strasbourg ? » poursuivit-il.

La fille roula les yeux pour indiquer que la réponse allait de soi.

« Oui, bien sûr, fit Gorski, gêné par la naïveté de sa question. Moi-même, je suis de Saint-Louis », ajouta-t-il, histoire de dire quelque chose.

Il était conscient d'avoir du mal à articuler. La fille garda les yeux rivés droit devant elle, et il renonça à lui faire la conversation. Lambert revint quelques minutes plus tard avec un grand sourire espiègle. Sa camarade n'était pas avec lui. Il reprit sa place sur la banquette.

« À ton tour, déclara-t-il.

— Pardon ? demanda Gorski.

— À ton tour, répéta Lambert en hochant le menton vers la blonde. Je t'ai dit, tout est offert par la maison. »

Puis il se tourna vers la fille :

« Hé, Machinette, emmène notre ami derrière, d'accord ? »

Elle haussa les épaules, se leva et attendit que Gorski la suive.

« Vraiment, je n'y tiens pas, dit ce dernier, avant d'ajouter piteusement : Je ne me sens pas très bien. »

La fille regarda Lambert, qui secoua la tête d'un air exaspéré.

Au grand soulagement de Gorski, elle finit par se rasseoir.

« C'est du gâchis de ne pas profiter de ta liberté, mon vieux », lui souffla Lambert à l'oreille.

Dans une tentative pour prouver qu'il n'était pas un rabat-joie, Gorski commanda une autre bouteille de champagne. La copine de Lambert réapparut. Elle avait changé de haut. Lambert lui passa un bras autour des épaules et lui mordilla le cou en imitant des feulements de tigre. La patronne vint les rejoindre à leur table. Elle était tout sourire, mais Gorski avait le sentiment qu'elle n'aimait pas beaucoup Lambert. Il se surprit à lui parler de Céline. Elle avait l'air de l'écouter attentivement, mais au bout de quelques minutes elle s'éclipsa sans un mot pour aller accueillir de nouveaux clients. Elle avait dû entendre des milliers d'histoires similaires.

Gorski ne se rappelait plus combien d'autres bouteilles étaient encore arrivées à leur table. À un moment, il avait titubé jusqu'aux toilettes et vomi, avant de constater avec détachement que sa cravate trempait dans la cuvette. Il l'avait enlevée et avait essayé de s'en débarrasser en tirant la chasse, mais elle continuait à flotter tel un serpent malveillant. Alors il l'avait repêchée et fourrée derrière les tuyaux du lave-mains. C'était un cadeau de Céline.

Gorski ignorait comment il était rentré, mais après avoir pris sa douche et son café, il regarda par la fenêtre : sa voiture était là.

Si honteux fût-il, ce n'était pas le souvenir de sa soirée avec Lambert qui l'emplissait à présent d'effroi. C'était le fait d'avoir raté son dîner avec Céline.

La gouvernante des Barthelme conduisit Gorski jusqu'à un salon au fond de la maison. C'était une vaste pièce, encombrée d'un tas de meubles démodés. Il n'y avait quasiment pas un mètre carré qui ne soit occupé par un fauteuil, un guéridon ou une grande jarre remplie de tiges séchées. Les murs étaient décorés de paysages sombres dans des cadres dorés à la feuille. Les portes-fenêtres étaient habillées de rideaux en velours retenus par des embrasses en fil de soie. Gorski détestait ce genre de décor. L'accumulation de générations d'objets n'était pas aussi aléatoire qu'elle pouvait le sembler. Elle servait à rappeler aux visiteurs la permanence implacable de l'argent.

Malgré le feu qui brûlait dans l'âtre, il y avait un fond d'air froid dans la pièce dont Gorski supposait qu'il ne se dissipait jamais vraiment. Lucette Barthelme se tenait dos à la cheminée, une cigarette dans la main droite. Gorski avait l'impression qu'elle ne l'avait allumée qu'en entendant la sonnette et qu'elle avait pris cette pose tout à fait sciemment. Elle portait un chemisier en soie blanc et une jupe beige qui lui arrivait aux genoux. Il remarqua, avec plaisir, qu'elle s'était un peu maquillée en prévision de sa visite. Afin de s'éviter la gêne d'être à nouveau reçu dans sa chambre, Gorski avait enfreint la règle d'or de Ribéry et s'était annoncé par téléphone. Il n'avait d'ailleurs aucune raison de ne pas le faire. Lucette Barthelme n'était elle-même soupçonnée d'aucun méfait.

Elle s'avança pour lui serrer la main et le remercia d'être venu. Ils restèrent un moment debout face à face, mal à l'aise. Puis Lucette l'invita à s'asseoir. Gorski prit place sur une méridienne en brocart au centre de la pièce, au bout de laquelle s'installa Lucette. Elle écrasa sa cigarette dans un cendrier qui contenait déjà plusieurs mégots. Gorski n'avait pourtant pas le sentiment que c'était le genre de maisonnée où les cendriers restaient pleins d'un jour sur l'autre.

« Vous voulez un café ? proposa-t-elle. Je peux sonner Thérèse. »

Gorski secoua la tête. Elle eut alors une autre idée.

« Plutôt un cognac, peut-être ? »

Gorski ne dit pas non. C'était exactement ce qu'il lui fallait pour se remettre les idées d'aplomb. Il avait repéré la carafe sur le buffet dès qu'il était entré. Lucette se releva et leur servit une dose généreuse à chacun. Il y avait quelque chose dans sa démarche qui faisait qu'elle ne semblait pas à sa place dans ce cadre grandiloquent. Elle se déplaçait dans la pièce d'un pas délicat, presque hésitant, comme si elle avait peur qu'on la détecte. Il était clair que rien n'avait changé dans ce salon depuis son arrivée dans la famille. Même après vingt ans de mariage, elle s'apparentait davantage à une locataire qu'à la maîtresse de maison. C'était le genre de femme que Gorski aurait dû épouser. Elle se serait sentie bien dans le modeste appartement au-dessus de la boutique de la rue des Trois-Rois. Gorski se surprit à l'imaginer là-bas, assise à la table près de la fenêtre, occupée à lire ou à jouer aux cartes dans la lumière du soir.

Elle lui tendit un verre et reprit sa place. Ils burent. L'alcool la fit toussoter légèrement.

« Il est peut-être un peu tôt pour le cognac », dit-elle avec un petit rire enfantin que Gorski trouva à la fois affecté et attendrissant.

Elle écarta une mèche de cheveux sur sa joue.

« Donc, madame… »

Elle l'interrompit pour lui demander de l'appeler Lucette, comme il s'y attendait.

« Bien sûr, fit-il. Lucette.

— Et je me permettrai de vous appeler Georges », déclara-t-elle, visiblement satisfaite d'avoir établi cette intimité entre eux.

Gorski s'éclaircit la voix et adopta un ton plus solennel.

« Comme vous me l'avez demandé, j'ai mené quelques investigations sur les faits et gestes de votre époux le soir de sa mort. Bien entendu, ces investigations n'ont aucun caractère officiel.

— Vous en parlez avec une telle gravité, Georges !

— Il semblerait que votre époux n'ait pas, comme il vous l'avait dit, dîné avec Mᵉ Corbeil, ni aucun de ses confrères. Il a quitté son cabinet aux alentours de 16 heures et, pour l'instant, nous ignorons tout de ses mouvements entre ce moment et l'heure de sa mort.

— Je vois.

— Je crains que ce club dont il vous parlait n'ait été rien d'autre qu'une invention de sa part. »

Lucette garda le silence. Elle attrapa un étui à cigarettes en bois sculpté sur la table basse et s'en alluma une.

« Continuez, je vous en prie, dit-elle. Ne vous sentez pas obligé de me ménager. »

Gorski expliqua avec autant de tact que possible que la raison la plus probable des mensonges de Barthelme était qu'il devait avoir une maîtresse.

« Avez-vous jamais soupçonné votre mari d'infidélité ? » demanda-t-il.

Nouveau petit rire bêta de Lucette. Elle baissa les yeux vers le verre de cognac qu'elle serrait sur ses genoux, et confia à voix basse :

« Mon mari ne s'intéressait guère à ces choses-là.

— Je n'ai pas pu m'empêcher de remarquer, quand je suis passé vous prévenir le soir de l'accident, que votre mari et vous faisiez chambre à part.

— Oui, dit-elle en relevant les yeux vers lui.

— Puis-je vous demander depuis quand vous aviez pris ces dispositions ?

— Dès le début de notre mariage. Nous n'avons jamais partagé la même chambre.

— Mais vous… »

Fort heureusement, il n'eut pas besoin de terminer sa question.

« Au début, bien sûr, mais mon mari ne jugeait pas

commode de partager le même lit. Il avait le sommeil léger et disait que nous ne ferions que nous déranger l'un l'autre. C'était un homme très pragmatique. »

Gorski hocha la tête. Il nota que Mme Barthelme ne désignait jamais son mari par son prénom. Elle porta sa cigarette à ses lèvres et souffla un filet de fumée.

« Et vous êtes-vous jamais doutée que Me Barthelme allait satisfaire ses besoins ailleurs ?

— Mon mari ne me donnait pas l'impression d'avoir des besoins sexuels. Même dans les premiers temps de notre mariage, il traitait la chose comme une obligation plutôt qu'un… »

Elle détourna pudiquement les yeux vers la cheminée.

« … plutôt qu'un plaisir », termina-t-elle.

Elle rougit légèrement. Gorski songea au coquet appartement de Strasbourg et aux liens en soie encore attachés aux montants du lit. Lucette balaya de la main un petit rouleau de cendre qui était tombé sur sa jupe. Brusquement, elle avait l'air d'une femme trompée. Gorski se trouva cruel. Même s'ils avaient des rapports glaciaux, il devait être préférable pour Lucette de croire que son mari ne s'intéressait pas au sexe plutôt que de savoir qu'il avait une maîtresse.

Il aimait bien la Lucette joyeuse, si factice qu'ait pu être sa jovialité. Et si les rôles étaient inversés et que son propre couple était passé à la loupe ? Même quand ses relations avec Céline avaient commencé à péricliter, il ne l'avait jamais soupçonnée d'avoir un amant. Pourtant, elle n'avait pas dû manquer d'opportunités. Elle n'avait fait qu'embellir avec l'âge. Elle avait gardé sa svelte silhouette juvénile, mais son visage avait gagné en caractère. Les petites rides au coin de ses yeux avaient pour effet d'attirer encore plus le regard vers eux. Et elle était très séduisante. Gorski avait souvent remarqué la façon dont les hommes la dévisageaient. Ils appréciaient sa compagnie. Ça ne le rendait pas jaloux. Céline aimait s'entourer de présences masculines, et Gorski aimait l'observer. C'était souvent quand ils revenaient d'un événement mondain qu'ils faisaient l'amour avec le plus d'ardeur. Qu'importait qu'elle soit excitée par l'attention d'autres hommes s'il restait le bénéficiaire à la fin ? Et si leur vie sexuelle avait quelque peu décliné ces dernières années, n'était-ce pas le lot de tous les couples ? Ou bien était-ce que, comme Me Barthelme, Céline allait désormais satisfaire ses besoins ailleurs ? C'était peut-être uniquement parce qu'il n'avait jamais lui-même été tenté d'avoir une liaison que cette idée ne lui avait pas traversé l'esprit.

Lucette se leva pour aller chercher la carafe de cognac et le resservir.

« J'ai l'impression que vous n'étiez pas très heureuse en mariage », dit-il.

Elle se rassit, un peu plus près de lui cette fois. Elle-même ne s'était pas resservie.

« Je n'étais pas malheureuse. Notre union n'était sans doute pas une grande histoire d'amour mais, entre nous, Georges, je ne suis pas sûre que ces choses-là existent vraiment. Mon mari était quelqu'un de très occupé. Il n'avait pas le temps pour les petits gestes romantiques. Et moi, je l'ai déçu. Il aurait dû épouser une femme plus énergique. Alors, je ne suis pas tellement étonnée d'apprendre que Bertrand avait une maîtresse. Vous, les hommes, vous avez des besoins, n'est-ce pas ?

— Et vous ? demanda Gorski.

— Moi ?

— Vous aussi, vous devez bien avoir des besoins. »

Lucette ne parut pas choquée par l'impertinence de sa question. On aurait dit qu'elle prenait presque plaisir à voir Gorski s'immiscer dans l'intimité de son mariage.

« Oh, fit-elle, nous, les filles, on sait être créatives. »

Ce fut au tour de Gorski de rougir. Il but une gorgée de cognac, puis se pencha pour prendre une cigarette dans l'étui en bois posé sur la table. Lucette l'observait.

« Et vous ? » dit-elle.

Au cours d'une enquête normale, Gorski n'aurait jamais toléré une telle inversion des rôles.

« Êtes-vous heureux en mariage ? » demanda-t-elle.

Instinctivement, il se mit à tripoter son alliance.

« À vrai dire, mon épouse et moi sommes séparés. »

À part dans ses élucubrations enivrées de la veille, c'était la première fois qu'il faisait cet aveu à quelqu'un.

« Oh, je suis désolée », répondit Lucette, mais un petit sourire joua sur ses lèvres.

Gorski fut tenté de lui raconter toute l'histoire, mais cela aurait été parfaitement déplacé. Il avait oublié que, depuis son aller-retour malavisé à Strasbourg, son enquête avait pris une tournure plus officielle. Il se leva, cigarette à la main, et se mit à déambuler dans la pièce. Les portes-fenêtres donnaient sur une pelouse qui descendait en pente jusqu'à un petit bois. Un jardinier était en train de ratisser les feuilles mortes, une cigarette aux lèvres. Gorski pivota et resta debout, dos au jardin.

« Si vous souhaitez que je poursuive mes investigations, dit-il, il pourrait m'être utile d'examiner les relevés de compte de votre époux. »

Lucette le dévisagea d'un air interrogateur.

Gorski expliqua que les retraits d'argent de Me Barthelme pourraient peut-être les renseigner sur ses déplacements.

« Sauf si vous préférez ne pas savoir, bien sûr, ajouta-t-il.

— Non, non, soupira-t-elle. Mais pour toutes ces choses-là, vous devrez voir avec Me Corbeil. Il est venu récupérer tous les papiers de mon mari.

— Quand ça ?

— Le lendemain de sa mort. Il m'a dit qu'il en avait besoin pour terminer le testament. »

Gorski hocha la tête. Jamais Me Corbeil ne l'autoriserait à consulter les relevés de compte de Barthelme en l'absence d'un mandat. Il fit un geste évasif de la main, comme si ça n'avait pas d'importance. Il n'avait plus rien à ajouter. Aussi s'approcha-t-il de la table basse pour écraser sa cigarette dans le cendrier.

« Peut-être aimeriez-vous rester à déjeuner, proposa Lucette. Il suffit que je demande à Thérèse de mettre un couvert de plus. »

Rien n'aurait plu davantage à Gorski que de déjeuner avec Lucette Barthelme, mais pas dans l'atmosphère lugubre de la maison de la rue des Bois. Et pas sous le regard réprobateur de la gouvernante. Il aurait aimé l'emmener manger dans une auberge à la campagne, ou faire une promenade autour du lac de la Petite Camargue. Il déclina poliment son invitation. Après coup, il songea qu'il aurait dû lui suggérer de remettre ça à un autre jour, mais l'occasion était passée. Lucette se leva et ils se serrèrent la main avec une solennité maladroite. Elle ne prit pas la peine de le raccompagner jusqu'à la porte, mais Thérèse observa son départ depuis le seuil de la cuisine, comme si elle avait peur qu'il chaparde un chandelier au passage.

Le temps que Gorski arrive au restaurant de la Cloche, le service de midi touchait à sa fin. Il ne restait plus de pot-au-feu. Gorski prit les côtelettes d'agneau et la tarte aux pommes. Il but le verre de vin compris dans la formule mais résista à la tentation d'en commander un second avec le dessert. Il avait décidé d'aller voir directement Céline à sa boutique. Puis, au moment de régler sa note au comptoir, il demanda un marc à Pasteur. Le patron lui posa le petit verre sur le bar.

« C'est pour moi, inspecteur », déclara-t-il.

Gorski ne protesta pas, mais il laissa un pourboire suffisamment généreux pour couvrir le prix du digestif.

La boutique de Céline se trouvait à deux minutes à pied de la Cloche. Il traîna quelques instants dans le square devant le temple protestant. Les châtaigniers avaient commencé à perdre leurs feuilles et la bruine de novembre les rendait glissantes sous les pas. Il n'y avait qu'une seule cliente dans la boutique. Céline était à la caisse, où elle tournait les pages d'une revue. La cliente ressortit sans rien acheter. Gorski enjamba le muret d'enceinte du square et entra dans la boutique. Céline leva la tête lorsque la clochette tinta au-dessus de la porte. Elle le dévisagea d'un air impassible.

« Bonjour, Céline, dit-il.

— Bonjour, Georges », répondit-elle d'un ton las.

Elle se laissa embrasser sur les deux joues.

« Tu as bu ? demanda-t-elle.

— Juste un verre de vin au déjeuner. »

Il recula néanmoins d'un pas.

« Tu as les yeux injectés de sang », fit-elle remarquer en croisant les bras.

Gorski lui expliqua qu'il avait mal dormi. Il ne put s'empêcher de se rappeler combien de fois, au début de leur relation, ils passaient dans l'arrière-boutique pour faire l'amour.

« Je voulais m'excuser, reprit-il.

— C'est un peu tard pour ça, tu ne crois pas ? »

Elle se replongea dans la lecture de son magazine.

« Quand même, insista-t-il. C'est impardonnable.

— Ne t'inquiète pas, assena-t-elle sèchement, personne ne songe à te pardonner. »

Sa réponse était presque une plaisanterie et Gorski y vit quelque encouragement.

« J'étais à Strasbourg. Je travaille sur une affaire d'homicide là-bas. »

Le regard de Céline trahit malgré elle une lueur de curiosité.

« Je ne pouvais absolument pas me sauver, poursuivit-il.

— Et je suppose que ça aurait été trop te demander que d'appeler le restaurant ? »

Gorski avait évité de se représenter sa femme assise seule à une table dans les courants d'air de l'auberge du Rhin, sirotant une vodka tonic en essayant d'ignorer les regards compatissants des serveurs. S'il avait voulu l'humilier, il aurait difficilement pu imaginer meilleur stratagème. Et, bien sûr, elle avait raison : ça n'aurait pas été bien compliqué de passer un coup de fil. Il avait su dès qu'il avait commandé la deuxième bouteille dans le bar miniature qu'il ne serait pas à l'heure au rendez-vous. Et puis, plus l'alcool avait exercé son emprise, plus il s'était braqué : après tout, c'était Céline qui l'avait quitté. Ce n'était pas à lui de lui courir après, mais plutôt à elle de se faire pardonner. Sauf qu'au fond, il n'y croyait pas. S'il n'avait pas téléphoné, ce n'était pas par bravade. C'était parce qu'il savait les moqueries dont l'accablerait

Lambert. En vérité, il n'avait pas téléphoné parce qu'il n'avait pas voulu avoir l'air veule devant son confrère.

Bien entendu, il n'en dit rien à Céline. Il se contenta d'expliquer vaguement qu'il n'avait pas pu l'appeler car Lambert et lui étaient en plein interrogatoire.

Céline poussa un grand soupir. Il n'aurait su dire si elle le croyait ou pas, mais le sermon auquel il s'attendait ne vint pas.

« Si tu veux savoir, Georges, j'ai accepté de te voir uniquement pour faire plaisir à ma mère.

— Peut-être, mais il y a quand même certaines choses dont on doit discuter.

— Ah bon ?

— Eh bien, oui. Clémence, pour commencer.

— Quoi, Clémence ?

— Il va falloir qu'on trouve un arrangement pour… la garde. »

Il détestait devoir employer un terme aussi bureaucratique.

« Tu l'as eue sous ta garde pendant dix-sept ans, rétorqua Céline. Ça n'a jamais eu l'air de t'intéresser plus que ça. »

Elle le dévisageait avec une expression de défi. Il se passa une main sur le front. Il était couvert de sueur.

« Quand même », insista-t-il.

Il fit un pas vers elle, et elle détourna la tête pour éviter son haleine. Gorski voyait ses clavicules sous le col de son chemisier. Il était vrai qu'ils allaient devoir se mettre d'accord sur certaines choses, reconnut-elle avec une mine résignée, mais elle préférait qu'ils le fassent à un moment où il « ne puerait pas l'alcool frelaté ».

Gorski lui promit qu'il ne serait pas en retard, la prochaine fois.

Céline se tourna face à lui.

« Je n'en doute pas », répliqua-t-elle.

Elle promena ses doigts le long de la clavicule qu'il fixait du regard. Il partit sans se risquer à essayer de l'embrasser.

Mme Gorski dormait. Il faisait une chaleur suffocante dans la pièce. Gorski baissa le radiateur à convection qu'elle utilisait depuis que son arthrite l'empêchait de faire du feu. Il entrouvrit la fenêtre pour aérer un peu et se mit à déballer les courses qu'il avait apportées. Sa mère n'avait plus assez de force dans les mains pour manier un couteau, si bien qu'il avait pris l'habitude de lui acheter des soupes instantanées. Sa préférée était celle aux asperges. Elle affirmait qu'elle était aussi bonne que la sienne. Pourquoi se donner du mal à couper des légumes quand il suffisait d'ajouter de l'eau bouillante ? Mais Gorski était nostalgique de l'odeur de soupe mijotée qui flottait jusqu'au rez-de-chaussée quand il aidait son père au magasin après l'école.

En revenant de la kitchenette, il s'installa dans le fauteuil de son père devant la table près de la fenêtre. Il faisait nuit dehors. Il observa son reflet dans la vitre, défiguré par la condensation qui s'était formée sur le verre. Il referma la fenêtre et alla s'asseoir dans le fauteuil en face de sa mère. Elle avait le menton avachi sur la poitrine, les mains jointes sur le ventre. Sa respiration était régulière et paisible. Un jour, il arriverait dans l'appartement et la trouverait exactement dans cette même position, la poitrine immobile et la peau froide. Gorski sentit ses propres paupières s'alourdir.

Il laissa sa tête tomber en avant. Après tout, c'était assez agréable de s'abandonner à cette douce chaleur.

Quand il se réveilla, sa mère était debout devant la gazinière.

« Dis à ton père que la soupe est prête », annonça-t-elle.

Gorski se frotta les yeux et se massa les tempes. Il avait la bouche sèche. Il jeta un coup d'œil à sa montre. Il avait dormi plus d'une heure. Il se leva, marcha jusqu'à la porte et appela son père dans l'escalier. Ça ne faisait de mal à personne, et c'était moins cruel que de rappeler à sa mère pour la énième fois que M. Gorski n'était plus parmi eux. De toute façon, le temps qu'ils s'assoient pour dîner, elle aurait oublié. Gorski alla chercher les sets, les serviettes et les couverts dans le buffet et les disposa sur la table. Il apporta ensuite deux verres et une carafe d'eau. Ils mangèrent en silence. Mme Gorski mettait un temps extravagant à mâcher chaque bouchée de pain. Gorski entendait le bruit de sa mastication.

« Et comment va Céline ? demanda-t-elle.

— Bien, répondit Gorski. Beaucoup de travail à la boutique, évidemment.

— Et Clémence ?

— Pareil. Beaucoup de travail pour l'école, je veux dire.

— J'aimerais bien la voir.

— Oui, je lui dirai de passer. »

Mme Gorski se tourna vers la porte.

« Qu'est-ce qu'il fabrique, ton père ? » demanda-t-elle en dodelinant de la tête.

Puis, en voyant Gorski, elle sursauta et dit :

« Ah, tu es là. J'allais me lever pour t'appeler. »

Gorski lui sourit. Il avait toujours eu certaines manies

et tournures de langage de son père, mais maintenant que ses cheveux étaient gris et que son visage s'était creusé – il avait récemment perdu quelques kilos –, il s'était mis à lui ressembler physiquement.

Il débarrassa la table et fit la vaisselle. Il restait assez de soupe pour le déjeuner de sa mère le lendemain.

14

Chez Johnny était coincé entre deux autres bars dans une ruelle étroite baptisée la rue de la Loi. Cela faisait une demi-heure que Raymond traînait devant. Il pleuvait un peu. L'établissement n'avait pas de fenêtres, de sorte qu'il ne pouvait pas voir si Delph était à l'intérieur. Il y avait juste une porte, surmontée d'une enseigne en bois dans le style d'un saloon américain. Raymond avait vu quelques personnes entrer ou sortir, mais du trottoir d'en face il ne distinguait rien d'autre qu'un couloir mal éclairé. Chaque fois que la porte s'ouvrait, il s'en échappait un rugissement de musique.

Raymond s'était répété en boucle les paroles de Delph. *Je serai chez Johnny samedi.* En tout cas, c'était ce qu'il croyait avoir entendu. Elle n'avait pas précisé si elle y serait dans l'après-midi ou le soir, et encore moins donné d'heure exacte. Mais il n'était pas question de ne pas y entrer. Si elle n'était pas là, il pourrait toujours boire une bière et repartir. Au pire, que risquait-il ?

Il marcha jusqu'au bout de la rue, puis rebroussa chemin et, quand il passa devant le bar, s'y engouffra directement comme s'il venait d'arriver. La première chose qui le frappa fut la musique : tout en percussions et contrebasse, avec une voix de baryton profond qui parlait plus qu'elle ne chantait. Le couloir débouchait sur une salle sombre que Raymond parcourut des yeux pour y chercher Delph. Sur la droite, une partie surélevée était séparée par une balustrade et accessible par deux marches en bois. Un groupe d'étudiants y était installé à une table, en grande conversation. Delph n'était nulle part. En face de l'entrée, au fond, se trouvait le comptoir. Raymond repéra une table inoccupée dans un coin. Il pendit sa sacoche au dossier d'une chaise en bois bancale et s'assit. Il ôta son écharpe et l'accrocha à côté de sa sacoche, cela dans le but de donner l'impression qu'il était parfaitement à l'aise. C'est seulement alors qu'il put apprécier pleinement le cadre autour de lui.

Au-dessus du bar trônait un drapeau confédéré ainsi que plusieurs panneaux en anglais – *Please use the spittoons provided*, *No cussin'*, *Kindly refrain from brawling*[1] –, auxquels Raymond ne comprenait rien. Le moindre centimètre carré de surface murale était couvert de pochettes d'albums, de posters et de photos de Johnny Cash. Certains posters étaient collés directement au mur, d'autres étaient présentés dans des cadres dépareillés. Sur la droite du comptoir, une porte à double battant menait aux toilettes, à côté de laquelle se trouvait un vieux juke-box des années 1950 dont les lumières colorées éclairaient le carré de parquet à ses pieds. Au bout du comptoir était appuyé un petit homme trapu d'une cinquantaine d'années, vêtu d'un costume noir, d'une chemise blanche à col cassé et de bottines pointues à talonnettes. Ses cheveux noirs de

1. « Merci d'utiliser les crachoirs », « Jurons interdits », « Prière d'éviter les bagarres » (*N.d.T.*).

jais étaient coiffés en banane. Il avait un fin cigare au coin des lèvres. Raymond supposa qu'il devait s'agir du fameux Johnny. À part la tablée d'étudiants, les seuls autres clients étaient deux types costauds au crâne rasé en blouson de motard qui buvaient des chopes de bière debout au comptoir. Au dos de l'un des blousons figurait la devise *Born to live, Live to die*[1] en clous métalliques. Lorsque Raymond fut installé à sa table, le petit homme en costume noir s'approcha d'un pas chaloupé.

« *Whaddaya drinkin', buddy*[2] *?* » lança-t-il dans un anglais à fort accent américain.

Même dans la pénombre du bar, il était évident qu'il avait les cheveux teints.

Raymond demanda une bière. Johnny transmit sa commande à une femme derrière le bar au grand visage placide et aux longs cheveux gris coiffés en deux nattes sur les côtés. Son épouse, sans doute. Elle tira tranquillement une bière à la pression que le patron apporta à Raymond.

« C'est ta première fois chez Johnny ? » demanda-t-il en la déposant sur la table.

Elle était plus petite que celles des deux types au comptoir.

Raymond opina prudemment.

« Dis-moi, fils, c'est qui le King ?

— Le King ? répéta Raymond.

— Ouais, le King. C'est qui le King ?

— Je ne sais pas, monsieur, hésita Raymond. Vous ? »

Le petit homme ôta le cigare de sa bouche. Il avait

1. « Né pour vivre, vivre pour mourir » (*N.d.T.*).
2. « Qu'est-ce que tu bois, mon pote ? » (*N.d.T.*).

les doigts ornés de plusieurs énormes chevalières. Il secoua la tête d'un air réprobateur et balaya d'un geste de la main les murs de la salle.

« OK, dit-il avec une patience lasse, on réessaie. C'est qui le King ? »

Il prononça la question comme si chacun des mots était une phrase à lui seul.

Raymond pigea d'un coup.

« Johnny Cash ? suggéra-t-il.

— Johnny Cash ! Bonne réponse ! »

Il recula d'un pas, remit son cigare dans sa bouche et applaudit au ralenti.

« *Fuck* Elvis. *Fuck* Hallyday. *Fuck* Gainsbourg. Le King, c'est Johnny Cash. »

Les deux motards se retournèrent, ayant sans doute déjà assisté maintes fois à ce petit numéro.

« Le gosse ne savait pas qui était le King ! leur cria le patron, avant d'ajouter à l'intention de Raymond : Le premier verre est offert par la maison, fils. »

Il retourna se poster au bout du comptoir. Raymond ne savait pas trop quoi penser de cet échange. S'il espérait passer inaperçu dans son coin, c'était raté. Et maintenant, si Delph ne venait pas, il pouvait difficilement repartir en faisant mine de s'être juste arrêté là un moment par hasard. *Le premier verre est offert par la maison.* La phrase sous-entendait clairement que le premier verre serait suivi d'un deuxième, et sans doute d'un troisième et d'un quatrième. On ne pouvait pas accepter un verre gratuit et s'en aller. Peut-être aurait-il dû insister pour payer, mais Johnny l'aurait probablement pris pour un affront.

Raymond sortit son livre de sa sacoche, mais il y avait à peine assez de lumière pour lire. Il s'alluma une cigarette. Le fait de fumer lui donna une certaine contenance. La musique cognait sans interruption. Chanson après chanson, Raymond commença à s'habituer à la voix de Johnny Cash et au rythme de locomotive lancinant. Il essaya de se détendre.

Il ne voyait pas la porte de là où il était, mais il ne voulait pas donner l'impression qu'il attendait quelqu'un. Il but un peu de sa bière. Son père disait toujours que la bière était une boisson de voyous. Il avala une deuxième gorgée avant de vider le reste d'un trait. Il contempla le verre vide sur la table avec satisfaction. Peut-être qu'il était un voyou. Johnny apparut et posa d'office une nouvelle chope devant lui.

« Tu as soif », dit-il.

C'était une affirmation, pas une question.

Raymond ouvrit son livre. Il appuya un coude sur la table et son front dans sa main gauche, comme s'il lisait. Mais, entre ses doigts, il observait le groupe d'étudiants sur l'estrade. Il y avait trois garçons et deux filles. La musique était trop forte pour entendre ce qu'ils disaient, mais leur conversation semblait animée. Le point focal du groupe était un type vêtu d'une veste en cuir noire qui tenait une cigarette pincée entre le pouce et le majeur de sa main gauche. Sa chaise était un peu en retrait par rapport à la table et il avait le bras droit posé sur le dossier de son voisin. Il ne participait pas beaucoup à la discussion, mais il paraissait exercer une attraction sur les autres. Chaque fois qu'il tirait une taffe de sa cigarette, il renversait la tête en arrière et soufflait la fumée en l'air. Raymond le trouvait détestable.

À un moment, il regarda directement Raymond à l'autre bout de la salle. Ce dernier baissa aussitôt les yeux, mais il se sentit inspecté. Il tourna une page de son livre et se força à lire quelques lignes. Lorsqu'il jeta un coup d'œil entre ses doigts quelques instants plus tard, le type s'était penché vers la fille sur sa gauche et lui murmurait quelque chose à l'oreille.

Deux ou trois autres tables étaient à présent occupées. Johnny accueillait chaque nouvel arrivant par une des salutations de son répertoire américain. Il était 20 h 30. À mesure que la salle se remplissait, Raymond se sentait moins voyant. Après tout, qu'importait que Delph ne vienne pas ? Il pouvait très bien boire quelques bières et reprendre le train pour rentrer. *Je serai chez Johnny samedi.* C'était davantage un état de fait qu'une invitation. Mais enfin, quand même, pourquoi lui aurait-elle dit cela si elle ne voulait pas le voir ? Johnny lui avait apporté une troisième bière. Raymond décida de la boire lentement, puis d'en prendre peut-être encore une et de partir. Le dernier train pour Saint-Louis était à 23 h 25. Il avait largement le temps.

Il en était à la moitié de sa troisième bière lorsque Delph apparut. Elle portait la même veste d'homme, le même feutre à bord fin et les mêmes lunettes de soleil que la fois précédente, mais avec une jupe courte et des collants rayés noir et vert. Ses bottes lui arrivaient juste sous le genou. Malgré la pénombre, elle garda ses lunettes. Elle se dirigea droit vers le groupe d'étudiants et les embrassa un par un ; un processus qui, vu l'exiguïté des lieux, lui prit un certain temps et ne se fit pas sans quelques difficultés logistiques. Un verre fut renversé, mais cela ne causa pas d'émoi particulier. Delph tira une chaise, la retourna afin d'orienter le dossier vers la table et s'assit dessus à califourchon. Le centre de gravité du groupe bascula aussitôt vers elle. Johnny arriva, torchon à la main, pour essuyer la flaque sur la table. Delph se releva et l'embrassa sur les deux joues. Il se recula afin d'admirer sa tenue. Elle portait sous sa veste une chemise d'homme trois fois trop grande, dont les poignets pendaient mollement au bout de ses bras. Johnny prit les commandes et retourna au bar.

Raymond déplaça sa chaise de l'autre côté de la table de façon à ne plus faire face au groupe. Il se plongea dans son livre. À l'évidence, Delph l'avait complètement oublié. Elle n'avait même pas jeté un coup d'œil dans la salle pour voir s'il était là. Si elle finissait par le repérer, il ferait mine d'avoir été tellement absorbé par sa lecture qu'il ne l'avait pas vue entrer. Il décida de terminer sa bière, de régler sa note et de quitter les lieux à la première occasion. Au bout de quelques minutes, il fit signe à Johnny de lui préparer l'addition. Mais, à son grand désarroi, le patron indiqua alors à sa femme de lui servir une autre bière, qu'il lui apporta. À cet instant, Delph leva les yeux et suivit la trajectoire de Johnny à travers la salle. Raymond garda le regard rivé sur son livre. Quelques secondes après que Johnny eut posé la chope devant lui, Delph arriva. Raymond feignit la surprise en la voyant. Elle était postée devant sa table, une main sur la hanche, une expression intriguée sur le visage. Elle avait du rouge à lèvres noir.

« Alors comme ça, tu es venu ? » fit-elle.

Elle n'avait pas l'air mécontente.

« Oui, répondit Raymond.

— Qu'est-ce que tu fais là tout seul dans ton coin ? Pourquoi tu ne t'es pas assis avec nous ?

— Je ne t'avais pas vue », déclara-t-il en brandissant son livre comme une pièce à conviction dans un procès.

Delph roula des yeux.

« Et tu comptes nous faire l'honneur de ta présence, oui ou non ?

— Bien sûr », dit-il, comme si l'idée ne lui avait pas traversé l'esprit jusque-là.

Il ramassa son écharpe et sa sacoche. Elle l'attrapa par le poignet et lui fit traverser toute la salle. Il titubait légèrement. C'était la première fois qu'il buvait trois bières d'affilée. Quand ils arrivèrent sur l'estrade, Delph ordonna à ses amis de se pousser un peu.

« Hé, tout le monde ! lança-t-elle. Je vous présente… »

Elle s'aperçut alors qu'elle ne connaissait pas son prénom. Raymond le lui dit.

Après quoi elle fit un grand geste vague en direction du groupe.

« Et je te présente… tout le monde. »

Personne ne semblait manifester le moindre intérêt pour lui. Une fille se décala de mauvaise grâce. Elle avait les tempes rasées et un piercing à la lèvre inférieure. Raymond la remercia et posa une demi-fesse à l'extrémité du banc. Elle sentait le patchouli.

« Je m'appelle Raymond », lui glissa-t-il.

La fille le dévisagea avec un profond ennui et reprit sa conversation avec son voisin. Elle avait une série d'anneaux du lobe à la pointe de l'oreille. Delph regagna sa place en bout de table. Elle jeta un regard à Raymond pour lui faire comprendre de ne pas se formaliser de la grossièreté de ses amis.

Raymond se retrouva pile en face du type à la veste en cuir. Il avait des cheveux bruns savamment décoiffés et des yeux noirs aux paupières tombantes.

« Alors, c'est lui, le mec qui t'a suivie ? demanda-t-il à Delph.

— Lui-même », répondit-elle.

Raymond ne savait pas s'il devait être vexé ou flatté d'avoir au moins mérité une mention.

« Je te présente Luc », déclara Delph.

Luc se recula contre le dossier de sa chaise, dont les deux pieds avant décollèrent du sol, et toisa Raymond de haut en bas.

« On dirait une fille, dit-il.

— Je sais, approuva Delph, visiblement ravie de la remarque de Luc. Une jolie fille. »

Elle tendit le bras et caressa la tête de Raymond avant de laisser sa main retomber sur son épaule. Raymond ressentit un frisson d'excitation. Luc l'observait avec une expression hostile. Raymond se força à soutenir son regard. Il sortit une cigarette et l'alluma. Luc se servit dans son paquet sans lui demander la permission. Il ne lui en restait plus que quatre.

Johnny vint se poster au bout de la table et donna une grande tape dans le dos de Raymond.

« Pourquoi tu ne m'as pas dit que tu étais un copain de Delph ? »

Il semblait offensé par cet oubli. Il débarrassa les verres vides.

« Je vous remets la même chose ?

— Bien sûr », fit Delph.

Johnny opina et retourna au bar.

« Tu arrives à voir quelque chose avec tes lunettes ? demanda Raymond.

— Pas grand-chose, admit Delph. C'est un genre. »

Elle les enleva et les lui tendit. Il les chaussa. La pièce s'assombrit.

« Elles te vont bien », commenta Delph.

Il se sentait nauséeux, mais les lunettes lui permirent d'étudier le visage de Delph de plus près. Elle avait des traits acérés et anguleux. Ses yeux étaient maquillés d'une épaisse couche de mascara. Il voyait ses clavicules sous le col ouvert de sa chemise. Elle n'avait presque pas de poitrine.

« J'aime bien ta chemise », dit-il.

Delph baissa les yeux.

« Elle était à mon père, indiqua-t-elle.

— Ah bon ? » demanda Raymond.

Mais Delph ne lui répondit que par une série de ronds de fumée nonchalants.

Johnny revint et posa un plateau sur la table.

« Sept tomates », annonça-t-il en distribuant les verres.

Raymond écarta les lunettes afin d'examiner sa boisson, d'un rouge criard. Tout le monde leva son verre et quelqu'un porta un toast à Johnny. Le rythme de la musique semblait s'accélérer. Raymond reconnut le goût anisé du pastis.

« Ricard et grenadine, expliqua Delph en le voyant grimacer.

— C'est bon », dit Raymond.

Il but une autre gorgée pour le prouver. Sa vue se brouilla quelques instants. Il rendit ses lunettes à Delph. Elle les plia et les accrocha au décolleté de sa chemise. Une fois qu'ils eurent trinqué, il y eut un blanc dans la conversation. Delph lança à la cantonade :

« Ce cher Raymond est un disciple de M. Sartre. »

Raymond protesta en disant qu'il n'était le disciple de personne, mais sa voix se perdit dans le brouhaha ambiant.

« Ah, le crapaud de l'existentialisme ! s'exclama Luc en se mettant à loucher et à tirer sur une pipe imaginaire. Ça vous ennuierait, cher Castor, que je me tape votre copine ? » dit-il d'une voix comique.

La voisine de Raymond éclata de rire.

Luc se pencha sur la table.

« Non mais sérieux, tout cette histoire de quête de liberté, c'est un peu ringard, non ? »

Raymond le dévisagea. Le plus simple aurait été d'acquiescer et de faire à son tour quelque commentaire méprisant. Mais Delph le regardait et attendait qu'il se défende. C'était un test.

« Parce que, toi, tu ne veux pas être libre ? » répliqua Raymond.

Luc secoua la tête.

« Ce n'est pas la question. Soit on est libre, soit on ne l'est pas. Que je *veuille* l'être ou non n'a aucun rapport avec le sujet. »

Il se carra contre le dossier de sa chaise, comme si sa remarque était sans appel et que le débat était clos.

Delph posa le menton entre ses mains en coupe. À cause de son strabisme, il était difficile de savoir si elle regardait Raymond ou Luc.

« Dis-moi, demanda-t-elle à Raymond, quel personnage de ton livre adoré est le plus libre ?

— Mathieu, je pense », répondit-il.

Il s'apprêtait à justifier sa réponse, mais Delph secouait déjà la tête. Raymond avait l'impression d'avoir eu faux à l'école.

« Mathieu est le moins libre, dit-elle. Il est tellement occupé à analyser ce qu'être libre signifie qu'il est totalement asservi. Non, ajouta-t-elle en pointant son index en l'air, le personnage le plus libre est Lola.

— Lola ? » répéta Raymond.

Lola, la chanteuse de boîte de nuit héroïnomane ?

« Bien sûr, confirma Delph. Elle est libre parce qu'elle ne fait aucun effort pour l'être.

— Je n'avais pas vu ça comme ça, reconnut Raymond avec un hochement de tête.

— Eh bien, on dirait que tu vas devoir le relire depuis le début. En attendant, dit-elle en attrapant son verre, je suis moi-même libre de boire autant de tomates que je veux.

— Et toi, renchérit Luc à l'intention de Raymond, tu es libre de te casser.

— Pourquoi ce ne serait pas toi qui te casserais ? » lui rétorqua Delph.

Raymond, enhardi par l'alcool et le fait que Delph semblait avoir pris son parti, pointa un doigt vers Luc et déclara :

« Monsieur, vous êtes un médiocre ! »

Les six visages autour de la table le fixèrent d'un air consterné. La fille à côté de lui se mit à pouffer, bientôt suivie de Luc. Raymond se sentit rougir. C'était un petit jeu qu'ils avaient avec Stéphane, qui normalement lui répondait alors : « Et vous, monsieur, vous êtes une non-valeur ! » Mais Raymond ne ferait que se ridiculiser davantage s'il expliquait que c'était un extrait de dialogue tiré précisément du livre dont ils venaient de se moquer. Sa saillie eut au moins le mérite d'égayer l'ambiance autour de la table.

Johnny arriva avec une nouvelle tournée de tomates. Delph se pencha à l'oreille de Raymond.

« Ne t'en fais pas pour Luc, chuchota-t-elle. Il est toujours comme ça quand il est jaloux.

— Jaloux ? » s'étonna Raymond.

L'idée qu'il puisse être digne de susciter la jalousie de Luc l'enthousiasmait.

« Ben, il n'est pas aussi beau que toi, non ? répondit Delph. Et il n'a jamais vraiment lu un livre de sa vie. »

Luc les observait de l'autre côté de la table. Delph lui décocha un sourire avant de se tourner de nouveau vers Raymond. Elle était si près de lui qu'il percevait l'odeur légèrement musquée de sa peau.

« Alors, qu'est-ce que tu penses de Chez Johnny ? s'enquit-elle.

— C'est cool. »

Elle lui demanda pourquoi elle ne l'y avait encore jamais croisé.

Il était flatté de pouvoir passer pour le genre de personne à fréquenter un tel endroit.

« Je ne suis pas d'ici, dit-il en guise d'explication. J'habite à Saint-Louis. »

Delph parut choquée.

« À Saint-Louis ? Je ne savais même pas qu'il y avait de vrais habitants à Saint-Louis. Je croyais que c'était une sorte de camp de transit.

— Hélas, je fais partie de ces infortunés.

— Nous sommes tous des infortunés, ici », dit-elle.

Après quoi elle se pencha vers lui et l'embrassa sur la bouche. Raymond ne résista pas, mais il était sûr que Luc allait plonger en travers de la table et le gifler d'une seconde à l'autre. Delph l'attrapa par la nuque et pivota la tête de façon que leurs bouches soient perpendiculaires. Raymond sentait le goût de la grenadine sur sa langue. Elle avait une odeur familière, un peu comme celle de sa propre sueur. Leur baiser dura trente secondes, peut-être une minute. Quand Delph se recula, elle avait du rouge à lèvres étalé tout autour de la bouche. Raymond essuya la sienne d'un revers de main ; elle fut maculée de noir. Il avait la sensation de ressortir la tête de l'eau.

« Tout à l'heure, on passera derrière », murmura Delph.

Raymond déglutit péniblement. Il essaya de ne pas trop réfléchir à ce que « passer derrière » impliquait.

« Je vais bientôt devoir y aller, répondit-il. Il ne faut pas que je rate mon train. »

Il consulta sa montre mais ne parvint pas à distinguer les aiguilles.

« Laisse tomber ton train, répliqua-t-elle avant de se lever en tirant sur sa jupe pour la rajuster sur ses cuisses. Faut que j'aille pisser », dit-elle.

Raymond hocha la tête, hébété. Il la regarda traverser la salle de sa démarche bondissante. Elle salua quelques habitués au passage. Toutes les tables étaient prises, désormais, et une quinzaine d'hommes vêtus de blousons en cuir s'agglutinaient au comptoir. Le vacarme des conversations rivalisait avec la musique. Raymond pivota sur le banc pour se rasseoir face à la table. Le mouvement lui donna le tournis. Il n'était pas sûr de pouvoir continuer à boire. Le reste du groupe s'était lancé dans une vive discussion sur un musicien dont il n'avait jamais entendu parler. Luc le trouvait bidon.

« C'est toi qui es bidon, riposta la fille aux oreilles multi-percées.

— Je *suis* bidon, acquiesça Luc d'un air indifférent. Et toi aussi. On est tous bidon. »

Raymond approcha son poignet gauche sous son nez et plissa les yeux pour tenter de lire sa montre. Il était presque 10 heures. Il avait environ une heure devant lui. *Laisse tomber ton train*, lui avait lancé Delph. Facile à dire, mais il n'avait pas d'autre moyen de rentrer chez lui. Appeler sa mère pour lui annoncer qu'il était soûl et coincé à Mulhouse était inenvisageable, surtout qu'il lui avait fait croire qu'il passait la soirée chez Yvette. Il attrapa tant bien que mal son verre sur la table et but une autre gorgée de tomate. Ce n'était pas si mauvais. Peut-être qu'il devrait en effet laisser tomber son train. S'en remettre à ce qui pourrait bien se passer. C'est ce que Lola aurait fait.

Delph revint. Elle avait rectifié son rouge à lèvres. Raymond aussi avait besoin d'aller aux toilettes, mais il ne voulait pas abandonner Delph au reste du groupe. Il commença une phrase mais perdit le fil au bout de quelques mots. Delph ne semblait pas le moins du monde décontenancée par son état d'ébriété.

« Alors, monsieur, reprit-elle, tu ne m'as toujours pas dit ce que tu faisais rue Saint-Fiacre. »

La question fit quelque peu reprendre ses esprits à Raymond. Il avait presque oublié les circonstances de leur rencontre. Il pourrait simplement lui dire la vérité. L'histoire le ferait passer pour quelqu'un d'intéressant ; d'intrépide, même. En tout cas beaucoup plus intéressant qu'il ne l'était réellement. Sauf que la vérité entraînerait à coup sûr des questions sur la mort de son père, et Raymond n'avait pas plus envie de parler de ça que de devoir téléphoner à sa mère.

La seule réponse qui lui vint à l'esprit fut :

« Je ne peux pas te le dire.

— Donc, tu es juste un type qui aime suivre des inconnues dans la rue. »

Elle n'avait pas l'air de désapprouver particulièrement une telle attitude.

Il trouva alors ce qui, sur le moment, lui parut une explication tout à fait rationnelle. Il fouilla dans sa sacoche et, sans le soulever plus haut que la table, en sortit le couteau, qu'il tira lentement de son fourreau en cuir. Il contempla d'abord la lame, puis le visage de Delph. Elle avait les yeux écarquillés. Raymond se pencha pour lui murmurer à l'oreille : « Je l'ai volé chez le philatéliste en face de chez toi. »

Lorsqu'il se recula, Delph avait une expression de

dégoût. Luc se tordait le cou pour essayer d'apercevoir ce qu'ils regardaient sous la table. Raymond eut soudain l'impression d'être un farouche et dangereux personnage. Il sourit bêtement à Delph.

« Pourquoi tu as fait ça ? » demanda-t-elle.

Il était content de l'avoir choquée.

« Je ne sais pas, dit-il en haussant les épaules, comme pour suggérer que c'était le genre de chose qu'il faisait tout le temps. Un coup de tête. »

Luc se leva et se pencha par-dessus la table. D'un geste vif, Raymond brandit le couteau à la vue de tous. Luc eut un mouvement de recul. Raymond balaya la salle du regard. Des gens à d'autres tables avaient interrompu leur conversation pour voir ce qui se passait. La musique braillait toujours sans relâche. Raymond fit jouer la lame dans la lumière. Il ressentait le besoin de faire quelque chose de spectaculaire et se rappela tout à coup la scène du night-club, la main d'Ivich éclose depuis le gras du pouce jusqu'à la racine du petit doigt. Il se leva maladroitement et appuya la lame sur sa paume gauche. Une lueur d'excitation traversa le regard de Delph. Heureusement, le couteau était trop émoussé pour entailler sa peau. Raymond hésita. Delph le fixait des yeux, les lèvres entrouvertes. Il n'avait pas vraiment envie de se mutiler, mais il aurait l'air ridicule s'il n'allait pas jusqu'au bout. Brusquement, il sentit quelqu'un lui agripper le poignet.

D'un mouvement leste, Johnny lui tordit le bras dans le dos. Raymond eut peur un instant qu'il le lui casse. Le couteau tomba au sol. Johnny colla son visage à celui de Raymond. Il avait une force étonnante.

« On n'aime pas ce genre de choses, ici, dit-il avant de lâcher prise.

— Je suis désolé », bredouilla Raymond.

Johnny indiqua d'un bref hochement de tête que cette réponse lui convenait. Après quoi il retourna à son poste au bout du comptoir. Les autres clients avaient déjà repris leurs conversations. Ce petit incident ne semblait pas avoir éveillé un grand intérêt. Raymond se rassit sur le banc et se massa le poignet. Il jeta un coup d'œil à Delph. Elle ne paraissait aucunement troublée par ce qui venait de se passer.

Luc le traita de connard. Raymond le dévisagea posément, puis récupéra le couteau par terre et le rangea dans sa sacoche. Il se releva et traversa la salle d'un pas titubant en direction des W-C. Après avoir poussé les portes battantes, il se retrouva dans un corridor qui sentait le moisi. Un homme dont le tee-shirt laissait voir les bras abondamment tatoués attendait que la place se libère.

« Tu vas t'attirer des ennuis à agiter des couteaux en l'air comme ça », lui dit-il.

Raymond haussa les épaules. Une femme d'une trentaine d'années sortit des toilettes. Elle secoua la tête d'un air réprobateur en passant devant Raymond pour regagner la salle. L'homme tatoué prit sa place et urina bruyamment sans fermer la porte. Le corridor menait à une pièce remplie de caisses de bouteilles et de fûts en métal. Quand l'homme eut terminé, Raymond s'engouffra dans les toilettes et ferma la porte derrière lui. On pouvait la bloquer en passant la boucle d'une ficelle autour d'un clou tordu. Raymond urina en posant une main sur le mur pour garder l'équilibre. Puis il s'aspergea le visage d'eau froide et se sécha avec une serviette répugnante pendue à un crochet près de la cuvette. Il se coinça les cheveux derrière les oreilles et se regarda dans le miroir au-dessus du lavabo. Il se sentait étonnamment content de lui. Même

Johnny n'avait pas eu l'air énervé outre mesure par son attitude. Alors qu'il aurait été en droit de le jeter dehors, il ne l'avait même pas menacé de le faire. Lorsqu'il détacha la ficelle pour ouvrir la porte, Raymond tomba sur Delph en train de fumer une cigarette dans le corridor.

15

Le lendemain, dimanche, Raymond ne se réveilla qu'en début d'après-midi. Il avait mal au crâne et un goût amer dans la gorge. Il était torse nu mais portait encore ses chaussures et son pantalon. Les rideaux n'étaient pas fermés, et un soleil chétif filtrait par la fenêtre. Les restes d'un paquet de cigarettes étaient éparpillés par terre. Il tira la couverture sur sa tête. Il n'avait aucun souvenir du trajet retour depuis Chez Johnny. Il ne savait pas non plus si Thérèse était encore debout quand il était rentré. Sa mère, elle, devait être couchée. Le mieux à faire était de se lever et de faire comme si de rien n'était.

Raymond repoussa la couverture et resta allongé un moment sur le dos, le regard rivé au plafond. Le roulis du voyage en train lui revint en mémoire. Y avait-il eu un incident avec le contrôleur ? Il ferma les yeux pour juguler ce souvenir. En guise de première étape avant de sortir du lit, il se tourna sur le côté. Il avait dû essayer de fumer une cigarette, car il y en avait une dont le bout s'était consumé sur la moquette. Il posa tout doucement les pieds par terre. Lorsqu'il se pencha pour défaire ses lacets, il fut saisi d'un spasme et régurgita dans sa bouche. Il se redressa et respira plusieurs fois à fond. Il ôta ses chaussures en s'aidant du pied opposé. Toujours torse nu, il passa dans la salle de bains et but deux verres d'eau à la suite. Il y avait des antalgiques dans l'armoire à pharmacie. Il en prit trois et examina son visage dans le miroir. Il avait le teint terreux, presque jaune, et les yeux injectés de sang. Il se brossa longuement les dents avant d'enlever son pantalon. Son slip était incrusté de sperme séché. Il entra dans la douche. L'eau brûlante le revigora. Il leva la tête vers le pommeau, se lissa les cheveux en arrière, puis se savonna le corps. Une image furtive de Delph lui traversa l'esprit. Une odeur qu'il n'arrivait pas bien à resituer. Il expira lentement et laissa les souvenirs remonter peu à peu à la surface.

Quand il était ressorti des toilettes chez Johnny, Delph lui avait indiqué d'un mouvement de tête de la suivre. La pièce au bout du corridor était sombre et sentait les égouts. Il y faisait froid. Sans cérémonie, Delph avait baissé ses collants et sa culotte et s'était juchée sur une pile de caisses. Il n'y avait pas assez de lumière pour que Raymond puisse voir entre ses jambes. Une ou deux fois, quand sa mère était sortie du lit trop vite, il avait aperçu son sexe, mais à part ça et ses tripotages maladroits avec Yvette, il n'avait qu'une vague connaissance de l'anatomie féminine. Delph avait déboutonné sa chemise. Elle ne portait pas de soutien-gorge. Elle avait le torse aussi émacié qu'un adolescent pubère. Elle lui avait suggéré de baisser son pantalon, ce qu'il avait fait. Puis elle l'avait attiré à elle, avait pris son pénis dans sa main pour le guider dans son vagin, mais il avait éjaculé sur l'intérieur de sa cuisse dès qu'elle l'avait touché. Il avait essayé de le lui cacher en donnant des coups de hanches entre ses jambes comme il avait vu certains acteurs le faire dans des films, mais son érection était vite retombée. Delph ne s'était pas gênée pour lui faire comprendre qu'elle trouvait ses efforts insatisfaisants. Elle l'avait repoussé et était redescendue de sa pile de caisses. Après avoir essuyé le sperme sur sa cuisse, elle avait remonté ses collants et reboutonné sa chemise. Raymond avait refermé sa braguette. Il avait ramassé le chapeau de Delph qui était tombé par terre et le lui avait rendu en marmonnant des excuses.

« Ne t'en fais pas, avait-elle répondu. Luc s'occupera de moi tout à l'heure. »

Elle avait remis son chapeau et était repartie le long du corridor. Un type qui faisait la queue pour les W-C avait vu toute la scène et ricanait. Raymond attendit qu'il soit entré dans les toilettes avant de regagner la salle à son tour.

Ce souvenir excita Raymond sous sa douche. Il se masturba rapidement en s'appuyant d'une main contre le mur carrelé. Alors qu'il reprenait son souffle, il regarda son sperme former un minuscule vortex avant d'être aspiré par la bonde. Il décida de faire avancer les choses avec Yvette afin d'être plus performant la prochaine fois avec Delph. S'il devait y avoir une prochaine fois.

Raymond retourna s'habiller dans sa chambre. Il n'était pas mécontent d'avoir raté l'heure du déjeuner. Il n'avait aucune envie de se retrouver face à sa mère. Non pas qu'elle le réprimanderait. Elle aurait simplement l'air malheureuse, et Raymond ne supportait pas de la voir malheureuse. Il glissa ses chaussures dans sa sacoche et descendit l'escalier sur la pointe des pieds. Malgré ses efforts, sa mère l'appela du salon. Elle avait dû guetter le bruit de ses pas. Elle avait un ton léger, comme pour le rassurer sur le fait qu'il n'aurait pas d'ennuis, mais il continua jusqu'à la porte et descendit l'allée au petit trot, ne s'arrêtant qu'une fois sur le trottoir pour enfiler ses chaussures.

Saint-Louis paraissait encore plus morne que d'habitude. La lumière de l'après-midi était plate et semblait ternir toutes les couleurs. On aurait dit que les boutiques de la rue de Mulhouse étaient abandonnées, et pas seulement fermées pour la journée. À part une voiture de temps en temps, les rues étaient désertes. Raymond se sentait bizarre. Il percevait toutes les irrégularités du trottoir à travers ses semelles. Des immeubles qu'il avait à peine remarqués jusque-là lui sautaient maintenant au visage par leur laideur. Il était conscient d'un noir de quelques microsecondes chaque fois qu'il clignait des yeux et éprouvait un bref soulagement en constatant que le monde était toujours là quand il les rouvrait. Il arriva au niveau du commissariat. Peut-être que le petit flic était là, assis dans un bureau au linoléum gris, avec une plante en train de mourir dans un pot sur le bord de la fenêtre. Raymond s'arrêta devant le panneau d'affichage au pied des marches. Derrière le Plexiglas rayé, un avis de recherche signalait la disparition d'un certain Artur Kuper, avec une photo et la description des vêtements qu'il portait. Il avait un visage banal, une moustache un peu hirsute et le front dégarni. L'annonce avait trois ans. Juste à côté se trouvait un poster publicitaire pour la Légion étrangère, à moitié décoloré. Il était illustré par la photo d'un beau jeune homme en képi, le regard résolument tourné vers l'avenir, accompagnée du slogan « Voir la vie autrement ». Peut-être était-ce ce sentiment qui avait poussé un jour Artur Kuper à monter dans un train pour disparaître. Ou peut-être qu'il était simplement tombé dans le canal, en état d'ébriété, et qu'il se décomposait dans la vase. À en juger par sa photo, le second scénario semblait plus probable.

Un policier sortit du commissariat et passa si près de lui qu'il lui effleura l'épaule, sans toutefois lui adresser un regard. Raymond détourna instinctivement la tête et s'éloigna. Il avait l'estomac barbouillé et se demanda s'il n'allait pas vomir. Il entra dans le square devant le temple protestant, où il avait passé tant de moments avec Yvette, et s'assit sur un banc. Les châtaigniers avaient commencé à perdre leurs feuilles. Il plaça une main devant ses yeux et prit de profondes inspirations. Sa nausée diminua un peu. Une vieille dame s'était installée sur le banc d'en face et le dévisageait avec une expression vaguement intriguée, peut-être un peu réprobatrice. Raymond soutint son regard. Elle ne semblait pas avoir du tout peur de lui. Pourquoi aurait-elle peur, d'ailleurs ? Elle ne pouvait pas savoir qu'il avait un couteau dans sa sacoche et qu'il aurait pu, s'il le voulait, traverser l'allée de gravier et lui extorquer le porte-monnaie qu'elle transportait sans aucun doute dans le grand sac à main en cuir posé à côté d'elle.

Raymond se força à sourire et lança un : « Bonjour, madame. »

L'expression de la femme ne varia pas. Il se demanda si elle était sourde ou si elle n'avait plus toute sa tête. Il dirigea son regard vers les arbres derrière elle. Au bout de quelques minutes, elle ramassa son sac et marcha lentement vers le commissariat. Un pasteur en robe noire arriva et ouvrit la lourde porte en bois du temple. Il resta un moment sur le perron à inspecter son domaine avant d'entrer à l'intérieur. Il n'était jamais venu à l'esprit de Raymond que ce temple puisse véritablement servir ; qu'il puisse fonctionner comme lieu de culte et non juste comme un point de repère pratique pour s'orienter dans la ville. Quelques instants plus tard, le pasteur réapparut et se posta devant l'entrée pour accueillir ses ouailles. Il salua Raymond d'un hochement de tête cordial, pensant peut-être qu'il attendait le début du service. Il n'avait pas l'air inquiet outre mesure du manque de fidèles. Un couple de personnes âgées arriva et il leur serra la main puis consulta sa montre. Raymond prit soudain conscience que, si on lui ôtait son titre et son accoutrement saugrenu, ses actions seraient reconnues dans toute leur absurdité. C'était seulement à cause de sa fonction que les gens ne le montraient pas du doigt dans la rue en riant.

Raymond resta assis encore quelques minutes avant de se lever et de continuer à déambuler dans la ville. Il sentait le poids du couteau dans sa sacoche. Il n'arrivait pas à imaginer qu'il ait pu vivre sans jusque-là. Bien qu'il n'ait aucune intention de jamais s'en servir, le simple fait de savoir qu'il était là lui conférait un sentiment de bien-être.

Yvette et Stéphane étaient installés dans un box au fond du café des Vosges. En grande conversation, leurs têtes se touchaient presque par-dessus la table. L'atmosphère qui régnait dans l'établissement, comme toujours le dimanche, aurait pu laisser croire qu'il n'était pas vraiment ouvert. Les deux seuls autres clients étaient assis en devanture et contemplaient la rue déserte d'un air absent, tels des figurants sur un tournage qui auraient attendu le mot « Action » pour s'animer. La serveuse au bec-de-lièvre nettoyait la vitrine des tartes et des gâteaux. Quand Raymond apparut à la table, Stéphane se recula et écarta les bras sur le dossier de la banquette. Yvette garda les yeux rivés sur la tasse vide devant elle.

« Salut, vieux, fit Stéphane.

— Monsieur, mademoiselle », répondit Raymond en les saluant tour à tour d'un signe de tête.

Il se glissa sur la banquette à côté d'Yvette et ils s'embrassèrent sur les joues pour la forme.

« Alors, quoi de neuf ? demanda Stéphane, visiblement déterminé à générer une ambiance conviviale.

— Pas grand-chose », dit Raymond.

Stéphane avait emménagé à Saint-Louis deux ans plus tôt. Lorsqu'il s'était présenté à la classe, Raymond avait aussitôt reconnu en lui une âme sœur. Il avait des lunettes ovales à monture métallique et les cheveux coupés trop proprement, comme si sa mère l'emmenait encore chez le coiffeur. Malgré ça, il émanait de lui un air d'indifférence : si c'était un paria, c'était qu'il l'avait choisi. Quelques jours plus tard, Raymond l'avait repéré à la cantine, plongé dans un bouquin. C'était Yvette qui avait insisté pour qu'ils aillent s'asseoir à côté de lui.

« Il ne connaît personne, avait-elle dit.

— Peut-être qu'il n'a envie de connaître personne », avait rétorqué Raymond.

Quand ils s'étaient installés à sa table, Stéphane avait refermé son livre comme s'il les attendait. Il leur serra la main avec une solennité exagérée.

« Stéphane Prudhomme », annonça-t-il.

Yvette et Raymond se présentèrent.

« J'apprécie que vous veniez me tenir compagnie », dit Stéphane.

À cause du travail de son père – dont il ne précisa pas la nature –, sa famille était obligée de déménager assez souvent, en conséquence de quoi il avait l'habitude de changer d'école.

« J'ai pour règle de ne jamais essayer de me faire des amis. Les gens ont peur de l'inconnu. Ils n'ont pas envie de s'encombrer de quelqu'un dont ils ne savent rien. Alors j'attends qu'on vienne me chercher. Certains le font parfois par pitié, mais d'autres parce qu'ils ont vu en moi quelque chose qui leur plaisait. En l'occurrence, j'ai l'impression que c'est cette deuxième hypothèse qui s'applique et, si je puis me permettre, le sentiment est réciproque. »

Il fixa alors Yvette avec un grand sourire. Raymond n'était pas du tout offensé que le regard de Stéphane s'attarde sur elle. Au contraire, il voulait qu'il l'admire, comme si la beauté d'Yvette le mettait lui aussi en valeur. Il s'efforça de trouver quelque chose d'intelligent à dire en réponse au petit laïus de Stéphane, mais le moment était passé.

Une conversation s'ensuivit sur le livre que Stéphane était en train de lire, *La Bête humaine*. Il en parlait avec dédain.

« C'est divertissant, disait-il, mais si Zola avait envie de faire de la dissection, il aurait dû s'armer d'un scalpel, pas d'un stylo. »

Raymond, qui à l'époque n'avait jamais lu un mot de Zola, était fasciné. En l'espace de quelques semaines, le trio était devenu inséparable. Yvette et Raymond semblaient trouver un même plaisir à la compagnie de leur nouvel ami. Raymond ne prenait pas ombrage de ne pas toujours pouvoir suivre leurs conversations. Le fait qu'Yvette avait maintenant quelqu'un avec qui elle pouvait discuter sur un pied d'égalité ne faisait que combler un manque dans leur propre relation.

Mais à présent, alors qu'ils étaient tous les trois assis

dans un silence gêné autour d'une table en Formica du café des Vosges, quelque chose avait changé. Raymond observa ses deux amis : Stéphane et son ridicule duvet de moustache, Yvette et le serre-tête de gamine qui maintenait ses cheveux derrière ses oreilles. Ils avaient l'air d'enfants. Seulement une semaine plus tôt, il ne serait jamais venu à l'idée de Raymond de ne pas tout partager avec eux. Maintenant, ça lui paraissait au contraire inconcevable.

La serveuse arriva à leur table.

« Un thé ? » demanda-t-elle sans préambule.

Raymond commanda une bière, non parce qu'il en avait envie, mais pour illustrer le fossé qui s'était ouvert entre eux. La serveuse opina d'un air imperturbable et retourna au bar en traînant les pieds dans les mules en cuir fatiguées qu'elle ne quittait jamais.

C'était, en un sens, la faute de Stéphane s'ils fréquentaient le café des Vosges. La première fois qu'ils étaient sortis du lycée ensemble, il avait demandé : « Il n'y a pas un endroit où prendre un café par ici ? » Jusque-là, quand Raymond et Yvette voulaient retarder le moment de rentrer chez eux, ils s'arrêtaient sur un des bancs du square devant le temple protestant. Mais ils s'étaient bien gardés de le dire à Stéphane, et c'était Yvette qui avait répondu à la place, sans autre raison que le fait qu'ils passaient justement devant : « On va parfois là. »

Ils s'étaient installés à une table dans le fond, et Stéphane avait balayé la salle du regard avec intérêt. Raymond, embarrassé par le décor suranné dans lequel ils se trouvaient, s'était senti obligé de préciser qu'il n'y avait rien de mieux dans les environs. « Je trouve ça splendide », avait déclaré Stéphane. Deux vieilles dames qui n'avaient pas enlevé leur manteau

– Raymond s'en souvenait très précisément – glissaient des bouts de gâteau à un caniche aux yeux chassieux couché à leurs pieds. Avec le temps, il finirait par s'habituer à leur routine. Les deux dames venaient au café des Vosges une fois par semaine, le mardi, et prenaient chacune un thé et une pâtisserie, dont le choix variait et alimentait le plus clair de leur conversation. À un moment, le caniche avait dû mourir, et à partir de là Raymond avait perçu l'espace entre leurs chevilles comme une sorte de vide.

Quand la serveuse s'était approchée de leur table, Stéphane avait commandé un café crème. Yvette en avait fait autant. Histoire d'affirmer sa différence, Raymond avait pris un thé. Ils étaient restés sans rien dire jusqu'à ce que leurs consommations arrivent. Il y avait d'autres établissements, moins tristes, à Saint-Louis, mais maintenant que Raymond et Yvette avaient fait croire à Stéphane que le café des Vosges était leur QG attitré, ce n'était pas à lui de suggérer un autre endroit. Ainsi s'étaient-ils trouvés condamnés à fréquenter ce café. Raymond se demandait souvent s'ils deviendraient comme les deux vieilles dames dans leur manteau d'hiver, à rejouer sans fin la même conversation.

La serveuse revint avec la bière de Raymond. Ni Yvette ni Stéphane ne firent de commentaire sur ce soudain changement d'habitude. Raymond en but une gorgée avant de lécher la mousse sur sa lèvre. Elle avait un goût infect.

« Je suis passé chez toi hier soir », annonça Stéphane sur un ton faussement détaché.

Raymond ne put s'empêcher de jeter un coup d'œil à Yvette. Elle le dévisageait d'un air interrogateur, le menton posé dans la paume. Ils avaient dû discuter de ça avant qu'il arrive.

« Ah oui ? fit Raymond avec un léger haussement d'épaules.

— C'est juste que ta mère m'a fait savoir que tu étais chez Yvette.

— En effet, confirma Raymond, c'est ce que je lui ai dit.

— Mais ensuite je suis allé chez Yvette et tu n'y étais pas. »

Raymond n'avait pas compris si Stéphane était allé chez Yvette parce que sa mère lui avait dit qu'il y était, ou s'il avait prévu d'y aller de toute façon.

« Ne me dis pas que tu n'as jamais menti à ta mère, répliqua-t-il.

— Tu m'as menti aussi, intervint Yvette. Tu m'avais expliqué que tu devais passer la soirée chez toi. »

Raymond les regarda à tour de rôle. Loin de se sentir penaud d'être pris en faute, il éprouvait un sentiment d'indignation à leur égard. Jusque-là, il y avait entre eux comme un accord tacite selon lequel, si Raymond pouvait voir Yvette ou Stéphane séparément, eux deux ne se voyaient jamais sans lui. Il était le noyau autour duquel gravitait leur trio. Ils avaient donc enfreint les lois du groupe. Raymond avait l'impression qu'ils avaient conspiré contre lui.

Il avala une gorgée de bière.

« Parce que, maintenant, je vous dois des comptes sur mon emploi du temps, c'est ça ? demanda-t-il.

— Bien sûr que non, répondit Yvette. Mais je suis contrariée que tu m'aies menti.

— Et moi, je suis contrarié que vous vous soyez vus derrière mon dos.

— Tu ne peux quand même pas dire ça, vieux, rétorqua Stéphane. Je suis passé chez toi. »

Raymond l'ignora.

« Et avec lui aussi, tu as écarté les cuisses ? lança-t-il à Yvette.

— Pourquoi tu joues au salaud comme ça ? » dit-elle, les larmes aux yeux.

Stéphane fixait la table devant lui. Yvette poussa Raymond d'un coup d'épaule. Il se leva pour la laisser passer. À sa grande surprise, Stéphane se leva aussi et le dévisagea en secouant la tête avant de partir avec Yvette. Raymond se rassit à sa place. La serveuse avait observé la scène de derrière son comptoir. Raymond s'en voulait. Yvette avait raison. Il s'était comporté comme un salaud. Il ferait bien de la rattraper et de s'excuser. Elle comprendrait. Yvette comprenait toujours. Puis il se souvint de Delph en train de déboutonner sa chemise sur la pile de caisses dans l'arrière-salle de Chez Johnny, et ça lui passa.

La serveuse le regardait d'un air réprobateur. Afin de lui montrer qu'il n'avait pas honte de ce qui venait de se produire, il commanda une deuxième bière. C'est seulement quand vint le moment de payer qu'il se rappela avoir jeté sur la table de Chez Johnny les deux cents francs qu'il avait volés.

16

S'il y avait un point sur lequel Gorski était d'accord avec son prédécesseur, c'était l'utilité des funérailles. « Toujours aller aux enterrements, se plaisait à dire Ribéry. Les mariages sont une perte de temps. On en apprend plus en cinq minutes à un enterrement qu'en toute une journée à un mariage. » Et Gorski l'avait vérifié par lui-même. Peut-être à cause de la proximité de la mort, il ne fallait jamais attendre longtemps pour que les gens se dégèlent à des obsèques. Il y avait toujours un petit malin qui se chargeait d'être le premier à détendre l'atmosphère par une plaisanterie ou un commentaire peu flatteur sur le défunt. Les invités poussaient alors un soupir collectif de soulagement et commençaient à s'alcooliser pour de bon. De plus, personne ne regardait jamais un flic de travers à un enterrement. Dans un mariage, la présence d'un policier jetait un froid ; à des funérailles, ça semblait tout à fait pertinent.

La réception pour les obsèques de Bertrand Barthelme avait lieu dans la maison de la rue des Bois. Des tables à tréteaux recouvertes de nappes blanches immaculées avaient été disposées dans l'entrée, avec un choix de hors-d'œuvre et de boissons. Du personnel en uniforme avait été embauché pour l'occasion, et chaque nouvel arrivant se voyait immédiatement servir un verre de vin. Un feu crépitait dans le grand salon où Gorski avait été reçu par Lucette Barthelme. Tous les sièges étaient pris. D'autres invités se tenaient debout en petits groupes compacts, comme s'ils craignaient qu'on puisse entendre leurs conversations. Deux serveuses circulaient dans la pièce avec des plateaux de boissons. La gouvernante, Thérèse, virevoltait çà et là pour superviser l'ensemble des opérations.

Lucette était assise sur la méridienne, vêtue d'un tailleur noir et d'une petite toque à voilette. Sa tenue sombre avait pour effet de lui donner un teint encore plus pâle que d'habitude. À côté d'elle, une femme aux cheveux blancs lui parlait avec animation, mais elle n'avait pas l'air d'écouter. Elle avait le regard rivé sur son fils, qui traînait dans un coin de la pièce. Il s'était attifé d'un costume pour l'occasion. Malgré ses traits efféminés, le col et la cravate lui conféraient une allure plus virile. Il sirotait un verre de vin tout en suivant des yeux une jolie serveuse brune. En voyant Gorski, il s'approcha de la porte-fenêtre et se mit à contempler la pluie dehors.

Bien que personne ne vînt lui parler, Gorski n'était pas mal à l'aise. Encore un avantage des enterrements : il était parfaitement acceptable de se tenir un peu en retrait. Lorsque la serveuse passa devant lui, il attrapa un troisième verre de vin sur son plateau. Lucette chercha Thérèse des yeux, inquiète de savoir si tout se passait bien. Elle croisa le regard de Gorski et lui adressa un sourire dans lequel se lisait qu'elle serait contente quand ce serait fini. Il eut l'impression d'avoir partagé avec elle un instant d'intimité.

Le beau-père de Gorski se réchauffait le postérieur

près du feu. Il avait revêtu son écharpe de maire pour l'occasion. Il salua son gendre d'un signe de la main avant de reprendre sa conversation avec quelques-uns des notables de la ville. Me Corbeil était parmi eux. À ses côtés se tenait une femme au visage revêche dont Gorski supposa qu'elle était son épouse. Il ne fut pas surpris de constater que tout le gratin de la bonne ville de Saint-Louis s'était déplacé pour Bertrand Barthelme. Ni que personne ne semblait particulièrement soucieux d'apparaître dévasté par la mort du brave homme.

Bertrand Barthelme était une figure locale suffisamment importante pour mériter un dossier contenant quelques articles dans les archives de *L'Alsace*, et, dans une petite ville comme Saint-Louis, les habitants n'ont pas grand-chose d'autre à faire que de répéter et d'enjoliver les rumeurs sur les personnalités en vue. Gorski était assez aguerri pour traiter la majeure partie de ce qu'il entendait avec un certain degré de scepticisme. Néanmoins, le Barthelme qui en ressortait ne correspondait pas tout à fait à l'image austère qu'il avait présentée au monde. Gorski n'avait pas eu besoin d'être explicite dans ses questions. Il lui avait suffi de mentionner, presque en passant, à quel point cet accident était regrettable pour susciter des réactions. Même la joviale Mme Beck, qui tenait la boutique de fleurs sous l'appartement de sa mère, n'avait pu réprimer une grimace de dégoût. Quand Gorski lui avait demandé si elle connaissait Barthelme, elle avait répondu : « Seulement de réputation. » Gorski l'avait un peu poussée, mais elle s'était alors appliquée à terminer un bouquet en disant qu'elle avait monté de la soupe à sa mère.

Lemerre s'était montré moins réservé. Gorski allait se faire couper les cheveux une fois par mois dans son salon de l'avenue du Général-de-Gaulle. Céline lui avait souvent enjoint de choisir un coiffeur plus chic, mais s'il avait changé ses habitudes, cela ne serait pas passé inaperçu et aurait sans doute fait jaser. En outre, Lemerre faisait partie de ces gens qui se font un devoir de se tenir au courant des derniers potins de la ville. Il était très utile d'entretenir de bonnes relations avec lui.

Malgré l'hygiène douteuse de son établissement, Gorski ne fut pas étonné d'apprendre que Barthelme était un de ses clients réguliers. Non seulement son cabinet se trouvait à quelques pas de là, mais tout le monde s'accordait à dire qu'il n'était pas du genre à dépenser un centime de plus que le strict nécessaire.

« Un sale con bêcheur, avait déclaré Lemerre. Il ne prononçait jamais un mot. Et il ne laissait jamais de pourboire non plus. »

Gorski avait secoué la tête avec dédain devant un tel comportement.

Né en avril 1923, Bertrand était le fils d'Honoré et d'Anaïs Barthelme, deuxième d'une fratrie de trois garçons. Honoré avait fondé le cabinet Barthelme & Barthelme avec son frère Jacques en 1920, et ils s'étaient vite attiré une réputation de compétence et de discrétion. Les portraits des deux frères ornaient encore les murs des bureaux. Le frère aîné de Bertrand – également nommé Honoré – était mort renversé par une voiture en 1942, et la responsabilité de perpétuer l'activité familiale était alors retombée sur le fils du milieu. Le plus jeune des trois frères, Alain, s'était fait arrêter pendant la guerre pour marché noir, une transgression que son père ne lui avait jamais pardonnée. Bertrand avait rejoint le cabinet en 1950 après avoir terminé son service militaire et être sorti major de sa promotion à l'université de Strasbourg.

Les photos de Bertrand Barthelme durant ses années strasbourgeoises montraient un beau jeune homme élégant, rasé de près et sans le port guindé qu'il acquerrait par la suite. Il avait alors une réputation de dandy. Il ne manquait jamais de compagnie féminine et semblait n'avoir aucune difficulté à allier ses études et des nuits passées à faire la bringue dans les bouges les plus miteux de la ville. C'est à cette époque qu'il fit la connaissance de Camille Masson, la fille d'un banquier fortuné de Strasbourg, Guy Masson. Camille, qui voulait devenir danseuse professionnelle, était une noceuse, toujours habillée à la dernière mode. Bertrand l'avait connue au cabaret du Lapin rouge, célèbre repaire d'artistes et de musiciens. Elle s'éprit instantanément de ce bel étudiant, qui l'impressionna lors de leur premier rendez-vous en lui récitant au pied levé l'*Hymne à la beauté* de Baudelaire. Ce n'était pas tant sa performance qui l'avait captivée que la façon dont il la fixait de ses petits yeux vacillants. Bertrand refusait de se joindre à elle sur la piste, mais il la regardait intensément quand elle dansait avec d'autres. Leur couple devint vite une figure incontournable des cafés et night-clubs de la ville. Leur relation était paisible, sauf une fois où Bertrand avait donné un coup de poing à un jeune peintre du nom de Marcel Daru parce qu'il dansait d'un peu trop près avec Camille. Daru s'en était tiré avec une fracture de la mâchoire, mais il n'avait pas porté plainte. De tels incidents étaient fréquents dans les boîtes de nuit de l'époque, et il aurait été de mauvais goût d'en appeler aux autorités. L'épisode ne nuisit d'ailleurs sans doute ni à la réputation de Barthelme, ni à celle de Daru.

Camille présenta Bertrand à sa famille, et il fit merveille dans le rôle du gendre idéal. Il avait de l'avenir, et ni ses manières ni son élocution ne trahissaient ses origines provinciales. Guy Masson dut penser qu'il était le garçon parfait pour dompter les tendances rebelles de sa fille. Camille rêvait d'aller vivre à Paris afin d'y mener une carrière de danseuse et de fréquenter les cafés de Montparnasse. Nul ne sait si elle avait du talent. Elle fit partie de plusieurs revues semi-professionnelles, mais il est probable qu'elle ait été mue davantage par l'attrait de la vie de bohème que par un réel désir d'expression artistique. Quoi qu'il en soit, un mois après la fin des études de Bertrand en 1949, le couple se maria au cours d'une cérémonie somptueuse à la mairie de Strasbourg. Jusque-là, Bertrand n'avait encore pas présenté Camille à ses parents, présumant sans doute qu'une excursion dans un trou comme Saint-Louis desservirait l'image qu'il s'était soigneusement construite. Honoré et Anaïs Barthelme furent charmés par leur nouvelle bru, mais le petit notaire de province ne manqua pas d'exprimer ses réserves sur le faste immodéré de la réception.

Les jeunes époux partirent pour un voyage de noces d'un mois en Italie, offert par le père de la mariée. Ce fut durant leur lune de miel que Bertrand informa sa femme qu'il comptait entrer au cabinet de son père et qu'ils allaient emménager chez ses parents dans la maison de la rue des Bois. Camille fut dévastée. Ce n'était pas du tout ce qu'elle avait imaginé, pourtant elle était loin de se douter de la terne existence qui l'attendait. M. et Mme Barthelme firent de leur mieux pour que cette jeune femme exotique se sente comme chez elle sous leur toit, mais leurs habitudes provinciales – ils montaient se coucher à 10 heures – l'horrifiaient. Une soirée fut organisée afin de la présenter à ce qui était considéré comme la haute société de

Saint-Louis, mais Camille ne cacha pas combien elle trouvait ennuyeuse la compagnie des avocats, des marchands et, pire que tout, des hommes d'Église qui y furent invités. Dans une lettre à une amie de Strasbourg, elle écrivit qu'elle avait le sentiment d'être en prison. Bertrand s'efforçait de la divertir le soir et les week-ends, mais il n'y avait pas grand-chose à faire. Quand la santé d'Honoré commença à se dégrader, Bertrand fut contraint de prendre davantage de responsabilités dans l'étude familiale et d'allonger ses journées de travail. Il se laissa pousser la barbe, histoire de conférer une certaine gravité à ses traits encore juvéniles, et adhéra aux diverses associations professionnelles de la ville. S'il ne s'engagea pas dans la vie politique locale, il faisait en sorte d'assister aux événements où étaient présentes les personnalités en vue. Les soirées passées à lire dans le salon plein de courants d'air de la rue des Bois, ou à faire poliment la conversation à des conseillers municipaux petits-bourgeois, n'étaient pas du tout ce que Camille avait en tête en épousant le fringant étudiant de Strasbourg. Elle tomba en dépression. Lorsqu'une première fausse couche fut suivie d'une deuxième, Bertrand la soupçonna d'avoir saboté ses grossesses. Leur relation s'enlisa dans un ressentiment mutuel. La mort de Camille d'une overdose de barbituriques en 1955 fut classée comme accidentelle, mais ce verdict avait probablement moins à voir avec la vérité qu'avec la volonté d'une famille influente d'éviter l'infamie du suicide.

Honoré Barthelme mourut d'un cancer du pancréas deux ans plus tard, en 1957, et l'année suivante Bertrand persuada Gustave Corbeil, alors à la tête d'un autre cabinet de Saint-Louis, de fusionner les deux études, affirmant qu'ils gagneraient l'un comme l'autre à unir leurs forces plutôt qu'à se faire concurrence. Bertrand ayant désormais établi un quasi-monopole sur les affaires juridiques de la ville, il ne lui restait qu'à produire un héritier. Son second mariage fut arrangé par sa mère. Lucette Fischer était la fille d'un courtier en assurances local, dont la femme jouait au bridge avec Anaïs. Un dîner fut organisé, officiellement en l'honneur du soixante-cinquième anniversaire d'Anaïs, mais au cours duquel Lucette fut stratégiquement – et à son insu – placée à côté de Bertrand, qui retrouva un peu de son ancien charme et divertit sa voisine avec des anecdotes de ses années d'étudiant (tout en omettant avec tact de mentionner Camille). Lucette, alors âgée de vingt-deux ans, était une jolie fille, mais timide et naïve. Elle avait eu la polio dans son enfance et, à cause de ses absences répétées à l'école, avait du mal à se faire des amis. Elle fut probablement stupéfaite des attentions du beau et sophistiqué Bertrand. En raison de sa maladie, elle avait passé une bonne partie de sa jeunesse plongée dans les livres mais, contrairement à la première Mme Barthelme, elle n'avait pas elle-même d'ambition artistique. Après dîner, Bertrand l'invita à monter voir la collection de livres dans le bureau de son père. Nul ne sait s'il réitéra sa récitation de Baudelaire, mais à la fin de la soirée, tout le monde nota avec satisfaction que les deux jeunes gens semblaient vivement intéressés l'un par l'autre. Faire la cour à Lucette n'affecta pas outre mesure le planning de travail de Bertrand. Le dimanche suivant, il l'emmena en voiture jusqu'à Ferrette, où ils se promenèrent autour des ruines du château et partagèrent un déjeuner rustique dans une auberge du coin. Lucette était conquise, et quand Bertrand la demanda en mariage trois mois plus tard, elle accepta sans hésiter.

Le second mariage de Bertrand fut beaucoup plus modeste que le premier : une simple réception dans la maison de la rue des Bois, en présence des dignitaires de la ville. Anaïs, qui n'avait jamais éprouvé beaucoup de sympathie pour la ténébreuse Camille, était ravie à la fois de la discrète nouvelle épouse de son fils et de sa propre entremise dans l'élaboration de cette union. La vie conjugale était assez monotone, mais Lucette avait l'air heureuse. Les escapades à la campagne cessèrent vite, et Lucette s'adapta à son rôle, qui était autant celui de dame de compagnie de sa belle-mère que d'épouse. En 1963, lorsqu'elle donna enfin un fils à Bertrand, elle avait rempli sa mission et ce dernier se désintéressa définitivement d'elle.

Gorski quitta le salon pour retourner dans l'entrée. Là, peut-être parce qu'ils ne se trouvaient pas à proximité immédiate de la veuve, les invités avaient des conversations plus animées. En circulant parmi eux, Gorski entendit assez peu parler de Bertrand Barthelme. Marc Tarrou arriva. Gorski ne l'avait pas repéré pendant l'enterrement, pourtant il aurait eu du mal à le rater étant donné que Tarrou portait un costume bleu roi brillant. Il avait les cheveux mouillés et il se passa les deux mains dedans avant de les secouer vers le sol. Ses chaussures étaient recouvertes de la boue claire du parking de son usine. Il accepta un verre de vin, le vida d'un trait et en prit un deuxième, sans oublier d'adresser un clin d'œil à la serveuse derrière la table à tréteaux. Il aperçut Gorski au pied de l'escalier.

« Ah, mon flic préféré, toujours en train de fouiner, hein ? brailla-t-il. Alors, vous avez déterré les secrets de cette vieille fripouille ? »

Il essuya ses mains mouillées sur les fesses de son pantalon.

« J'ai dû me garer à perpète, dit-il. Qui aurait cru que ce vieux salopard était si populaire ? Ha ha ha ! »

Quelques têtes se tournèrent vers eux. Tarrou se pencha à l'oreille de Gorski.

« Je me suis dit que j'allais venir présenter mes condoléances à la veuve joyeuse », chuchota-t-il.

Gorski lui indiqua où trouver Lucette. Tarrou lui donna une grande tape sur l'épaule et se dirigea vers le salon d'un pas déterminé. Gorski en profita pour monter discrètement à l'étage. La gouvernante le vit du seuil de la cuisine mais n'intervint pas. La porte du bureau de Barthelme était entrebâillée. Gorski hésita un instant, la tête penchée pour guetter les bruits à l'intérieur. Quand il fut clair que la pièce était vide, il y entra et referma doucement la porte derrière lui. Il préférait ne pas avoir à expliquer sa présence ici, même à la gouvernante. Il flottait dans l'air confiné une odeur de tabac à pipe. Gorski promena les doigts sur le cuir craquelé du fauteuil devant la fenêtre. À côté, sur un guéridon, se trouvait un exemplaire d'*Eugénie Grandet*, avec un marque-page à environ deux tiers du livre. Il le ramassa et le retourna distraitement entre ses mains. Il n'avait jamais lu Balzac. Après quoi il le reposa sur le guéridon et s'approcha du bureau, tout ça avec nonchalance, comme pour suggérer à quiconque pourrait l'observer qu'il n'avait pas d'idée particulière en tête. Il s'assit dans le fauteuil pivotant. C'était un joli bureau recouvert d'un cuir vert sur lequel quelques objets étaient organisés avec précision. Gorski ouvrit tous les tiroirs un par un. À part un bric-à-brac de petites fournitures dans l'un, les autres étaient vides. Alors qu'il refermait le dernier tiroir, la poignée de la porte cliqueta. Gorski sursauta.

Il s'attendait à voir entrer Mme Thérèse, mais c'était en fait son beau-père.

« Je pensais bien vous trouver ici, Georges, lança-t-il. Je vous ai vu vous faufiler dans l'escalier. »

Gorski faillit protester en disant qu'il ne s'était « faufilé » nulle part, mais il se contenta de répondre un simple « Jean-Marie » en guise de salutation. Il se leva derrière le bureau. Il supposait que M. Keller était venu lui parler de sa situation conjugale ; peut-être même le réprimander pour avoir tenu tête à Céline. Gorski n'avait jamais bien su dans quelle mesure il devait sa nomination comme commissaire à l'influence de son beau-père. Le sujet n'avait jamais été ouvertement abordé, mais au fil des ans Gorski avait compris à un certain nombre de petites remarques qu'il était censé lui être redevable. De temps en temps, après le déjeuner dominical, Keller invitait Gorski à fumer un cigare avec lui dans le jardin de la maison familiale et le cuisinait sur les enquêtes en cours. Il n'était jamais clair d'où il tirait ses informations, mais Keller avait à l'évidence des sources à l'intérieur du commissariat ; Schmitt, sans doute. Gorski n'aimait pas cette ingérence, mais il n'avait jamais le cran de repousser les questions de Keller, et leurs échanges le laissaient toujours avec le sentiment d'avoir été souillé.

Keller retira son écharpe de maire et la jeta sur le fauteuil près de la fenêtre.

« Ridicule, ce déguisement, commenta-t-il, mais il faut bien faire un peu de cinéma pour nos administrés, hein ? »

Il désigna du doigt le placard derrière Gorski et fonça droit dessus. Il en sortit une carafe de cognac, la déboucha et en renifla le contenu.

« Qui sait depuis combien de temps c'est là », marmonna-t-il.

Gorski eut l'impression que la disposition de la pièce ne lui était pas étrangère. Peut-être Barthelme et lui y avaient-ils passé quelques soirées à discuter des affaires de la ville.

Il servit deux verres généreux et en tendit un à son gendre. Ils trinquèrent. Keller recula de deux pas s'appuyer contre le bureau.

« Alors comme ça, il paraît que vous mettez votre nez dans les affaires de ce bon vieux Barthelme », dit-il.

Le « il paraît » était évidemment calculé. Gorski ne répondit pas. Keller haussa les sourcils d'un air interrogateur. Gorski était amer ; il avait l'impression d'avoir été convoqué dans le bureau du directeur et accusé d'une bêtise qu'il n'avait pas faite.

« Je suis bien obligé d'enquêter sur les circonstances de sa mort », finit-il par dire.

Keller feignit la surprise.

« Ah bon ? fit-il. J'avais cru comprendre qu'il s'agissait d'un accident. »

Il présentait ça comme de la simple curiosité.

Gorski garda le silence.

« Bien sûr, je vous connais, Georges, poursuivit-il d'un air guilleret. Vous ne pouvez pas commenter une affaire en cours, tout ça. Pas de problème. C'est juste que certaines personnes s'inquiètent que… »

Il pesa ses mots.

« … que vous ne fassiez de l'excès de zèle.

— Je ne vois pas ce que vous voulez dire, répliqua Gorski, impassible.

— Oh, je crois que si, Georges », rétorqua Keller, son ton enjoué brusquement envolé.

Il vida son verre et haussa les épaules. Il avait dit ce qu'il avait à dire.

« Je ferais mieux de retourner en bas », annonça-t-il.

Comme il atteignait la porte, il s'aperçut qu'il avait oublié son écharpe. Il la plia et la fourra dans la poche de sa veste.

« Ah, et essayez donc d'arranger les choses avec Céline, ajouta-t-il, la main sur la poignée. Elle nous rend dingues, Hélène et moi. »

Lorsqu'il fut sorti, Gorski laissa échapper un long soupir. Il se posa une main sur le front et se massa les tempes. Puis il se resservit du cognac et resta debout à écouter le murmure des mondanités à l'étage du dessous. Il aurait aimé avoir quelques minutes en tête à tête avec Lucette, mais rien n'indiquait que la réception touchait à sa fin. S'il était honnête avec lui-même, c'était ça, et non l'espoir de découvrir quelque chose de nouveau sur Barthelme, qui l'avait poussé à venir aux funérailles.

17

Dès qu'il descendit de la limousine avec sa mère, Raymond se rendit compte que le personnage central de ces obsèques n'était pas son père, mais lui. Le cercueil n'était guère plus qu'un accessoire autour duquel se jouait la représentation. Lucette lui prit la main alors qu'ils remontaient l'allée en direction de la petite chapelle. Elle était ravissante dans sa tenue de deuil. C'était la première fois que Raymond la voyait en noir. Le petit flic fumait une cigarette sur le bas-côté. Près du muret délimitant le cimetière, un manœuvre était appuyé sur sa pelle au bord d'une tombe fraîchement creusée. Il ôta sa casquette au passage de Raymond et de sa mère. Il s'était mis à pleuvoir à grosses gouttes. Les gens qui attendaient à l'entrée de la chapelle inclinèrent la tête d'un air grave. Raymond les imita. Il se sentait ridicule. Mais son costume neuf aidait. Il l'avait essayé la veille au soir devant le miroir à l'intérieur de sa penderie. Sa mère avait insisté pour qu'il descende le lui montrer au salon. Elle avait essuyé une larme et lui avait dit qu'il était très beau. Même Thérèse avait paru impressionnée. Il avait le sentiment d'être un comédien enfilant son costume pour la première d'une pièce.

Le prêtre les accueillit. Lucette, qui, à la connaissance de Raymond, ne croyait pas en Dieu, le salua d'une petite révérence. À l'intérieur, il fut surpris de constater que tous les bancs étaient pris. Et tout ça pour son père, qui ne se montrait presque jamais en société, n'avait jamais un mot gentil pour personne, et que personne n'aimait. Même le maire de la ville était là, affublé d'une grotesque écharpe de cérémonie. Comme il s'approchait d'eux pour leur présenter ses condoléances, Raymond remarqua qu'il avait la braguette ouverte.

Pendant le service, Raymond ne fit pas l'effort d'écouter les propos du prêtre. Lucette gardait sa main serrée dans la sienne mais ne paraissait pas particulièrement bouleversée. Elle semblait lui avoir pardonné son mensonge au sujet des deux cents francs. En tout cas, elle n'avait pas reparlé de l'incident. Raymond regardait le cercueil contenant la dépouille de son père. Il était conscient de la solennité du moment, mais il ne ressentait pas grand-chose à part le courant d'air froid dans son dos. Dès son plus jeune âge, il avait appris à ne rien attendre de son père. S'il avait renoncé à essayer de lui plaire, c'était pour se protéger de la déception qu'il éprouvait quand il ne voyait pas venir son approbation. Un jour, alors qu'il avait sept ou huit ans, ils étaient allés déjeuner en famille à Ferrette. C'était un dimanche de printemps, peut-être à Pâques. Le temps était doux et ils avaient mangé à la terrasse d'une auberge, avec vue sur le jardin. Son père était d'une humeur exceptionnellement loquace. Il avait ôté sa veste et commandé un deuxième pichet de vin blanc. Raymond remarqua les gouttelettes qui s'étaient formées sur le verre froid, et Bertrand lui expliqua le processus de la condensation. Après le repas, ses parents restèrent à table et Raymond fut autorisé à aller jouer un peu plus loin. Au bout du jardin se trouvait une grande mare. Raymond fut enchanté de découvrir qu'elle était peuplée de grenouilles et de tritons. Oubliant qu'il portait son plus beau costume, il s'allongea sur le ventre au bord de l'eau et tendit la main. Au bout d'un moment, une grenouille vint s'y poser. Raymond observa la pulsation de sa gorge et le lent clignement de ses yeux. Sa peau n'était pas plus épaisse qu'une membrane. Brusquement, une idée lui vint. Il courut dans les cuisines de l'auberge demander un bocal, qu'il remplit d'eau de la mare et d'un peu de frai. Il y avait un bassin au fond du jardin de la maison familiale. Il en ferait sa propre colonie de grenouilles. Quand vint l'heure du départ, son père lui demanda ce qu'il cachait dans son dos. Il prit le bocal des mains de Raymond et le vida dans l'herbe au bord du parking. Puis il lui ordonna d'aller le rendre en cuisine. Raymond pleura pendant tout le trajet du retour. Le temps qu'ils arrivent à la maison, il avait mal à la gorge et il hoquetait. Plus tard, son père monta le voir dans sa chambre. Il s'assit sur le bord de son lit et lui expliqua que les têtards seraient morts de toute façon et qu'il n'avait pas voulu que Raymond s'attache à eux. Il lui posa alors une main sur le front et s'excusa.

Le lendemain, Me Barthelme rentra du travail plus tard que d'habitude. Il remit à Raymond un bocal de frai de grenouille, qu'il était sans doute retourné chercher à l'auberge. Raymond le dévisagea d'un air hésitant. Il ne voulait pas de ce bocal de frai. Ce n'était pas celui qu'il avait recueilli lui-même. Les grenouilles qui en sortiraient ne seraient pas ses grenouilles. Il comprit néanmoins que son père faisait ce geste pour se racheter. Il le remercia et prit le bocal. Lorsqu'il le souleva à hauteur de ses yeux, il vit qu'il ne contenait pas seulement du frai, mais aussi des têtards déjà éclos. Après dîner, son père l'aida à nettoyer une partie de la vase dans le bassin au fond du jardin et à le remplir d'eau fraîche. Pour finir, Raymond y versa le contenu du bocal et regarda les têtards frétiller dans leur nouvel habitat. Pendant la semaine suivante, il passa tout son temps après l'école accroupi près du bassin à observer ses petits protégés. Le frai fondit peu à peu et fut remplacé par d'autres têtards. Quelques jours plus tard, cependant, tous les têtards étaient morts, mangés par les oiseaux ou flottant à la surface de l'eau.

Alors que Raymond contemplait le cercueil devant lui, il sentit un sanglot monter dans sa poitrine. Il se força à avaler sa salive pour le réprimer. Il avait des spasmes dans la gorge, comme s'il allait vomir. Ses yeux le brûlaient. Il serra les dents de toutes ses forces. C'était comme si, même dans cet ultime instant, son père avait le dessus. Il s'aperçut qu'il agrippait la main de sa mère plus fort qu'avant. Une larme roula sur sa joue. Il ferma les paupières. Lucette l'attira contre elle. Raymond s'en voulait terriblement. Il imaginait son père se moquer de lui. Lucette lui tendit un petit mouchoir brodé qu'elle avait sorti de son sac et dont elle-même n'avait pas eu besoin.

Ce fut plus facile une fois de retour chez eux. Ses parents n'ayant pas l'habitude de recevoir, Raymond n'avait jamais vu la maison aussi pleine. Thérèse s'agitait dans tous les sens afin de superviser le personnel embauché pour l'occasion. Après un premier temps où un tas de gens avaient défilé pour venir lui serrer la main et lui présenter leurs condoléances, plus personne ne faisait désormais attention à lui. Il pouvait boire autant de vin qu'il voulait. L'ambiance devint de moins en moins lugubre à mesure que les invités oubliaient la raison de cette réunion. Raymond passa de l'entrée au salon. Une des serveuses lui plaisait beaucoup ; une brunette aux yeux marron. Elle s'acquittait de sa tâche avec efficacité mais sans le moindre signe de servilité. Il l'observait de plus en plus ouvertement, mais elle ne le voyait pas, ou faisait semblant de ne pas le voir. Plus ça allait, plus il était clair qu'elle l'ignorait délibérément. Il la suivit dans l'entrée lorsqu'elle sortit pour regarnir son plateau. Elle disparut dans la cuisine et, comme Thérèse montait la garde devant la porte, il n'osa pas lui emboîter le pas. Alors qu'il déambulait parmi les convives en attendant qu'elle revienne, il fut surpris de voir le maire sortir du bureau de son père sur le palier de l'étage. Il ne comprenait pas bien ce qu'il avait pu y faire. L'officiel s'arrêta au pied des marches pour serrer des mains. Personne ne remarqua Raymond quand il monta l'escalier.

Il poussa la porte restée entrouverte. Le petit flic était debout derrière le bureau, un verre de cognac à la main.

« Qu'est-ce que vous faites là ? » demanda Raymond, enhardi par l'alcool qu'il avait bu.

Gorski ignora sa question et répondit à la place qu'il avait été impressionné par la manière dont Raymond s'était tenu pendant l'enterrement. Raymond ne dit rien. Gorski traversa la pièce et ferma la porte.

« Puisque vous êtes là, reprit-il, autant en profiter pour avoir une petite conversation. »

Il guida Raymond jusqu'au fauteuil près de la fenêtre. Ce dernier rechignait à se laisser faire. Il n'aimait pas la façon qu'avait Gorski de se comporter comme s'il était chez lui. Il s'assit néanmoins à la place qu'il lui désigna. Le flic s'appuya contre le mur à côté de lui. Raymond avait l'impression qu'il allait le soumettre à un interrogatoire. Gorski sortit ses cigarettes de sa poche et s'en alluma une avant de tendre le paquet à Raymond, qui secoua la tête.

« Vous ne fumez pas ?

— Non, répondit Raymond.

— Les taches jaunes sur vos doigts disent le contraire. »

Raymond ne put s'empêcher de regarder ses mains pour vérifier. Gorski se tut pendant quelques instants. Il laissa tomber sa cendre sur le parquet.

« Je pensais que vous pourriez peut-être m'éclairer sur l'emploi du temps de votre père le soir de l'accident », finit-il par dire.

Raymond le regarda. Le flic avait une expression placide qui l'agaçait au plus haut point.

« Pourquoi ça ? » demanda-t-il.

Gorski s'écarta du mur et vint se poster devant Raymond.

« Vous savez, naturellement, que votre père n'était pas là où il le prétendait, le soir de l'accident ; que son petit club était une pure invention. Vous avez bien dû réfléchir à l'endroit où il pouvait être.

— Non », rétorqua Raymond avec un haussement d'épaules.

Gorski pencha la tête sur le côté pour indiquer qu'il était surpris par la réponse de Raymond ; ou qu'il ne le croyait pas.

« Vous me pardonnerez de ne pas trouver ça très crédible », dit-il.

Raymond comprit alors – bien sûr ! – que le flic

avait dû fouiller dans les tiroirs du bureau de son père et y trouver le bout de papier qu'il avait soigneusement remis à sa place. Peut-être savait-il tout de ses excursions rue Saint-Fiacre ; des deux cents francs dérobés à la cuisine ; et du couteau volé qui dormait dans sa sacoche au fond de sa penderie dans la pièce d'à côté. Si Gorski ne l'accusait pas directement, c'était pour lui laisser l'opportunité de tout avouer de son propre chef.

« Mon père et moi n'étions pas proches, dit-il, regrettant même d'avoir à faire cette infime confidence à ce flic qui, d'après lui, n'avait aucun droit de venir fourrer son nez dans les affaires de son père.

— N'empêche, insista Gorski, j'aurais pensé que vous seriez curieux de savoir où il passait toutes ces soirées.

— Curieux ou pas, je n'en sais pas plus que vous.

— Je ne vous ai rien dit de ce que je savais ou pas, fit remarquer Gorski avec douceur. Nous parlons de ce que vous, vous savez.

— Eh bien, je ne sais rien. »

Avait-il une vraie raison de ne pas mentionner ses excursions à Mulhouse ? Si ce n'est qu'elles n'avaient rien donné. Après tout, qu'importait qu'il ait trouvé une adresse sur un bout de papier dans le bureau de son père ? Il n'y avait aucune preuve qu'il y soit jamais allé. Mais il y avait aussi autre chose : si son père avait choisi de garder une partie de sa vie secrète, n'était-ce pas son droit le plus strict ? Malgré tout, Raymond ressentait une certaine loyauté à son égard. En tout cas, il n'avait aucun scrupule à ne rien divulguer à ce petit flic enjôleur.

Gorski l'observait attentivement.

« Vous n'avez jamais eu aucune conversation avec votre père qui ait pu vous faire penser qu'il mentait sur ses activités du mardi soir ?

— Non.

— Vous ne l'avez jamais soupçonné d'avoir une maîtresse, par exemple ? »

Raymond émit un petit ricanement nasal afin de donner l'impression qu'il trouvait l'idée ridicule.

« Il n'a jamais fait d'allusion sur d'éventuels déplacements à Strasbourg ?

— À Strasbourg ? Non.

— Autre part, alors ? » rebondit aussitôt Gorski.

Raymond se sentit rougir. Il était en train de se faire piéger.

« Vous croyez vraiment que si mon père avait une maîtresse, il m'en aurait parlé ?

— Non, fit Gorski en secouant la tête, mais quand trois personnes vivent sous le même toit, il leur est très difficile de se cacher des choses. Dites-moi, par exemple, votre mère est-elle au courant que vous fumez ?

— Je ne sais pas.

— Pour le dire autrement, est-ce que vous lui cachez le fait que vous fumez ? »

Raymond ne répondit pas. Gorski opina à cet aveu tacite.

« Pourtant, reprit-il, elle a forcément remarqué ces taches jaunes sur vos doigts. Si elle n'a jamais évoqué le sujet, c'est parce que vous choisissez tous les deux d'accepter un mensonge. C'est parfaitement normal. Les gens n'aiment pas le conflit. Sans en avoir jamais parlé ensemble, elle sait que vous fumez et vous savez qu'elle sait que vous fumez, mais vous choisissez de faire semblant. De la même manière, je pense que vous savez où était votre père le soir de sa mort.

— Non, je ne sais pas ! » assena Raymond un peu trop vivement.

Il voulut se lever, mais Gorski secoua la tête et tendit une paume en avant. Il fit un pas de plus vers Raymond, de sorte que leurs pieds se touchaient presque, à présent.

« Vous n'étiez pas né que j'étais déjà policier, déclara-t-il. Ça fait vingt-cinq ans qu'on me ment. Et quand votre métier est de voir des gens qui vous mentent à longueur de journée, vous devenez assez bon pour détecter les signes. Par exemple, tout à l'heure, quand je vous ai demandé si votre père avait jamais mentionné de déplacements à Strasbourg, vous avez levé les yeux vers le coin en haut à gauche. Bien sûr, vous ne vous en êtes pas rendu compte. C'est un réflexe. Et vous savez ce que ça m'a appris ? Ça m'a appris que vous mentiez. Que vous vous souveniez de quelque chose que vous n'avez pas voulu partager avec moi. Et ce n'est pas grave. À proprement parler, vous n'êtes pas obligé de me dire quoi que ce soit. Mais n'allez pas croire que je ne sais pas que vous me cachez quelque chose. »

Il recula d'un pas pour indiquer à Raymond qu'il pouvait partir.

« Je me moque de ce que vous pensez, rétorqua ce dernier.

— Si vous vous en moquiez, vous ne me mentiriez pas. »

Gorski eut un petit sourire.

« Je vous garde à l'œil », ajouta-t-il alors que Raymond quittait la pièce.

Raymond s'appuya contre la balustrade du palier. Il avait le front qui palpitait. En bas, les invités continuaient à profiter de la réception. L'atmosphère était devenue assez conviviale. Un type en costume bleu racontait une blague salace à un groupe d'hommes rassemblés autour de la table du buffet. Il était clair que personne ne se souciait que son père soit mort. La jolie serveuse se tenait dans l'embrasure de la porte du salon, avec l'air de s'ennuyer ferme.

18

Schmitt ne leva pas les yeux de son journal.

« Votre petit copain a encore appelé », dit-il.

Gorski n'eut pas besoin de lui demander de qui il parlait. Cela faisait trois jours que Lambert essayait de le joindre. S'il ne l'avait pas rappelé, c'était en partie pour lui signifier qu'il n'était pas à sa disposition, mais aussi parce qu'il n'avait pas envie de devoir admettre qu'il n'avait pas encore réussi à se procurer les relevés de compte de Bertrand Barthelme. Gorski répondit à Schmitt par un bref hochement de tête et lui demanda de lui envoyer Roland.

« Le Poulain, vous voulez dire ? » rétorqua Schmitt.

Gorski le dévisagea d'un air hébété.

« Le Poulain ? répéta-t-il.

— C'est comme ça que tout le monde l'appelle.

— Ah, oui, le Poulain, bien sûr », dit Gorski, ne voulant pas apparaître comme le seul à ignorer la blague.

Dans son bureau, Gorski composa le numéro du commissariat de Strasbourg avant même d'être assis. Il ne pouvait décemment pas repousser plus longtemps le moment de rappeler Lambert. La standardiste transféra son appel au département investigation. Pendant qu'il patientait, Gorski coinça le combiné avec son épaule et enleva tant bien que mal son imper. Il le jeta sur le dossier de son fauteuil et s'alluma une cigarette. Une voix au bout du fil finit par l'informer que Lambert n'était pas à son poste. Ça tombait bien. Gorski raccrocha et s'assit. Les rapports sur la mort de Barthelme étaient toujours posés sur son bureau. Il hésita à les parcourir à nouveau. Parfois, un détail crucial ne vous apparaissait qu'à la troisième ou quatrième lecture.

Quelqu'un toussota sur le pas de la porte. Gorski releva la tête. C'était Roland.

« Je ne savais pas si je devais… commença-t-il. Je ne voulais pas interrompre votre coup de téléphone. »

Il était nerveux, s'attendant sans doute à se faire réprimander pour quelque faute qu'il aurait commise. C'est vrai qu'il ressemblait à un poulain. Il avait un étroit visage chevalin, les yeux trop écartés, de longues jambes dégingandées qui donnaient l'impression qu'elles pouvaient se dérober sous lui à tout moment. Cette allure reconnaissable n'était pas idéale pour la mission que Gorski s'apprêtait à lui confier, mais il n'avait pas le choix.

Gorski lui dit de fermer la porte et de venir s'asseoir. Il lui offrit une cigarette, que l'autre déclina. Roland semblait réticent à l'idée de s'asseoir en présence de son supérieur, mais il finit par s'exécuter. Son uniforme était immaculé. Gorski se rendait bien compte qu'il aurait été facile de l'intimider. Il avait la fébrilité de quelqu'un qui ne veut surtout pas déplaire. Chaque fois que Gorski le voyait dans les espaces communs du commissariat, il paraissait mal à l'aise. Il l'aimait bien.

« Vous vous souvenez de la course dont je vous ai chargé récemment ? demanda Gorski.

— Oui, répondit Roland d'un air hésitant.

— Pendant le trajet, avez-vous parlé à Mme Barthelme ou à son fils ? »

Roland secoua la tête.

« À peine un mot. Je ne pensais pas… »

Il semblait toujours persuadé qu'il avait quelque chose à se reprocher.

Gorski écrasa sa cigarette et lui demanda quel âge il avait.

« Vingt-trois ans.

— J'imagine que vous aimeriez devenir inspecteur, un jour. »

Roland opina.

« Vous avez été formé à la surveillance ?

— Un peu. »

Gorski lui demanda alors de lui décrire Raymond Barthelme. Ce qu'il fit avec une très grande précision, jusqu'à la couleur de ses yeux et aux vêtements qu'il portait.

« Très impressionnant », commenta Gorski.

Roland regarda ses mains.

« Je m'imagine toujours que je pourrais être appelé à témoigner dans un procès, alors j'essaye de mémoriser tout ce que je peux. »

Gorski sourit. Il se reconnaissait dans ce jeune flic sérieux. Il lui donna pour consigne de rentrer chez lui et d'enfiler une tenue passe-partout. Jusqu'à contrordre, il était chargé de la filature de Raymond Barthelme.

« Appelez le commissariat toutes les trois ou quatre heures. Si je ne suis pas là, vous pouvez faire votre rapport à Schmitt, mais ne mentionnez jamais Barthelme par son nom. Dites "le sujet". »

Roland était visiblement ravi de cette revalorisation de ses fonctions. Il hocha vigoureusement la tête et assura Gorski de sa discrétion.

Une fois Roland parti, Gorski resta assis à son bureau. Il caressa du bout des doigts la pochette en kraft contenant le rapport d'autopsie de Bertrand Barthelme. Il était intrigué par ce qu'il avait appris sur la jeunesse de Barthelme. Nul ne pouvait nier que son passé haut en couleur dans la ville où Véronique Marchal avait été assassinée faisait de lui un suspect plus plausible. La froideur – voire la cruauté – de ses relations avec sa femme permettait par ailleurs de l'imaginer plus facilement s'adonner au genre de pratiques sexuelles ésotériques suggérées par les liens en soie attachés au lit de Mlle Marchal. Il était en outre, à l'évidence, un homme capable de duplicité. Cependant, rien de tout ça ne constituait une preuve, et si Gorski était réticent à partager ces informations avec Lambert, c'est parce qu'il savait bien que son confrère de Strasbourg serait beaucoup moins regardant. En l'état actuel des choses, le seul élément de preuve était le témoignage de Weismann qui prétendait avoir vu Barthelme dans l'escalier. Lambert n'avait peut-être aucun scrupule sur la façon dont il lui avait soutiré cette déclaration, mais Gorski imaginait la facilité avec laquelle même le plus médiocre des avocats pourrait démolir le témoignage du vieil historien. Pourtant, Gorski ne pouvait pas tout mettre sur le dos de Lambert. Il avait été le premier à proposer Barthelme comme suspect. Mais il y avait quand même un point sur lequel Lambert avait raison : si Barthelme était un client de Véronique Marchal, sans doute que cela transparaîtrait d'une façon ou d'une autre sur ses relevés de compte. Et, par la même logique, si ces derniers ne laissaient apparaître aucune transaction inexpliquée, ce serait un coup porté au fragile édifice de Lambert.

Il était clair que, sans la paperasse nécessaire,

Me Corbeil ne permettrait jamais l'accès aux archives de son ancien associé. À la place, Gorski décida donc de faire la tournée des banques de la ville. C'était le genre de tâche méthodique qu'il affectionnait et, en un certain sens, il aurait été déçu de réussir du premier coup. La Société générale de la rue de Mulhouse était le troisième établissement qu'il visitait. Gorski expliqua la nature de sa visite à la guichetière. C'était une fille quelconque, d'une vingtaine d'années à peine, qui avait visiblement des problèmes de peau. Elle parut troublée à la vue de la carte de police de Gorski, comme si c'était elle qu'on accusait de quelque chose. Elle fouilla docilement dans un meuble à dossiers suspendus derrière elle avant de confirmer que les comptes de Bertrand Barthelme étaient bien domiciliés dans cette agence.

« Mais je ne suis pas sûre d'être autorisée à… »

Elle avait l'air gênée.

Son nom était écrit sur un badge épinglé à son chemisier.

« Peut-être que je pourrais parler au directeur, Caroline ? suggéra Gorski.

— Oui, bien sûr », dit-elle, soulagée de se débarrasser du problème.

Quelques instants plus tard, elle fit entrer Gorski dans la pièce derrière le guichet. Une femme d'une quarantaine d'années, au visage anguleux, était debout derrière un bureau. Une paire de lunettes pendait à une chaîne autour de son cou. Gorski se souvenait d'elle d'une affaire précédente.

« Mademoiselle Givskov, dit-il. Je vous félicite pour votre promotion.

— C'est seulement temporaire, répondit-elle sèchement.

— Ah », fit Gorski.

Bien qu'elle ne l'ait pas invité à le faire, il s'assit sur la chaise en face du bureau. Mlle Givskov resta debout.

« Je crains que votre requête ne soit pas dans les règles, inspecteur, dit-elle.

— En effet, répliqua-t-il d'un ton guilleret. Vous êtes pressée de partir ? »

Mlle Givskov s'assit prudemment, comme si son fauteuil était posé sur une trappe.

« Je suppose que vous connaissiez Me Barthelme, reprit Gorski.

— Seulement en tant que client, précisa-t-elle, comme s'il avait insinué qu'elle avait pu être sa maîtresse.

— Certes, mais vous savez sans doute que c'était un personnage éminent de Saint-Louis. Peut-être connaissez-vous aussi son épouse, Lucette ?

— Non.

— Une femme charmante. Dévastée par le décès de son mari, bien sûr. »

Conscient de la théâtralité de son geste, il rapprocha alors sa chaise du bureau de Mlle Givskov et lui expliqua à voix basse que certaines circonstances entourant la mort du notaire justifiaient une enquête. Lucette Barthelme tenait à ce que ces investigations soient menées dans la plus grande discrétion, et Gorski ne voulait pas ajouter à la douleur de son deuil.

« Bien entendu, dit-il, je pourrais très facilement obtenir un mandat pour le faire, mais cela supposerait de rendre les choses publiques, et c'est précisément ce que Mme Barthelme souhaite éviter. »

Mlle Givskov le dévisagea quelques instants. Elle portait un chemisier et un cardigan en laine bleu clair qui s'effilochait au poignet de sa manche gauche. Gorski lui adressa son sourire le plus avenant.

« Peut-être que si je savais quelque chose des circonstances auxquelles vous faites allusion… » répondit-elle.

Il lui sourit d'un air contrit.

« Je vous en aurais parlé bien volontiers, si ce n'était la nécessité d'éviter tout scandale inutile. »

Le mot « scandale » alluma une étincelle d'excitation dans l'œil de Mlle Givskov, qu'elle réprima aussitôt. Les doigts de sa main droite se mirent à triturer la manche opposée de son cardigan.

« Une telle demande requiert l'approbation du siège », indiqua-t-elle.

Gorski avait l'habitude du ton protocolaire que les gens adoptaient quand ils ne voulaient pas prendre eux-mêmes la responsabilité de leurs actes. Elle tendit la main vers le téléphone sur son bureau.

Gorski pinça les lèvres et secoua la tête.

« Je crois qu'il vaut mieux que ça reste entre vous et moi, dit-il. Je peux vous assurer que Lucette Barthelme vous en sera reconnaissante, et je suis sûr que vous souhaiteriez garder ses comptes dans votre agence. J'imagine que le siège verrait d'un mauvais œil la perte d'une cliente aussi précieuse, si jamais vous vouliez rester au poste que vous occupez actuellement. »

Gorski fit claquer ses mains sur ses genoux. Il n'eut pas besoin d'en dire davantage. Mlle Givskov se leva et se dirigea vers un meuble de rangement sur sa gauche. Elle chaussa ses lunettes et sortit un dossier du premier tiroir. Elle détourna la tête en le remettant à Gorski, comme pour se distancier de ce qu'elle était en train de faire.

« Merci », dit-il.

Il aurait aimé rester seul le temps d'en parcourir le contenu, mais il ne voulait pas abuser de la patience de Mlle Givskov. Elle s'affaira dans la pièce, s'occupant à des tâches inexistantes. Il ne fallut que quelques secondes à Gorski pour tomber sur ce qu'il espérait précisément ne pas trouver. À 11 h 30 le matin de l'accident, Bertrand Barthelme avait retiré une grosse somme sur son compte. Gorski tourna les pages du document. Des montants similaires, qui augmentaient légèrement au fil des années, avaient été retirés aussi loin que les relevés remontaient.

Mlle Givskov le surveillait du coin de l'œil.

« Je vois que Me Barthelme faisait des retraits réguliers tous les mardis, déclara Gorski. Venait-il les faire en personne ?

— Personne d'autre n'avait l'autorisation d'accéder à son compte », répondit Mlle Givskov sans le regarder.

Gorski la remercia et se leva. Alors qu'elle le raccompagnait vers la sortie, il lança, suffisamment fort pour que tous les autres employés l'entendent :

« Bien sûr, je comprends votre besoin de protéger la vie privée de votre client, mademoiselle. »

Une expression de gratitude passa sur le visage de Mlle Givskov.

Une fois dehors, Gorski prit une grande inspiration et rentra au commissariat à pied. Assis à son poste de travail, il resta un moment à fixer le téléphone en pianotant sur son bureau. Il s'alluma une cigarette et se releva pour aller la fumer à la fenêtre. La vieille dame au Caddie cabossé marchait tout doucement sur le trottoir d'en face. Elle s'arrêta quelques instants, comme si elle était littéralement épuisée, puis se remit en route. Gorski la suivit du regard jusqu'à ce qu'elle disparaisse au bout de la rue. Il se souvint qu'il n'était pas allé voir sa mère depuis plusieurs jours.

Il se rassit. Il n'avait d'autre choix que de rapporter ses découvertes à Lambert. Ne pas le faire reviendrait à dissimuler des faits dans une enquête en cours. Alors pourquoi éprouvait-il une telle réticence ? À peine une semaine plus tôt, rien n'aurait pu le réjouir davantage que de fournir des informations à son collègue de la ville dans une affaire d'homicide. Pourtant, il était tourmenté à l'idée de déclencher une série d'événements en chaîne sur lesquels il n'aurait plus aucun contrôle. Il était important de bien réfléchir aux implications de ce qu'il avait découvert. Lui-même en avait aussitôt tiré la conclusion que Barthelme avait procédé à ces retraits d'argent pour rémunérer les services de Véronique Marchal. Mais ce n'était jamais qu'une hypothèse. Il avait pu utiliser cet argent pour un tas d'autres raisons. Sauf que Lambert, lui, ne s'embarrasserait pas de telles précautions.

Gorski écrasa sa cigarette. S'il n'était pas question de garder pour lui ces informations, rien ne l'obligeait à appeler Lambert dans la minute. Il irait d'abord rendre visite à sa mère. Ça lui laisserait un peu de temps pour clarifier ses idées.

Alors qu'il sortait du commissariat, une BMW bleu foncé se gara sur un des emplacements réservés devant le bâtiment. Gorski s'arrêta en haut des marches. Lambert descendit de la voiture.

« Georges ! s'exclama-t-il. Je ne m'attendais pas à un tel comité d'accueil. Me voici donc dans le bon royaume de Saint-Louis. »

Gorski jeta un coup d'œil autour de lui. Il y avait quelque chose d'incongru à voir Lambert dans le décor terne de la rue de Mulhouse, comme si un animal exotique s'était échappé d'un zoo et rôdait dans les rues. Il descendit jusqu'au trottoir pour lui serrer la main.

« Comme je n'avais pas de nouvelles, je me suis dit que j'allais venir faire un tour en voiture, sentir un peu l'ambiance. Tu partais quelque part ? »

Gorski n'eut pas la présence d'esprit d'inventer un mensonge.

« J'allais juste rendre visite à ma mère, dit-il, en le regrettant aussitôt. Elle n'est pas très en forme, ces derniers temps, ajouta-t-il, comme si ça pouvait justifier qu'il s'absente en plein milieu d'après-midi.

— Je suis sûr que cette chère Mme Gorski peut attendre, pas vrai ? rétorqua Lambert. Tu connais un endroit pour un tête-à-tête dans le coin ? »

Gorski n'avait aucune envie d'expliquer à Schmitt ni à personne d'autre ce qu'un inspecteur de Strasbourg fabriquait à Saint-Louis. Aussi décida-t-il d'emmener son confrère au Pot. Il sortit une cigarette et l'alluma. Lambert en fit autant.

Tout chez le Strasbourgeois avait pour effet de souligner la morosité ambiante. Son visage était trop beau, son costume trop bien coupé, ses cheveux trop blonds et bien coiffés. Même sa démarche assurée lui donnait l'air d'un acteur déambulant dans un décor raté. À Saint-Louis, il est mal vu de se tenir droit ou de marcher d'un pas décidé dans la rue comme si on contrôlait son destin. Quand quelqu'un demande comment vont les affaires, la réponse habituelle est « Ça pourrait être pire » ou « On survit ». Toute réaction plus positive serait interprétée comme de la vantardise. La réussite personnelle se doit d'être présentée comme un incroyable coup de chance, et mentionnée seulement sous la contrainte. C'est considéré comme une grande infortune que d'avoir une fille trop jolie ou un fils trop intelligent. À Saint-Louis, comme dans tous les trous perdus de province, les habitants sont plus à l'aise avec l'échec. Le succès ne sert qu'à rappeler aux autres leurs propres déficiences et doit donc être vivement condamné. Aussi, en s'efforçant de suivre le rythme fringant de Lambert, Gorski était-il doublement gêné : d'une part, parce qu'il n'avait pas envie d'être vu en compagnie de quelqu'un qui enfreignait si ouvertement l'idéologie locale de la médiocrité ; d'autre part, parce qu'il avait honte que Lambert se rende compte de la modestie de sa circonscription.

Il fut donc soulagé d'arriver au Pot, un endroit qui faisait vertu de son aspect miteux. Bien entendu, Lambert n'y entra pas avec l'humilité traditionnelle des habitués du lieu, et tous les regards se tournèrent aussitôt vers lui. Tous les regards, à savoir ceux des trois personnes présentes : le patron, Yves, habillé avec son mépris coutumier pour les normes d'hygiène ; Lemerre, dont le salon se trouvait un peu plus loin dans la rue et qui passait régulièrement s'en jeter un petit entre deux clients ; et un ancien professeur d'une cinquantaine d'années qui ne levait que rarement les yeux de son journal.

« Bonjour, messieurs », lança Lambert d'un ton jovial, piétinant ainsi sans complexe la loi du silence qui régnait parmi eux.

Le professeur plongea le nez dans son exemplaire de *L'Alsace*. Lemerre se tourna vers Yves et marmonna quelque chose dans sa barbe. Yves répondit au salut de Lambert par un imperceptible hochement de tête avant de leur demander ce qu'ils voulaient.

« Deux bières, annonça Gorski dans une tentative de redressement de la situation.

— Merveilleux, ce troquet, commenta Lambert alors qu'ils s'installaient à la table habituelle de Gorski. Je parie que tu ne débourses jamais un centime quand tu viens ici. »

Gorski plaça sa main en visière, comme pour se protéger du soleil. Il s'alluma une autre cigarette et tendit le paquet à Lambert. Yves déposa les deux chopes devant eux.

« Tenez, apportez-moi un de vos hot dogs, pendant que vous y êtes, ajouta Lambert en désignant la machine au bout du comptoir qui donnait au bar son odeur caractéristique. Et soyez gentil d'allumer la radio. On voudrait avoir une conversation privée. »

Yves le dévisagea d'un air impassible avant de répondre par un simple mot :

« Moutarde ?

— Beaucoup, acquiesça Lambert. Et un deuxième pour mon ami. Il a l'air d'avoir faim. »

À la grande surprise de Gorski, Yves s'exécuta et le son métallique de la musique pop adoucit quelque peu l'atmosphère.

Gorski s'avança vers la table.

« Alors, qu'est-ce qui t'amène ? » s'enquit-il.

Lambert but une gorgée de sa bière.

« Tu ne m'as pas rappelé, dit-il. Je commençais à croire que tu m'évitais.

— Pas du tout, se défendit Gorski. J'étais occupé, c'est tout.

— Occupé à rendre visite à ta mère ? »

Les hot dogs arrivèrent sur des assiettes en carton. Lambert mordit dans le sien à pleines dents et de la moutarde lui coula sur le menton. Il l'enleva d'un revers de main.

« Où en est l'enquête ? » voulut savoir Gorski.

Lambert hocha la tête un long moment. Il avait la bouche pleine.

« Je suis retourné voir notre ami le professeur, finit-il par dire.

— Ah oui ? »

Gorski se demanda tout haut si, réflexion faite, Weismann n'était plus aussi sûr qu'avant d'avoir vu Barthelme.

Lambert engloutit la fin de son hot dog et s'essuya les lèvres avec sa serviette en papier. Il se pencha sur la table et, pour la première fois, baissa la voix. Par-dessus son épaule, Gorski voyait Lemerre et Yves tendre l'oreille pour essayer d'entendre ce qu'il disait.

« Au contraire, Georges. Il a mordu à l'hameçon comme un bleu. Je n'ai plus eu qu'à rembobiner la ligne. Tu aimes la pêche, Georges ? On devrait aller pêcher ensemble, un de ces quatre. »

Il termina son verre et fit signe à Yves de leur remettre la même chose.

« Je lui ai dit d'emblée : "Professeur, on a quelqu'un d'autre en ligne de mire, vous pouvez oublier le type que vous avez croisé dans l'escalier." Et, bien sûr, j'ai tout de suite vu qu'il était dévasté. Il m'a attrapé par la manche et m'a tiré dans son appartement. "Mais, inspecteur, il m'a fait, depuis votre dernière visite, tout m'est revenu. Je l'ai vu plusieurs fois, en fait. On s'est même échangé quelques mots de temps en temps." Alors je lui ai demandé de quoi ils avaient parlé. "Oh, on s'est salués, rien de plus, mais je suis sûr que c'était le même homme que sur la photo. Grand, barbu." Je lui ai répété que ça n'avait pas d'importance, qu'on avait quelqu'un d'autre, mais il ne voulait pas en démordre. Et là il m'a carrément affirmé avoir vu Barthelme le soir du meurtre. Il ne pouvait pas jurer de l'heure, mais il se trouve qu'il avait regardé par la fenêtre à un moment et qu'il l'avait vu entrer dans l'immeuble. J'ai continué à lui dire que ça n'avait pas d'importance, du coup il a ajouté qu'il était allé regarder par le judas et qu'il avait vu Barthelme entrer chez Mlle Marchal. L'hameçon jusqu'au fond de la gorge, je te dis, ha ha ha ! »

Gorski se força à rire en chœur.

« Et… reprit Lambert avec un clin d'œil théâtral à Gorski, il se trouve que, juste après les faits, notre brave notaire s'est arrêté dans notre bar favori, où il s'est offert un petit remontant pour se calmer les nerfs. Mon copain Bob l'a reconnu tout de suite quand je lui ai montré la photo. Il s'est enfilé deux prunes au comptoir. Apparemment, il avait l'air agité. »

Gorski se sentait nauséeux.

« Voilà mes infos, conclut Lambert. Et les tiennes ? On en est où sur le volet financier ? »

Gorski lui expliqua longuement que tous les papiers de Barthelme avaient été récupérés par son associé et que, par souci de discrétion, il avait préféré s'y prendre de façon informelle pour le moment.

« Ça me plaît », commenta Lambert.

Puis Gorski raconta par le menu comment il avait fait pour retrouver la trace des comptes de Barthelme à la Société générale, espérant noyer les retraits réguliers du notaire sous une masse de détails insignifiants et ainsi diminuer leur portée. Il finit par lâcher cette information cruciale avec un haussement d'épaules nonchalant.

Lambert le dévisagea avec un grand sourire.

« Tu es un sacré personnage, Georges, tu sais ?

— On n'a pas la preuve que tout cet argent ait fini entre les mains de Mlle Marchal, risqua Gorski.

— Pas la preuve ? répéta Lambert dans un grand éclat de rire. Et tu crois qu'il en faisait quoi, alors ? Qu'il le donnait à l'orphelinat du coin ?

— C'est juste que je ne peux pas m'empêcher de penser…

— Voilà, Georges, c'est justement ton problème, le coupa Lambert. Ça turbine trop là-dedans, dit-il en se tapotant le front exactement comme le faisait Ribéry. Tu crois que le travail de la police est une question d'intellect. Tu te trompes. Ce qu'il faut, c'est raconter une histoire. Un juge, c'est comme un enfant. Il a envie d'entendre une bonne histoire, et si tu lui en racontes une, il te trouvera les preuves qui collent. Je l'ai vu cent fois. Prenons un exemple, poursuivit-il en dressant son index en l'air. Un homme, bien sous tous rapports, est marié depuis vingt ans. Mais si tu grattes un peu la surface, tu t'aperçois que tout n'est pas exactement comme tu croyais. Sa femme et lui font chambre à part. Une fois par semaine, il retire une grosse somme d'argent, dit à sa femme qu'il dîne avec ses associés et se rend dans une ville voisine où il satisfait ses désirs les plus exotiques avec une maîtresse accommodante. Mais à un moment, ça dérape. Peut-être que la maîtresse accommodante réclame plus d'argent, ou peut-être que leurs ébats dégénèrent, mais en tout cas, notre homme bien sous tous rapports l'étrangle et s'enfuit. Sur le chemin du retour, il est brusquement submergé de remords et donne un coup de volant pour en finir. Ou peut-être que, dans son état d'agitation, il perd le contrôle de son véhicule. Ça n'a pas grande importance. Mais tu ne peux pas me dire, Georges, que ce n'est pas une histoire convaincante. »

Il étala ses grandes mains à plat sur la table pour signifier que sa version des faits était irréfutable.

« Elle est peut-être convaincante, rétorqua Gorski, mais ça ne veut pas dire qu'elle est vraie. »

Lambert émit un ricanement condescendant. Il leva sa chope et en but une longue gorgée, laissant une chenille de mousse sur sa lèvre supérieure. Quelques minutes plus tard, il recula bruyamment sa chaise et se leva pour aller aux toilettes. Gorski en profita pour payer discrètement les consommations au patron. Il raccompagna Lambert jusqu'à sa voiture, et les deux hommes se dirent au revoir sur le trottoir. Gorski attendit de le voir disparaître au loin avant de continuer sur la rue de Mulhouse.

La raison pour laquelle le propriétaire du petit bar de Lambert faisait tout ce qu'il lui demandait était parfaitement évidente. Gorski avait plus de mal à comprendre l'intérêt de Weismann. Bien sûr, il avait lui-même croisé son lot de fouineurs au fil des années ; le genre de personnes qui pensaient qu'être mêlées à une enquête de police leur conférait un certain statut. Et ce statut augmentait proportionnellement à la gravité du crime commis. Mais Gorski n'avait jamais vu de témoin fabriquer des preuves avec autant d'enthousiasme dans une affaire d'homicide. Peut-être Weismann était-il simplement un individu très influençable qui, dans son empressement à se faire bien voir de Lambert, avait fini par croire lui-même à ce qu'il racontait. Ou peut-être – et si l'on regardait les choses avec impartialité, on ne pouvait pas entièrement écarter cette hypothèse – Weismann avait-il bel et bien aperçu Barthelme le soir en question. Gorski restait tout de même sceptique et continuait à ruminer sur les motivations de l'historien.

19

Deux jours après les funérailles de son père, Raymond était debout devant le plan de travail de la cuisine, en train d'avaler son petit déjeuner. Depuis le vol des deux cents francs, Thérèse et lui avaient cessé d'échanger même les plus plates banalités. La gouvernante ne rangeait plus l'argent des courses dans le pot en pierre. Le silence entre eux était pesant. Raymond aurait très bien pu prendre son petit déjeuner ailleurs, mais cela aurait été un aveu de défaite. Au contraire, il prenait délibérément son temps devant sa tartine de confiture, pendant que Thérèse lui faisait clairement comprendre par ses mouvements et ses soupirs appuyés qu'il la gênait. Peut-être que la prochaine fois, songea Raymond, il testerait sa détermination en lançant un commentaire sur la météo ou sur un autre sujet anodin du même genre.

Raymond lui-même ne savait plus très bien à quel moment il avait renoncé à faire semblant d'aller en cours. Il avait vérifié son emploi du temps de la journée et mis les bons livres dans sa sacoche, par-dessus le couteau sans lequel il ne concevait plus de quitter la maison. Avant de partir, il monta dire au revoir à sa mère, assise dans son lit contre une pile de coussins, son plateau de petit déjeuner sur les genoux. Il n'avait pas annoncé expressément qu'il allait au lycée, mais le simple fait de passer une tête dans sa chambre à cette heure de la matinée était suffisamment explicite. Elle avait l'air contente qu'ils reprennent leur routine. Elle lui demanda de s'asseoir un moment avec elle, ce qu'il fit avant de jeter un coup d'œil à sa montre et de déclarer qu'il devait y aller. Elle lui souhaita une bonne journée. Alors qu'il sortait, elle lui suggéra d'inviter Yvette à dîner un soir prochain. Raymond le lui promit.

Il continua cette comédie jusqu'à l'angle de la rue des Trois-Rois. Il avait marché d'un bon pas, pour que personne ne puisse douter de ses intentions. En général, quand il passait chercher Yvette, elle lui ouvrait la porte en fourrant des livres dans son sac ou en finissant de se brosser les dents. Elle n'était jamais prête, et parfois elle le faisait entrer pour qu'il l'attende dans l'étroit vestibule de la maison. Il régnait toujours chez les Arnaud un joyeux désordre. Les membres de la famille demandaient constamment où était passé tel ou tel objet. Raymond croisait souvent le père d'Yvette dans l'entrée alors qu'il partait travailler, son croissant encore à la main. Sa mère s'asseyait sur les marches pour attacher ses chaussures ou se donner un dernier coup de peigne à la va-vite. Raymond avait toujours apprécié ces moments. Il n'aurait pu y avoir de plus grand contraste avec sa propre maisonnée, où tout était à sa place et où personne n'élevait jamais la voix.

Raymond se demanda si, maintenant que les formalités autour de la mort de son père étaient finies, Yvette s'attendrait à ce qu'il vienne la chercher. Vu son comportement récent, cependant, elle n'avait aucune raison de le penser. Il s'attarda un moment au bout de sa rue. Il aurait été très simple de faire la centaine de mètres jusqu'à la maison des Arnaud et de sonner à leur porte. Raymond était sûr qu'Yvette lui pardonnerait son attitude minable, qui pouvait s'expliquer par le choc brutal de la mort de son père. N'était-il pas normal qu'il ait un peu déraillé ? Raymond fut soudain saisi du désir que tout redevienne comme avant ; qu'ils fassent le chemin ensemble jusqu'au lycée, qu'il descende du trottoir en passant devant la boutique de Mme Beck, laquelle, même de si bon matin, serait déjà en train de sortir ses fleurs et ses pots. Mais il savait que ce n'était pas possible. L'idée de retourner en cours et de s'asseoir docilement au fond de la classe pendant que ses professeurs griffonnaient leurs leçons sur le tableau noir lui paraissait risible. Toutes ces choses appartenaient à un monde qu'il avait laissé derrière lui. Il lui fallut pourtant un effort de volonté pour ne pas suivre son vieux train-train et se présenter chez les Arnaud.

Au bout de quelques minutes, Yvette sortit de chez elle. Comme toujours, elle paraissait à la fois légèrement épuisée et parfaitement maîtresse d'elle-même. Elle avait son cartable sur une épaule et un sac de livres dans la main gauche ; les cheveux en bataille. Raymond espérait à moitié qu'elle jette un regard dans sa direction – il n'avait pas spécialement essayé de se cacher –, alors il lèverait un bras pour la saluer et la rejoindrait en trottinant. Mais ce ne fut pas le cas. Elle se mit directement en route vers le lycée, ayant tout l'air d'avoir oublié son existence.

Raymond se souvint de la première fois qu'Yvette et lui avaient fait le chemin ensemble. La veille, après les cours, il avait traîné à l'angle de la rue des Trois-Rois avant de la suivre à distance respectueuse pour voir exactement où elle habitait. Il aurait aussi bien pu lui demander son adresse, mais il avait déjà prévu de faire comme si sa présence le lendemain devant chez elle était un simple hasard. Ce plan lui permettrait de s'éviter à la fois la déception d'un rejet potentiel et la nécessité de lui révéler le désir qu'il avait de passer le plus de temps possible en sa compagnie. Il avait treize ans. Ainsi, le jour suivant, il s'était caché dans l'embrasure d'une porte à quelques mètres de chez les Arnaud. Quand Yvette était sortie, il l'avait appelée comme s'il passait par là fortuitement. Elle avait eu l'air contente de le voir. Raymond la soupçonnait d'avoir deviné son subterfuge, mais elle n'avait fait aucune remarque à ce sujet. À partir de là, l'habitude s'était installée naturellement qu'il vienne la chercher tous les matins. Ne passait-il pas devant chez elle, de toute façon ?

Ce fut donc avec une certaine mélancolie que Raymond suivit Yvette dans la rue des Trois-Rois. Mme Beck était en train de disposer ses bouquets sur le trottoir et Yvette s'arrêta pour échanger quelques mots avec elle. Une fois qu'elle eut tourné dans la rue de Mulhouse, il y eut assez d'animation pour que Raymond se permette de se rapprocher un peu. Il bruinait légèrement. Yvette portait son ciré vert, celui déchiré à l'épaule droite, mais elle n'avait pas mis sa capuche. Raymond se demanda s'il était encore temps de la rattraper et de l'accompagner jusqu'au lycée. Mais, comme ils arrivaient avenue du Général-de-Gaulle, il repéra Stéphane qui attendait au coin. Stéphane vit Yvette et lui fit un signe de la main. Raymond se retrancha contre la porte d'une agence de voyages. Il les regarda se saluer avant de continuer leur chemin. Stéphane prit le sac de livres que portait Yvette et le pendit à son épaule. Raymond et Yvette croisaient souvent Stéphane en allant au lycée, mais jusqu'à présent ça n'avait jamais été un arrangement entre eux. Il les suivit jusqu'à l'angle de la rue des Vosges, d'où il les regarda s'éloigner.

C'est quand il fit demi-tour vers la rue de Mulhouse qu'il remarqua pour la première fois le jeune homme au visage allongé. Ou plutôt, ce n'était pas la première fois, car il le reconnaissait de quelque part. Dans une ville comme Saint-Louis, il n'y avait rien d'inhabituel à ça. Selon toute vraisemblance, cet homme était simplement en route pour aller au travail, et Raymond avait déjà dû le croiser sur le chemin du lycée. Mais ça n'expliquait pas pourquoi il avait eu l'air pris de court et s'était aussitôt concentré sur les publicités dans la vitrine de l'agence de voyages devant laquelle Raymond s'était arrêté quelques instants plus tôt. Alors que Raymond revenait sur ses pas, le jeune homme garda le regard rivé sur la devanture. Il avait un profil très marqué et de grands yeux globuleux. Après l'avoir dépassé, Raymond se retourna plusieurs fois pour jeter un coup d'œil par-dessus son épaule. Le jeune homme finit par repartir dans la direction opposée.

Il n'était pas question de rentrer chez lui et d'expliquer à sa mère qu'il avait finalement décidé de ne pas aller en cours. Aussi Raymond passa-t-il la journée à errer dans les rues. Ce qui n'était sans doute pas aussi simple que dans une grande ville. Bien qu'il ne soit jamais allé à Paris, il imaginait qu'on pouvait, si on voulait, y déambuler indéfiniment sans jamais repasser deux fois par le même endroit, et sans jamais s'attirer de regards curieux. Dans une petite ville comme Saint-Louis, il était impossible de traîner dehors sans éveiller les soupçons des habitants et des commerçants. Que répondrait-il, songea Raymond, si quelqu'un l'arrêtait et lui demandait où il allait ? Dans une ville dénuée de lieux intéressants, dire qu'on ne fait que marcher au hasard des rues est totalement invraisemblable, et même susceptible d'attirer l'attention de la police.

Aussi Raymond continua-t-il d'un bon pas, en jetant des coups d'œil réguliers à sa montre pour suggérer à tout témoin potentiel qu'il était en retard à un rendez-vous. Comme il ne voulait pas tomber sur le petit flic, il fit un détour afin d'éviter le commissariat. Après quoi il rejoignit la rue de Mulhouse et marcha jusqu'au rond-point avant de tourner dans la rue de Village-Neuf. À part le facteur et les riverains, personne n'avait aucune raison d'emprunter cette rue, mais il pouvait difficilement faire un demi-tour abrupt sans se livrer à une pantomime élaborée à destination de ceux qu'il imaginait l'observer de derrière les persiennes des maisons à faux colombage qui bordaient la rue. Il irait jusqu'au canal, puis suivrait l'itinéraire qu'il avait si souvent pris avec Yvette.

Il se sentit moins repérable sur le sentier le long de la berge. C'était une balade appréciée de ceux qui promenaient leur chien ou qui voulaient juste se dégourdir les jambes. Il y avait un banc un peu plus loin. Il s'y arrêterait un moment. Il aimait contempler l'eau verte et immobile du canal. Mais, quand il approcha du banc, un homme d'une quarantaine d'années arriva en sens inverse. Il n'avait pas l'air d'avoir un chien et Raymond se demanda ce qu'il pouvait bien faire là. Ce coin avait la réputation d'être le rendez-vous des homosexuels. Raymond n'avait jamais vraiment imaginé que des activités de cette nature puissent s'y dérouler, en tout cas il n'avait jamais rien vu de la sorte, mais Yvette et lui ne manquaient pas d'échanger des commentaires sur les hommes seuls qu'ils croisaient sur le sentier.

À cause de ses traits efféminés, les garçons du lycée traitaient souvent Raymond de certains qualificatifs. Il ne réagissait jamais à leurs insultes. Ils pouvaient bien penser ce qu'ils voulaient. D'autant qu'il avait appris d'expérience que rentrer dans leur jeu dégénérait vite en bagarre. Il décida de ne pas s'arrêter sur le banc. L'homme risquait de prendre ça pour une invitation à engager la conversation. Et puis la bruine commençait à s'intensifier. Lorsqu'ils furent à trente mètres l'un de l'autre, l'homme se retourna et siffla bruyamment. Un épagneul sortit des broussailles, les pattes pleines de boue. En croisant Raymond, l'homme lui souhaita une bonne journée.

Le temps que Raymond termine son tour de la ville, il était à peine plus de 11 heures. Il se retrouva de nouveau au carrefour où Yvette avait rejoint Stéphane. Si tant est qu'on puisse dire que Saint-Louis ait un centre, c'était là. Le jeune homme qu'il avait vu un peu plus tôt s'abritait sous l'auvent d'un magasin. Il fumait une cigarette, qu'il tenait entre le pouce et le majeur à la manière de quelqu'un qui aurait tout juste appris à fumer.

Raymond ne pouvait continuer à errer sans but dans les rues. Pas plus qu'il n'avait envie d'affronter les regards accusateurs de la serveuse du café des Vosges. Il poursuivit son chemin. Ne voulant s'attarder trop longtemps au carrefour et afficher son indécision, il s'engagea dans une petite rue et, pour la deuxième fois de la journée, marcha en direction de la gare. Il y avait un bar dans cette rue. Il n'avait pas de fenêtres, ce qui constituait une promesse d'anonymat. Raymond passa devant sur le trottoir d'en face. Il n'était même pas sûr qu'il soit ouvert, et il n'avait pas le courage d'aller pousser la porte. À la place, il se souvint du café de la rue de la Gare. Il s'y rendit directement et y pénétra d'un air décidé. C'était un endroit où les voyageurs tuaient ce qu'il leur restait de temps avant leur train. La salle était plus grande qu'elle ne le paraissait de l'extérieur. Une vieille dame était assise près de la porte, un verre d'eau-de-vie ou de rhum posé devant elle. Elle avait la tête enfoncée dans les épaules, comme si elle était assoupie ou morte. Raymond s'imagina qu'elle s'était arrêtée à cette table parce qu'elle n'avait pas la force de s'aventurer plus loin dans le café. Il n'y avait pas d'autres clients. Le patron lisait un journal, accoudé au comptoir. Raymond s'installa dans le coin le plus éloigné de l'entrée. Il n'était pas mécontent de s'asseoir. Et il était satisfait de l'établissement qu'il avait choisi. Ici, personne ne le connaissait. Après quelques instants, le patron s'approcha. Il avait l'air parfaitement indifférent à son nouveau client. Quand Raymond commanda un thé, il répondit par un infime hochement de tête et retourna derrière le bar. Son lacet gauche était défait et il traînait les pieds sur le linoléum, comme s'il en était conscient mais qu'il avait la flemme de se baisser pour le refaire. Lorsqu'il revint avec un plateau contenant une tasse en verre fumé et une théière d'eau chaude, Raymond était sûr qu'il allait trébucher et les ébouillanter tous les deux. Le lacet en question était plus court que la distance que l'homme couvrait à chaque pas, si bien qu'en principe il ne risquait pas de marcher dessus. Mais Raymond avait quand même l'impression qu'à sa place, il trouverait gênante une telle différence entre la tenue de ses deux chaussures. Les siennes étaient trempées depuis sa balade le long du canal. Le bas de son pantalon était maculé de boue. Plus tard, quand le café s'anima un peu, il pensa qu'un des habitués attirerait peut-être l'attention du patron sur son lacet récalcitrant, mais personne ne le fit. Bien qu'il s'efforçât de se concentrer sur autre chose, Raymond devint de plus en plus perturbé par le raclement des chaussures de l'homme sur le sol. Ça lui provoquait un nœud dans la gorge, si bien qu'il n'arrivait pas à boire son thé. Chaque fois que le patron apportait une commande à une table, Raymond sentait une tension dans sa poitrine. Il avait prévu de rester au café le plus longtemps possible, mais finalement il n'y tint plus. Il laissa quelques pièces sur la table et partit.

À 15 h 30 précises, Raymond était devant le lycée. La pluie avait cessé, et ses chaussures étaient presque sèches. Il s'était caché entre les arbres sur le trottoir d'en face. Il ne voulait pas que ses professeurs le remarquent. Il espérait simplement apercevoir Yvette. Il n'avait pas de plan préconçu, mais dès qu'il la verrait, tout deviendrait clair. Même si elle était avec Stéphane, il était sûr qu'elle comprendrait qu'il avait envie d'être seul avec elle. Peut-être iraient-ils ensemble au café des Vosges. Ou bien directement chez elle. Ses parents ne les dérangeaient que rarement et n'entraient jamais dans la minuscule chambre de leur fille sans frapper auparavant.

Vingt minutes s'écoulèrent, puis trente. La cour était vide lorsque Yvette sortit enfin, en provenance de la bibliothèque du lycée. Elle était avec Stéphane. Elle n'avait plus le sac de livres qu'elle transportait le matin. Stéphane faisait des moulinets avec les mains, comme quand il racontait une histoire ou qu'il était embarqué dans un de ses laïus. Bien qu'ils soient encore à une bonne centaine de mètres, Raymond voyait qu'Yvette l'écoutait intensément. Puis, lorsqu'il eut fini de parler, Yvette croisa sa main gauche devant elle pour attraper celle de Stéphane, tandis que, de la droite, elle s'agrippait à son bras. Stéphane pencha la tête de façon à poser la joue contre ses cheveux. Ils continuèrent dans la cour ainsi enlacés. Raymond se retrancha derrière le tronc d'arbre auquel il était adossé. Puis Stéphane dégagea son bras pour le passer autour des épaules d'Yvette. Ils sortirent de la cour et traversèrent la rue, passant à quelques mètres seulement de l'endroit où Raymond était caché. Yvette avait glissé une main dans la poche arrière du jean de Stéphane. Raymond sentit un spasme lui tordre le ventre.

Il attendit un moment avant de les suivre alors qu'ils se dirigeaient vers l'avenue du Général-de-Gaulle. À tous les coups, ils allaient au café des Vosges, et après avoir laissé passer un laps de temps raisonnable, Raymond pourrait les y rejoindre. Mais pour dire quoi ? Pour faire quoi ? Yvette et lui ne s'étaient jamais promenés dans la rue en se tenant comme ça. Leur relation était du domaine du privé, non quelque chose à exhiber aux yeux de la terre entière. À moins qu'il n'y ait jamais rien eu à exhiber ; à moins que l'entente particulière qu'il avait avec Yvette – et qu'il n'avait jamais éprouvé le besoin de formuler – n'ait existé que dans sa tête.

Yvette et Stéphane n'entrèrent pas au café des Vosges. Pas plus qu'ils ne se séparèrent, comme Raymond s'y attendait, à l'angle de l'avenue du Général-de-Gaulle et de la rue de Mulhouse. Mais ils continuèrent, toujours enlacés de façon grotesque, jusqu'au coin de la rue des Trois-Rois. Ils tournèrent dans la rue d'Yvette. Raymond n'était qu'à vingt ou trente mètres derrière eux. Puis, juste après la boutique de Mme Beck, Yvette s'arrêta et poussa gentiment Stéphane contre le mur de la maison voisine de la sienne.

Elle se hissa sur la pointe des pieds et l'embrassa sur la bouche. Raymond pouvait voir qu'elle avait les jambes légèrement écartées. De sa main gauche, elle attrapa les fesses de Stéphane et attira son bas-ventre vers elle.

Ni l'un ni l'autre n'avaient jeté un seul regard dans sa direction, mais Raymond était sûr qu'ils savaient qu'il était là, et que leur petit numéro obscène lui était entièrement destiné. Il pensa brièvement au couteau qui se cachait toujours entre les livres dans sa sacoche. Il s'imagina avancer à grands pas vers le couple et planter en silence la lame dans le ventre de Stéphane. Mais il n'en fit rien. À la place, il pivota sur lui-même et courut dans la direction inverse, manquant entrer en collision avec le jeune homme au visage allongé.

20

Gorski avait été quelque peu surpris que Céline lui donne rendez-vous au restaurant de la Cloche. À sa connaissance, elle n'avait jamais mis les pieds là-bas. L'établissement faisait la majeure partie de son chiffre d'affaires pendant la journée, et le soir il était essentiellement fréquenté par des veufs, des célibataires et les VRP pour qui il était plus économique de passer la nuit à Saint-Louis que de l'autre côté de la frontière, en Suisse. Ces derniers engloutissaient généralement leur repas en vitesse avant de partir discrètement à la recherche d'un bouge moins éclairé où s'arsouiller. Certains apportaient des romans policiers en poche qu'ils calaient contre leur pichet de vin. Gorski enviait ces hommes. Ils pouvaient manger et boire ce qu'ils voulaient. Ils n'étaient tenus d'informer personne de leurs faits et gestes. Ils n'avaient aucun compte à rendre. Pourtant, il savait qu'il ne survivrait pas un mois à cette vie-là. Il était profondément attaché à Saint-Louis, à ce petit quadrilatère de rues insignifiantes où sa position de commissaire lui conférait un statut qu'il méritait à peine.

Marie l'accueillit chaleureusement.

« Vous dînez avec nous ce soir, inspecteur ? » demanda-t-elle.

Elle le conduisit jusqu'à la table dans le coin, celle de Ribéry. Gorski n'objecta point. Ça lui permettrait d'être à l'écart des autres clients, et donc d'avoir une conversation privée. Pasteur jouait aux cartes avec Lemerre et ses acolytes à la table près de l'entrée. Il salua l'arrivée de Gorski d'un simple hochement de menton.

Gorski ôta son imperméable et le plia sur la banquette à côté de lui. Il s'était arrangé pour être là quelques minutes en avance. Marie rôdait autour de sa table. Il n'y avait pas de menus au restaurant de la Cloche. Les plats proposés étaient inscrits sur deux grandes ardoises accrochées au mur en face de la porte. C'était la première tâche de Pasteur chaque matin que de grimper sur l'escabeau bancal qu'il entreposait derrière la porte des W-C pour noter les plats du jour à la craie.

Gorski expliqua qu'il attendait quelqu'un et qu'il patienterait un peu avant de passer commande. Marie le dévisagea d'un air interrogateur.

« Ma femme », précisa Gorski en baissant la voix sans trop savoir pourquoi.

Marie n'essaya pas de dissimuler sa joie. Elle se précipita vers l'imposant buffet où étaient rangées la vaisselle et les serviettes, et en revint avec une nappe en tissu qu'elle disposa habilement par-dessus la toile cirée jugée suffisante pour les clients ordinaires. Puis elle mit le couvert pour deux personnes, avec plusieurs verres qu'elle leva tour à tour dans la lumière afin d'en vérifier la netteté. Lorsqu'elle eut terminé, elle se recula pour admirer le résultat avec satisfaction.

Gorski s'adossa contre la banquette, gêné par ce

traitement de faveur. Les autres clients le regardaient d'un air jaloux. Un homme qui devait avoir autour de trente-cinq ans, assis à la table près des toilettes, leva les yeux de son journal. Il portait un costume sombre et avait desserré sa cravate. Gorski lui adressa une petite moue contrite, mais l'homme se replongea dans sa lecture. Le restaurant de la Cloche n'était pas le genre d'endroit où l'on faisait la conversation avec ses voisins. Marie s'efforçait d'entretenir une atmosphère conviviale, s'arrêtant aux tables de temps en temps pour échanger quelques civilités avec les habitués comme avec les inconnus, mais en général les discussions restaient feutrées. *A priori*, ce n'était pas le lieu que Gorski aurait choisi pour parler de ses problèmes conjugaux, mais il n'était pas en position de faire la fine bouche.

Marie lui proposa un apéritif.

Gorski avait déjà bu trois bières au Pot et faillit en commander une quatrième, mais il se ravisa. Céline était contre la bière au dîner. Pas la peine de la provoquer inutilement. Il demanda donc un verre de vin. Marie lui suggéra de prendre une bouteille.

« On a un très bon riesling », dit-elle.

Gorski acquiesça. Marie lui apporta la bouteille et lui montra l'étiquette avant de l'ouvrir. Elle lui versa quelques gouttes dans un verre à pied et attendit son approbation.

« Je suis sûre qu'il plaira à Mme Gorski », commenta-t-elle.

Il était curieux d'entendre désigner sa femme de cette façon. Céline utilisait généralement son nom de jeune fille. Elle lui avait expliqué maintes fois qu'il ne devait pas mal le prendre ; c'était juste que « Gorski » ne sonnait pas très bien pour quelqu'un qui travaillait dans la mode. Pourtant, ça ne manquait jamais de l'irriter quand il entendait son épouse se présenter comme « Mme Keller ».

Le vin était horriblement sucré. Céline ferait la grimace quand elle le goûterait.

« Parfait », déclara-t-il avec un sourire crispé.

Marie lui remplit son verre.

Elle semblait avoir envie de continuer à papoter mais, voyant que Gorski ne donnait pas suite, elle repartit derrière son comptoir. Lemerre posa ses cartes face contre table et se leva pour aller aux toilettes. Il s'arrêta devant Gorski et lui serra la main avec mollesse.

« Vous attendez Cléopâtre en personne, ma parole, inspecteur ! » dit-il en désignant la table mise.

Gorski lui répondit par un petit rire forcé.

« Ah, un rendez-vous clandestin, renchérit Lemerre. Ne vous en faites pas, inspecteur, je sais garder un secret. »

Gorski allait lui rétorquer que s'il avait une maîtresse, il ne lui donnerait certainement pas rendez-vous au restaurant de la Cloche, mais il s'abstint. Il n'était jamais sage de se laisser entraîner dans une conversation avec Lemerre.

« Gardez un œil pour moi sur ces lascars, vous voulez bien ? ajouta le coiffeur en désignant du pouce ses camarades de jeu. Vous devriez venir faire une partie avec nous, un de ces quatre.

— Merci, répondit Gorski, mais je ne suis pas un grand joueur.

— Ce n'est pas ce qui les arrête, croyez-moi », conclut Lemerre avant de s'éloigner d'un pas de canard, la main gauche coincée dans sa ceinture comme s'il retenait une hernie.

Gorski but son vin à petites gorgées. Il jeta un coup d'œil à sa montre sous la table. Il n'était que 8 h 10. Ça ne l'inquiétait pas plus que ça que Céline soit en retard. Elle n'avait jamais été très ponctuelle, et si elle choisissait de le faire attendre quelques minutes, ce serait de bonne guerre. Il commençait néanmoins à être un peu gêné. Le VRP près des toilettes commanda un café. Les autres clients en étaient déjà au dessert. Les joueurs de cartes lui lançaient régulièrement des regards et se penchaient vers la table pour murmurer des commentaires. N'était-ce que ça risquait de vexer Marie, il aurait eu tendance à proposer à Céline d'aller ailleurs dès qu'elle arriverait. Il se resservit du vin.

Après tout, le retard de sa femme n'était peut-être pas une mauvaise chose. Gorski avait à peine réfléchi à ce qu'il voulait lui dire. Même si c'était Céline qui était partie, c'était de lui qu'on attendait un exercice de repentance. Sauf qu'il ne se sentait pas repentant ; il ne savait même pas ce qu'il avait fait de mal. Certes, il n'avait ni assez de succès ni assez d'ambition pour elle. Mais on ne pouvait quand même pas le lui reprocher. Il était qui il était. La marque de la voiture qu'il conduisait ou des costumes qu'il portait ne l'intéressait pas. Il était plus à l'aise devant un hot dog sur une table en Formica au Pot que dans les restaurants à la mode de Strasbourg. Le problème était que Céline et lui avaient peu de choses en commun, pourtant c'était à lui de la supplier de revenir et de changer sa façon d'être. Mais il n'avait aucune envie de changer sa façon d'être. Pas plus qu'il ne voulait que Céline change la sienne. Malgré son snobisme et ses prétentions ridicules, elle lui plaisait. Elle lui manquait quand elle n'était pas là. Et puis il fallait aussi penser à Clémence, même si elle ne montrait rien d'autre que de l'indifférence face aux querelles de ses parents. Dans tous les cas, elle partirait à l'université d'ici à deux ans et ils deviendraient alors le cadet de ses soucis.

Gorski se servit un troisième verre de vin. Derrière le bar, Marie leva les yeux vers la pendule et lui jeta un regard inquiet. Il se surprit à penser à Lucette Barthelme. S'il avait refusé son invitation à déjeuner, ce n'était pas en raison d'un quelconque protocole d'investigation. C'était parce qu'il se considérait toujours comme un homme marié. Il *était* toujours marié, et l'attirance qu'il ressentait pour la veuve le déstabilisait, comme si elle constituait déjà une trahison. Avant son mariage, Gorski n'avait pas eu beaucoup d'expériences avec les femmes. Il n'était pas très aguerri dans les codes de la séduction. Il y avait pourtant quelque chose dans la façon dont Lucette le regardait – dans ses gloussements bébêtes et la nervosité avec laquelle elle enchaînait les cigarettes – qui lui faisait penser que l'attirance était réciproque. Il avala une grande gorgée de vin. Tant pis si Céline trouvait qu'il était ivre. Elle n'avait qu'à pas être en retard. Peut-être que, finalement, il déjeunerait avec Lucette Barthelme. Il se souvint du décolleté de sa chemise de nuit qui laissait deviner sa poitrine.

Marie le tira de sa rêverie. Elle avait trop de tact pour sous-entendre que Mme Gorski ne viendrait peut-être pas, mais elle lui rappela tout de même que la cuisine allait bientôt fermer. C'est alors seulement qu'il comprit le stratagème de Céline. Pour quelle autre raison aurait-elle choisi le restaurant de la Cloche ? C'était le meilleur endroit pour l'humilier en public. Il admirait presque sa fourberie. Se reconnaissant vaincu, il commanda un steak-frites.

« Et pour madame ? demanda Marie.

— Elle a dû être retardée », répondit-il d'un air piteux.

Gorski n'en voulait pas à Céline de cette petite vengeance, mais il était désolé de décevoir Marie. Elle aurait adoré glisser dans la conversation que la fille du maire fréquentait désormais son établissement.

Elle revint quelques minutes plus tard et posa une assiette devant lui. Le steak était noyé sous une épaisse sauce au poivre. Gorski la remercia. Il avait presque fini la bouteille de riesling et il demanda à Marie de lui apporter une bière. Les joueurs de cartes observaient la scène avec amusement.

« Est-ce qu'on doit se laisser mourir de faim ? lança Gorski avec un haussement d'épaules théâtral.

— Plus d'ennuis qu'elles n'en valent la peine », répondit Lemerre avant d'ajouter une généralisation grossière sur la gent féminine.

Marie lui lança un regard noir.

Gorski se concentra sur sa viande. Elle était bonne. Il la termina en quelques minutes et sauça son assiette avec les frites. Il irait ensuite boire une ou deux bières au Pot pour digérer. Tant pis pour Céline. Il était mieux sans elle. N'avait-il pas passé sa vie à faire ce que les autres attendaient de lui ? Peut-être était-il temps désormais de faire ce qu'*il* voulait. S'il avait envie de se soûler, il se soûlerait. Et s'il avait envie de s'envoyer en l'air avec la veuve, qui pouvait l'en empêcher ? Tiens, il l'appellerait peut-être ce soir même.

Gorski essuyait les dernières traces de sauce au poivre aux coins de ses lèvres quand Céline apparut. Il était 9 heures. Elle portait un long manteau en fourrure que son père lui avait récemment offert. Elle écarta le rideau en velours qui protégeait le restaurant des courants d'air en hiver et balaya la salle du regard. Elle ne vit pas Gorski – ou feignit de ne pas le voir –, ce qui l'obligea à lever la main pour attirer son attention. Elle marcha jusqu'à sa table d'un pas déterminé, faisant claquer ses talons sur le sol. Ce bruit exotique fit lever les yeux à ceux qui n'avaient pas encore remarqué son entrée. Lemerre se tordit le cou afin de mieux observer sa traversée, et approuva d'un lent hochement de tête, la bouche en cul de poule.

Elle contempla d'abord la bouteille, puis l'assiette vide de Gorski.

« Comme c'est gentil de m'avoir attendue », dit-elle.

Gorski se leva, se cogna la cuisse contre la table. La bouteille de vin chancela un moment avant que Céline ne tende la main pour la stabiliser. Elle se laissa embrasser sur les joues. Avec ses talons, elle faisait une demi-tête de plus que lui.

Il marmonna des excuses.

« Je pensais que tu ne viendrais plus. La cuisine allait fermer. »

Céline le dévisagea.

« Tu es ivre », assena-t-elle.

Gorski secoua la tête, mais il ne pouvait nier l'évidence de la bouteille sous leurs yeux. Marie les rejoignit. Elle accueillit Céline avec effusion et lui prit son manteau, sous lequel elle portait une robe en maille grise qui moulait sa silhouette austère. Gorski éprouva un élan de désir.

« Quel plaisir de vous voir ici, madame, dit Marie avec un sourire radieux. J'espère que nous vous donnerons satisfaction. »

Marie se tourna ensuite vers Gorski avec un air approbateur. C'était un air qu'il avait vu d'innombrables fois au fil des années ; un air qui signifiait ouvertement : *Tu t'es bien débrouillé, dis donc !*

« Je n'en doute pas, répondit poliment Céline. Je regrette juste d'arriver trop tard pour goûter votre cuisine.

— Mais pas du tout, madame ! protesta Marie, horrifiée. Mon mari sera ravi de vous préparer ce qui vous plaira. »

Céline répliqua gentiment qu'elle ne voulait pas leur compliquer la vie.

« Ça n'a rien de compliqué », lui assura Marie.

Gorski se rassit. Céline commanda une vodka tonic et s'installa en face de lui. Marie alla suspendre sa fourrure au porte-manteau près de l'entrée, s'arrêtant quelques instants pour l'admirer avant de revenir à leur table. Céline demanda à Gorski ce qu'il avait mangé et annonça qu'elle prendrait la même chose. Marie transmit sa commande à Pasteur, qui jeta un coup d'œil à la grosse pendule sur le mur. Une conversation chuchotée s'ensuivit, à l'issue de laquelle le patron jeta ses cartes sur la table et disparut en cuisine.

Céline observa leur échange avec amusement avant de se tourner de nouveau vers son mari.

« Voilà donc le fameux restaurant de la Cloche, déclara-t-elle. Je dois dire que je le trouve assez charmant. »

Elle entreprit alors de commenter les différents éléments de la décoration suffisamment fort pour que tout le monde l'entende. Elle était échevelée, comme si elle était partie dans la précipitation. Peut-être que son retard n'était dû qu'à une étourderie. Elle paraissait de bonne humeur. Gorski se demanda si elle lui avait pardonné son lapin. Tout n'allait peut-être pas si mal entre eux, finalement. Quel couple ne se disputait pas après vingt ans de mariage ? Peut-être, après tout, que les torts étaient de son côté. Au fil du temps, il avait fait de moins en moins d'efforts pour s'adapter aux désirs de Céline. Connaissant son peu d'appétence pour les soirées mondaines, elle ne lui proposait plus de l'accompagner. Au début de leur union, ils allaient souvent au cinéma, et même parfois au théâtre à Strasbourg. Gorski n'avait jamais aimé le théâtre – il ne parvenait pas à dépasser l'absurdité fondamentale de regarder des gens faire semblant d'être quelqu'un d'autre –, mais là n'était pas la question. La question était qu'ils avaient fait des choses ensemble, à une époque. Gorski se souvenait d'un soir, au moins dix ans plus tôt, alors qu'il lisait le journal à la table de la cuisine, après dîner.

« Il y a une nouvelle mise en scène du *Misanthrope* au Théâtre national, avait annoncé Céline. Je me disais qu'on pourrait y aller. »

Gorski se rappelait n'avoir même pas levé les yeux de son journal.

« On est obligés ? avait-il répondu d'un ton las.

— Bien sûr que non, on n'est pas *obligés* », avait-elle rétorqué, furieuse.

Et c'en était resté là. Ils n'étaient plus retournés au théâtre depuis. Même chose avec tous les aspects de leur vie sociale. Peut-être qu'il suffirait juste d'un petit effort de sa part.

Marie arriva avec le steak de Céline. Gorski lui souhaita bon appétit et elle attaqua son plat avec entrain. Malgré sa ligne, Céline avait toujours été une bonne mangeuse.

Qu'est-ce que tu veux que je te dise ? aimait-elle répéter. *J'ai de l'appétit.* Et s'il y avait des hommes dans les parages, elle ajoutait d'un air coquin : *Pour tout !*

Gorski la regarda manger. Elle avait une grande bouche et de hautes pommettes saillantes.

« Je meurs de faim », dit-elle en mâchant une bouchée.

Savoir se tenir à table – comme être à l'heure – était, affirmait-elle, le lot des classes populaires.

« C'est bon ? » lui demanda Gorski.

Elle opina, peut-être un peu surprise elle-même.

« Pas mal du tout. »

Gorski se sentit encouragé par cet échange amical.

« On devrait faire ça plus souvent », suggéra-t-il.

Il était conscient d'avoir la voix pâteuse.

Céline s'interrompit un instant et le dévisagea.

« Tu ne crois pas que c'est un peu tard pour ça, mon cher ? » lui rétorqua-t-elle.

Il but une gorgée de bière.

À part la bande de Lemerre et le VRP, la salle s'était vidée. Céline embrocha un petit paquet de frites sur sa fourchette et les enfourna dans sa bouche.

Gorski était trop soûl pour se soucier que tout le monde écoutait désormais leur conversation.

« Peut-être qu'on devrait juste faire un peu plus d'efforts », persista-t-il.

Céline leva les yeux de son assiette.

« Je veux dire que *je* devrais faire un peu plus d'efforts, se reprit-il. J'ai été négligent, je sais.

— Oh, Georges, fit-elle, sur le même ton que si elle s'adressait à un écolier écervelé.

— Je suis sérieux », chuchota-t-il en se penchant sur la table.

Céline le regarda. Elle avait l'air de réfléchir à ce qu'il venait de dire. Marie débarrassa son assiette. Il n'avait pas fallu plus de cinq minutes à Céline pour en venir à bout. Elle commanda une part de forêt-noire.

« Et pour vous, inspecteur ? » demanda Marie.

Gorski secoua la tête. Il n'avait jamais trop aimé le sucré, mais il regretta aussitôt sa décision. Bien sûr qu'il aurait dû prendre un dessert. Ils auraient dû manger leur dessert ensemble, comme un couple marié normal. Malgré cela, il avait le sentiment que tout allait bien se passer, et qu'à partir de maintenant ils se feraient une habitude de dîner au restaurant de la Cloche tous les jeudis soir. Ils prendraient un steak-frites et une forêt-noire en se remémorant la fois où ils avaient failli se séparer.

Céline s'alluma une cigarette et s'adossa au dossier de sa chaise. Gorski s'en voulut de ne pas lui avoir proposé la banquette ; quel imbécile il faisait ! Marie apporta une grosse part de gâteau, surmontée de crème Chantilly et d'une cerise à l'eau-de-vie.

« Magnifique ! » s'extasia Céline.

Marie lui suggéra un verre de kirsch en accompagnement.

« Excellente idée », répondit joyeusement Céline.

Gorski commençait à la soupçonner d'avoir trop bu, elle aussi. Il avait très envie de la sauter.

Pasteur était sorti des cuisines et avait regagné la tablée de joueurs près de la porte. Pourtant ils ne reprirent pas leur partie, préférant contempler le spectacle au fond du restaurant. Céline écrasa sa cigarette et attaqua son gâteau. Histoire de dire quelque chose, Gorski lui demanda des nouvelles de ses parents.

Céline roula des yeux. Avala une bouchée.

« Maman me rend marteau. Papa aussi. À vrai dire, c'est entre autres de ça que je voulais te parler.

— Ah oui ? »

Gorski sentit une étincelle d'espoir.

Céline prit une autre cuillerée et se retourna vers Marie, qui triait des couverts près du buffet.

« C'est délicieux, madame », déclara-t-elle.

Marie la remercia en inclinant la tête.

Céline fit de nouveau face à Gorski et annonça alors d'un ton désinvolte :

« J'ai décidé de revenir vivre à la maison. »

Gorski ne put s'empêcher de jeter un regard autour de lui pour s'assurer que tout le monde avait bien entendu. Il se leva et se pencha par-dessus la table pour lui passer les bras autour du cou. Sa cravate trempa dans la Chantilly.

« C'est merveilleux, dit-il. Je suis très content. »

Céline plaça une paume sur son torse et le repoussa fermement. Gorski eut un peu honte de cet étalage d'affection en public. Céline lui indiqua qu'il avait de la crème sur sa cravate. Il l'essuya avec le doigt, et elle secoua la tête d'un air accablé. Lorsqu'il eut fini de s'occuper de sa cravate, il lui demanda quand elle comptait revenir.

« Le plus tôt possible, je pense », répondit-elle.

Gorski opina vigoureusement. Il tendit le bras et posa une main sur la sienne. Elle prit une autre bouchée de gâteau.

« Évidemment, reprit-elle, je compte sur toi pour avoir pris tes dispositions d'ici là.

— Mes dispositions ? »

Céline haussa les épaules.

« Pour te trouver un autre endroit où habiter. »

Gorski baissa les yeux vers la table et retira sa main. Il se sentait nauséeux.

« Évidemment », fit-il.

Céline hocha la tête, satisfaite qu'ils soient parvenus

à un accord. Elle repoussa le reste de son dessert et se leva. Gorski la regarda, impuissant.

« J'espère vraiment qu'on va pouvoir régler tout ça à l'amiable, dit-elle.

— Et Clémence ? »

Céline le dévisagea d'un air perplexe, comme si c'était la première fois que cette question lui traversait l'esprit.

« Tu pourras la voir quand tu veux, bien sûr. À supposer qu'elle veuille te voir. »

Derrière elle, les joueurs avaient ramassé leurs cartes et repris leur partie avec une concentration appliquée, feignant de n'avoir rien vu de ce qui s'était passé. Gorski se força à respirer pour s'empêcher de vomir.

Marie s'empressa de rapporter son manteau à Céline et de l'aider à l'enfiler. C'est seulement quand elle franchit la porte que Gorski remarqua les éclaboussures de boue claire sur ses chaussures et le bas de sa fourrure.

Plus tard, Gorski resta au Pot jusqu'à ce que le patron baisse le rideau devant la porte. Le VRP du restaurant de la Cloche buvait du whisky au comptoir. Ils firent tous les deux mine de ne pas se reconnaître.

21

Raymond poussa la lourde porte en bois du 13 rue Saint-Fiacre. À l'intérieur, il faisait frais et sombre. Un peu de jour filtrait dans la cage d'escalier par la lucarne crasseuse du premier étage. Ça sentait la soupe de légumes ; une odeur qui lui rappelait celle qui s'échappait souvent de la cuisine quand il rentrait de l'école. Raymond commença à monter en s'appuyant de la main droite sur la rampe polie par l'usure. Plus il grimpait, plus il faisait clair et chaud. Il n'arrivait pas à imaginer les pas pesants de son père sur ces marches. Pas plus qu'il ne l'imaginait pénétrer dans aucun des appartements derrière les portes miteuses devant lesquelles il passait à présent. Il appuya sur la sonnette de l'appartement du deuxième étage : Duval. Sans raison particulière, il avait décidé que c'était là qu'habitait Delph. « Delphine Duval » avait une sonorité qu'aucun des autres noms ne possédait. Il se l'était répété en boucle pendant tout le trajet en train. Son cœur battait à tout rompre. Raymond se passa la main dans les cheveux pour les écarter de son front. Au bout d'un moment, une femme demanda à travers la porte : « Qui est-ce ? » Elle avait une jolie voix grave. Peut-être était-ce la femme à l'imperméable vert.

« Je cherche Delph », répondit-il, nerveux.

Il n'avait pas réfléchi à ce qu'il allait dire ou faire. Il savait juste qu'il avait besoin de la voir.

« Delphine ? C'est au-dessus.

— Merci, fit Raymond. De quel côté ? »

Mais la femme était déjà repartie.

Il y avait un grand vasistas dans le toit du dernier étage, et plusieurs bassines en plastique avaient été disposées sur le palier pour recueillir les fuites d'eau. Raymond frappa à la porte de gauche. Il y eut d'abord du silence, puis un bruit de pas traînants, et enfin le cliquetis de griffes qui dérapaient sur un parquet. C'était l'appartement de la vieille dame au carlin qui sortait tous les jours acheter ses légumes.

Raymond s'excusa à travers la porte.

« Je cherche Delph, expliqua-t-il.

— En face », répondit la vieille dame, avant que ses pas ne s'éloignent.

Le chien aboya sans grande conviction. C'était donc Comte. Delphine Comte. Il sourit en repensant à la façon dont il s'était autopersuadé qu'elle s'appelait Duval. La femme qu'il avait eue au téléphone devait être sa mère. Il toqua. Quelques secondes de silence puis, comme chez la voisine, un bruit de pas. Il reconnut la voix de la femme instantanément.

« Une minute, dit-elle. C'est qui ? »

Il entendit le claquement de la chaîne de sécurité qu'elle mettait en place. Raymond ne savait pas quoi répondre. La porte s'entrouvrit de quelques centimètres. La première chose qu'il remarqua était combien la femme était petite. Ses yeux arrivaient tout juste au-dessus de la chaîne. Il recula instinctivement d'un pas, afin de ne pas l'intimider.

« Je suis désolé de vous déranger, dit-il. Je cherche Delph. Delphine. »

Avant même qu'il ait terminé sa phrase, le visage de la femme s'était illuminé d'un grand sourire.

« Tu dois être Raymond », dit-elle.

La porte se referma, et il entendit la femme détacher la chaîne. Raymond était à la fois décontenancé et heureux : Delph avait apparemment parlé de lui à sa mère. Et non seulement ça, mais elle avait dû le faire en des termes avantageux. Quand la porte se rouvrit en grand, la femme lui souriait toujours. Elle avait une quarantaine d'années et des yeux bleus pétillants. Elle portait un kimono de couleur vive noué à la taille, et autour du cou un pendentif représentant un genre de symbole oriental.

« Je m'appelle Irène, déclara-t-elle en lui tendant la main. Mais ça, bien sûr, tu le sais déjà. »

Raymond lui serra la main, mais elle parut aussitôt regretter cette salutation un peu trop cérémonieuse et l'attrapa par les épaules pour l'embrasser sur les deux joues. Elle avait les cheveux qui sentaient la cannelle ou une autre épice. Elle le lâcha et l'invita à l'intérieur.

La minuscule entrée était assez chaotique. Des montagnes de vestes et de manteaux s'entassaient sur des patères. Les débordements d'un placard à chaussures empêchaient la porte de s'ouvrir complètement. Raymond reconnut les bottes que Delph portait chez Johnny. Les murs étaient couverts d'estampes chinoises et indiennes dans des cadres dépareillés, certaines à caractère érotique. À peine entré, Raymond ressentit une forte impression de déjà-vu. Peut-être à cause de la voix qu'il avait entendue au téléphone.

Irène le surprit à regarder une gravure sur le mur.

Un couple en pleine acrobatie sexuelle. Elle s'approcha de lui.

« Tu t'intéresses à l'art oriental ? demanda-t-elle. On a tellement de choses à apprendre l'un de l'autre, tu ne crois pas ? »

Raymond ne savait pas si elle voulait parler de l'Orient et de l'Occident ou bien d'elle et de lui. Mais il hocha la tête avec sérieux. Elle écarta un rideau de perles pour l'accueillir dans la cuisine, tout aussi étriquée et encombrée que l'entrée. Deux grandes plantes en plastique montaient la garde de part et d'autre de la porte. Sur le rebord de la fenêtre, des herbes aromatiques poussaient dans une caisse en bois. Le moindre centimètre carré exploitable croulait sous les magazines, les carnets de croquis et les lettres. Au-dessus de la gazinière, une étagère était remplie de boîtes à thé. Une petite table en bois était poussée contre le mur, entourée de trois chaises dépareillées. Un chat dormait sur l'une d'entre elles. Raymond se félicita d'avoir au moins vu juste sur ce point. Au-dessus de la table, sur un grand tableau en liège, étaient punaisés toutes sortes de photos, cartes postales et petits mots. On distinguait une tache brune au plafond, sans doute le résultat d'une infiltration d'eau par le toit.

La femme chassa le chat et invita Raymond à s'asseoir, ce qu'il fit en posant sa sacoche à ses pieds. Elle mit de l'eau à bouillir sur la gazinière.

« Tu prendras du thé, n'est-ce pas, Raymond ? »

La situation avait de quoi surprendre. Même si Delph avait parlé de lui, ça n'expliquait pas la chaleur de l'accueil que sa mère lui réservait. La jambe gauche de Raymond tressautait et faisait tinter les pièces dans la poche de son pantalon. Il posa une main sur son genou pour arrêter les tremblements. Malgré sa perplexité, il ne pouvait s'empêcher de trouver cette femme charmante.

« Oui », répondit-il.

Comme elle lui désignait la rangée de boîtes à thé sur l'étagère, il déclara qu'il prendrait la même chose qu'elle. Elle contempla l'assortiment d'un air songeur.

« Je crois qu'il nous faut du ginseng », finit-elle par dire.

Raymond la regarda préparer l'infusion. Elle avait une silhouette toute fine. Son kimono était en soie noire, avec un motif de dragons brodés en rouge et or, noué par une ceinture en soie sous sa poitrine bien dessinée. Elle virevoltait dans la pièce exiguë avec des gestes précis et efficaces.

« Delphine est là ? » s'enquit Raymond.

Il était parfaitement évident que non, mais il voulait tout de même lui rappeler la raison de sa visite.

« Delphine ? Ah, non. »

Raymond demanda si elle rentrait bientôt. Irène jeta un œil à la pendule sur le mur.

« Je ne pense pas, non. Elle doit juste commencer son service. »

Elle posa la théière sur un dessous-de-plat en liège au centre de la table et alla chercher deux tasses sur l'égouttoir. Puis elle s'assit et dévisagea Raymond avec tendresse.

« Tu lui ressembles tellement », dit-elle en soupirant.

Elle essuya une larme à son œil avec le dos de l'index. C'est alors qu'il s'en aperçut : derrière l'arôme envahissant du ginseng et des herbes sur le bord de la fenêtre flottait une odeur dense et âcre de tabac à pipe.

Raymond se leva brusquement, et sa chaise cogna contre le mur derrière lui.

« Il était là, n'est-ce pas ?

— Bien sûr, répondit Irène. Ce n'est pas pour ça que tu es venu ?

— Il était là le soir de l'accident ? »

Irène baissa les yeux et opina tristement. Elle commença néanmoins à leur servir le thé, comme s'ils étaient en train de parler de la pluie et du beau temps. Son sang-froid avait un effet apaisant sur Raymond. Il se rassit. L'appartement lui semblait maintenant imprégné de l'odeur du tabac de son père. Pourtant il était impossible de l'imaginer dans ce joyeux fouillis – lui, si raide et guindé, qui ne supportait pas le désordre. Raymond regarda Irène Comte : la maîtresse de son père. Elle n'avait pas l'air le moins du monde décontenancée par la situation. Elle sirotait son thé, tenant sa tasse à deux mains, appuyée au dossier de sa chaise. Raymond secoua la tête comme pour se ressaisir. Les questions se bousculaient dans son esprit, mais il ne savait pas s'il pouvait les poser. Finalement, ce fut Irène qui relança la conversation.

« Dès que tu as téléphoné, j'ai su que tu allais venir.

— Comment saviez-vous que c'était moi ? »

Il était gêné au souvenir du coup de fil idiot qu'il lui avait passé.

Irène éclata de rire.

« Raymond, tu as exactement la même voix que lui. Tu lui ressembles, physiquement et dans tes attitudes. »

Elle se pencha par-dessus la table et, en l'attrapant gentiment par le menton, lui fit tourner la tête de profil.

« Ce nez… » murmura-t-elle.

Raymond se dégagea d'un geste brusque, comme si une mouche s'était posée sur son visage.

« C'est exactement ce qu'aurait fait ton père ! s'exclama-t-elle dans un nouvel éclat de rire.

— Pourquoi est-ce que vous ne m'avez rien dit ? Pourquoi ne pas m'avoir dit qui vous étiez ? »

Irène pinça les lèvres et adopta un ton plus sérieux.

« Si je m'en souviens bien, tu ne m'en as pas vraiment laissé l'occasion. Et puis, de toute façon, ton père n'a jamais voulu que ta mère ni toi soyez au courant de mon existence. Ce n'était pas à moi de te le dire.

— Et donc, il venait ici tous les mardis ?

— Tous les mardis.

— Et d'autres fois aussi ?

— Non, hélas. Bertrand aimait cloisonner les choses. »

Il y avait un cendrier sur la table. Raymond sortit ses cigarettes de la poche de sa veste.

« Je peux ? demanda-t-il.

— Bien sûr. »

Quand il eut reposé les cigarettes sur la table, elle en prit une et l'alluma. Ils se regardèrent à travers les volutes de fumée. À bien y réfléchir, tout ça n'avait pas grande importance. L'idée que son père ait passé du temps avec cette femme sympathique n'était pas pour déplaire à Raymond. C'était plutôt agréable d'être dans ce drôle de petit appartement, avec son bric-à-brac et ses étranges odeurs. On aurait difficilement pu faire plus différent de la maison de la rue des Bois. Il lui demanda depuis combien de temps son père venait là.

« Depuis longtemps, répondit Irène avec son doux sourire. Depuis avant ta naissance. »

Raymond indiqua qu'il avait envie d'en savoir davantage. Irène souffla un long filet de fumée. Il avait l'impression qu'elle n'avait pas l'habitude de la cigarette. Elle croisa les jambes, son pied nu venant se poser contre le tibia de Raymond, et se mit à parler.

Elle connaissait parfaitement la réputation de

Bertrand avant de commencer à travailler chez Barthelme & Corbeil. Il venait juste de se remarier. Pendant les premiers mois, il s'était très bien comporté. Et puis, un après-midi, alors que Me Corbeil était parti à un rendez-vous, Bertrand l'avait invitée à boire un verre. Il était temps qu'ils fassent plus ample connaissance, lui avait-il dit.

« Il faut te souvenir, Raymond, que j'avais à peine vingt ans. Ton père était un très bel homme. Et il avait une façon particulière de vous regarder… Je ne me faisais aucune illusion sur ce qu'il entendait par "boire un verre", et d'ailleurs nous sommes allés directement à l'hôtel Berlioz. Il n'y a même pas eu de discussion. On savait tous les deux ce qu'on faisait. »

Raymond passait tous les jours devant le Berlioz en allant au lycée.

Après ça, leur liaison était devenue une affaire plus ou moins régulière. Quand il l'envoyait faire telle ou telle course, c'était leur code pour lui signifier d'aller l'attendre à l'hôtel. Ensuite, il leur arrivait de boire une bouteille de vin sur le minuscule balcon de la chambre. Elle était surprise qu'il ne craigne pas d'être vu, mais les passants en contrebas ne levaient jamais la tête.

« Il dégageait un sentiment d'invincibilité », dit-elle.

Irène racontait son histoire sans une once d'amertume, comme si c'était absolument banal.

« Bien sûr, les choses ont changé après la naissance de Delphine, poursuivit-elle. C'est là qu'il a commencé à venir ici. »

Raymond se sentit gagné par des sueurs froides.

« Mais son père ? demanda-t-il. Le père de Delphine ? Il ne disait rien ?

— Son père ? répéta Irène.

— Oui. »

Ce fut au tour d'Irène d'avoir l'air surprise.

« Bertrand est son père, dit-elle. *Était* son père. »

Raymond la regarda sans bouger. Un voile de tristesse passa sur le visage d'Irène et elle baissa les yeux. Raymond resta muet. Un jour qu'il avait dix ou onze ans et qu'il faisait du vélo dans le bois de la Petite Camargue, il s'était cogné le front sur une branche basse qui l'avait désarçonné. Il éprouvait à présent une sensation similaire. Il avait du mal à respirer. Irène attrapa un mouchoir en papier dans une boîte sur la table et se moucha. Lorsqu'elle releva la tête, elle avait les larmes aux yeux. Raymond détourna le regard vers les boîtes colorées sur l'étagère derrière elle. Jamais il n'avait vu autant de variétés de thé. Un breuvage que son père détestait.

« J'ai toujours eu envie que Delphine et toi vous rencontriez, reprit Irène. Je suppose que le seul point positif de tout ça, de l'accident, est que ça va pouvoir se faire. »

Elle parut choquée quand Raymond se leva de sa chaise. Elle lui demanda ce qu'il avait. Raymond envoya valser sa tasse d'un revers de main. Ce brusque mouvement fit déguerpir le chat de la cuisine. Raymond attrapa sa sacoche et sortit à son tour de la pièce mais s'emmêla dans le rideau de perles. Plusieurs fils furent arrachés quand il se débattit, et des perles en bois se répandirent sur le sol. Raymond réussit à se dégager et renversa d'un coup de pied une des plantes en plastique.

Irène resta debout au milieu de la kitchenette à répéter son nom d'une voix douce. Il tritura un moment les verrous de la porte d'entrée avant de parvenir à l'ouvrir. Il perdit l'équilibre dans l'escalier et atterrit à quatre pattes sur le palier d'en dessous. Le genou droit de son pantalon en velours se déchira. Irène l'appela du seuil de l'appartement, l'implorant de revenir. Il se toucha le front à l'endroit où il avait heurté le sol : c'était égratigné, mais ça ne saignait pas. Il se releva et se retourna vers Irène. Elle tendit un bras vers lui et le supplia à nouveau de remonter. Raymond lui cria une obscénité.

Il dévala quatre à quatre le reste des marches, se jeta sur la porte de l'immeuble et déboucha dans la rue Saint-Fiacre. Là, il s'arrêta net, hébété, comme s'il était sorti sur le quai de la mauvaise gare. Le philatéliste était en train de baisser le rideau métallique de son magasin ; il fut pris d'une quinte de toux, et un petit rouleau de cendres se détacha de la cigarette qui pendait au coin de ses lèvres. Le jeune homme au visage allongé qui l'avait suivi dans le train depuis Saint-Louis fumait sous le porche en face.

22

Gorski se gara quelques rues à l'ouest du quai Kellermann et descendit de voiture. Il marcha d'un pas régulier, ne voulant pas attirer l'attention. Afin de minimiser les risques de tomber sur Lambert, il approcha l'immeuble de Véronique Marchal par le côté opposé du commissariat de la rue de la Nuée-Bleue. Il était quand même mal à l'aise d'empiéter sur le territoire du Grand Phil. Il se rassura en songeant qu'on avait beaucoup moins de chance de croiser quelqu'un par hasard dans une ville de la taille de Strasbourg qu'à Saint-Louis.

Il s'arrêta dans une cabine pour appeler le bureau. Plus tôt dans la matinée, Roland avait téléphoné pour prévenir – des trémolos dans la voix – qu'il avait perdu la trace de Raymond Barthelme. Bien que consterné, Gorski s'était retenu de le réprimander et lui avait simplement enjoint de faire de son mieux afin de le retrouver.

Schmitt décrocha avec le même ton irascible que d'habitude et annonça d'un air las que Roland avait rappelé pour dire que le « prétendu sujet » avait été relocalisé et s'était rendu à la gare.

« Et on sait où il allait ? demanda Gorski.

— Il n'a pas dit.

— C'était quand ?

— C'était quand quoi ? répliqua Schmitt.

— Que Roland a téléphoné.

— Je ne sais pas. Il y a une demi-heure, peut-être plus. Vous ne croyez quand même pas que je vais tout noter ? »

Gorski raccrocha. Il résista à la tentation de s'arrêter boire un verre en vitesse dans le bar miniature, estimant que sa présence là-bas pourrait bien être signalée à Lambert, et continua directement jusqu'à l'immeuble de Mlle Marchal.

Bien qu'il ait probablement regardé par le judas – Gorski l'avait vu s'obscurcir –, Weismann ouvrit la porte avec la chaîne de sécurité. Gorski lui décocha son plus beau sourire, mais l'historien le dévisageait avec méfiance.

« L'inspecteur Lambert m'a interdit de parler de l'affaire à quiconque, dit-il.

— Tout à fait, acquiesça Gorski, et j'espère que vous vous y êtes tenu. Néanmoins, étant donné l'extrême importance de votre témoignage, il m'a chargé de venir affiner certains points avec vous avant que vous ne fassiez votre déposition devant le juge d'instruction. »

Ses paroles eurent l'effet recherché, et Weismann détacha la chaîne. Gorski entra dans l'appartement, où régnait la même forte odeur d'eau de Cologne que la fois précédente.

« Je vous prie d'excuser ma circonspection, monsieur…

— Gorski. Inspecteur Gorski.

— Ah oui, Gorski », répéta-t-il, comme si ce nom ne le satisfaisait pas complètement.

Weismann le conduisit jusqu'à son bureau.

Ça sentait le renfermé. Gorski avait l'impression que les fenêtres n'avaient pas été ouvertes depuis des années.

« Je m'étonne que des journalistes ne soient pas encore venus toquer à votre porte, fit-il remarquer.

— Oh, ils sont venus, rétorqua fièrement Weismann. Mais je ne leur ai pas lâché un mot.

— Parfait. »

Comme lors de sa première visite, ils étaient debout au milieu de la pièce. À part le fauteuil derrière le bureau de Weismann, tous les autres sièges croulaient sous des tas de livres et de papiers.

« Bien sûr, j'ai compris que vous étiez un homme très occupé, reprit Gorski en ramassant un livre au hasard sur le dessus d'une pile. Vous travaillez sur une période intéressante, je crois. Malheureusement, je dois dire que je la connais assez mal.

— Une période absolument passionnante, mais quelque peu négligée, en effet. Je peux vous assurer, inspecteur, que vous n'êtes pas seul dans votre ignorance. »

Weismann se lança alors dans un cours sur l'histoire de l'Alsace pendant la Réforme. Il se laissa emporter par son monologue, allant chercher des ouvrages et des revues çà et là pour illustrer son propos. L'enthousiasme qu'il avait pour son sujet était touchant. Sa méfiance initiale céda la place à une sorte de charme. Au bout d'une dizaine de minutes, Gorski l'interrompit.

« Je comprends que vous soyez aussi renommé dans votre domaine », dit-il.

Weismann eut un sourire triste.

« Je crains que votre collègue n'ait quelque peu exagéré mon prestige. Par vanité, je me suis abstenu de le corriger. Mon travail n'est publié que sous la forme d'une monographie. »

Il ouvrit un carton et tendit à Gorski un fascicule agrafé intitulé *La Conspiration Bundschuh*.

« Aucun éditeur ne s'est jamais intéressé à mon œuvre, confia-t-il. Mes idées sont trop polémiques. Je soutiens que ce qu'on appelle les Douze Articles ont en fait été rédigés par la hiérarchie catholique afin de légitimer la répression de la paysannerie. »

Gorski hocha la tête le plus sérieusement du monde. Il rendit le fascicule à Weismann, qui agita vigoureusement la main.

« Non, non, gardez-le, je vous en prie. J'en ai des caisses entières. »

Gorski le remercia, puis sortit son carnet de la poche de sa veste.

« Mes excuses, inspecteur, j'ai dû vous assommer. »

Gorski lui assura que non.

« Néanmoins… » reprit-il en tournant les pages de son carnet.

Il ne contenait rien d'autre que les notes qu'il avait prises sur le lieu de l'accident. Weismann s'empressa tout à coup de dégager deux chaises.

« Pardon, dit-il, j'en oublie mes manières. Je n'ai pas l'habitude d'avoir des visiteurs. »

Gorski s'assit à la place que lui désigna l'historien.

« Et permettez-moi de vous offrir un verre, inspecteur », ajouta ce dernier.

Weismann ramassa une bouteille de schnaps au pied du bureau et trouva deux petits verres dépareillés sur le bord de la fenêtre. Il les essuya rapidement avec la manche de sa chemise, les remplit et en tendit un à Gorski. Celui-ci le prit et le posa par terre avec précaution. Weismann s'assit à son tour. Il vida son verre cul sec et en parut revigoré.

« Je voulais revenir sur la première fois que vous avez vu Me Barthelme, dit Gorski.

— La première fois ? » répéta Weismann.

Sa jambe gauche était agitée de soubresauts. Il posa la main sur sa cuisse pour les arrêter.

« Oui, c'est important qu'on sache depuis combien de temps il rendait visite à Mlle Marchal. »

Weismann se tortilla les doigts et regarda au plafond.

« Je ne suis pas sûr de pouvoir le dire avec certitude… L'inspecteur Lambert m'a bien répété que je ne devais rien dire dans ma déposition dont je n'étais pas certain. Que je devais m'en tenir aux faits.

— C'est un excellent conseil, approuva Gorski. Mais, même si vous ne vous souvenez pas exactement de la première fois que vous avez vu Me Barthelme, peut-être avez-vous une idée de combien de temps ça fait. »

Weismann eut l'air troublé. À l'évidence, il ne voulait pas donner une réponse qui risque de discréditer son témoignage.

« Je l'ai vu le soir du meurtre, ce n'est pas ce qui compte ? L'inspecteur Lambert ne semblait pas se soucier de ces détails. »

Gorski eut un sourire patient.

« C'est précisément la raison pour laquelle il m'a chargé de les vérifier avec vous. Mon confrère serait le premier à reconnaître qu'il a parfois un peu tendance à foncer tête baissée, mais comme ce sont des questions que le juge d'instruction vous posera, il est important que nous y soyons préparés, expliqua-t-il en employant sciemment la première personne du pluriel. Je suis sûr qu'en tant qu'historien, vous comprenez la nécessité de bâtir un argumentaire sur des faits solides. »

La comparaison sembla plaire à Weismann.

« Oui, bien sûr, confirma-t-il. Mais, quand bien même, j'ai du mal à me souvenir.

— Diriez-vous que ça se compte plutôt en mois ou en années ? suggéra Gorski d'un ton faussement léger.

— Quelques années, sans doute », répondit Weismann de façon évasive.

Gorski opina et fit mine de le noter dans son carnet.

« C'est juste histoire d'avoir l'image la plus précise possible de leur relation, expliqua-t-il.

— Leur relation ?

— Si, comme vous l'affirmez, Me Barthelme était un visiteur fréquent, cela finit par constituer une relation, vous ne croyez pas ? »

Weismann eut une petite moue. Il n'avait probablement pas beaucoup d'expertise dans le champ des relations humaines. Il décida que le moment était venu d'aller remplir son verre. Gorski n'avait pas encore touché au sien.

« C'est-à-dire que Mlle Marchal avait tellement de visiteurs que je ne pourrais pas en être sûr. Et puis il est possible qu'il ait commencé à venir bien avant que je le voie.

— En effet, concéda Gorski avec un sourire rassurant. Comprenez-moi bien, monsieur Weismann, je ne suis pas en train d'essayer de vous piéger. Il s'agit juste de vérifier que vous êtes au clair avec ce que vous avez vu. Tenez, un autre point important, ajouta-t-il en tapotant son carnet avec son stylo. En tout cas, vous pouvez être sûr qu'on va vous interroger là-dessus. Le soir en question, quand vous avez vu Me Barthelme entrer chez Mlle Marchal, qu'est-ce qui vous avait fait venir à votre porte ? Vous n'étiez quand même pas là par hasard ?

— Comme je vous l'ai expliqué la dernière fois, je confondais souvent la sonnette de Mlle Marchal avec la mienne.

— Ah oui, fit Gorski, comme s'il avait oublié ce détail. Et vous avez ouvert votre porte, ou seulement regardé par le judas ?

— J'ai regardé par le judas. Dans la mesure où j'ai compris que la visite n'était pas pour moi, je n'ai pas eu besoin d'ouvrir la porte.

— Donc, tout à l'heure, avant que je monte, vous avez dû m'entendre sonner à l'Interphone de votre voisine ?

— Absolument. »

Gorski hocha la tête. Il n'avait pas sonné chez la voisine.

« Je dois aussi vous interroger sur votre propre relation avec Mlle Marchal.

— Je n'avais aucune relation avec elle », rétorqua sèchement Weismann.

Il avait déjà terminé son deuxième verre de schnaps.

« Vous deviez bien vous croiser dans l'escalier de temps en temps, insista Gorski.

— De temps en temps, peut-être, mais je n'appellerais pas ça une relation.

— Et vous n'échangiez jamais quelques mots ?

— Seulement en passant.

— Vous ne la décririez donc pas comme une amie ?

— Certainement pas.

— Vous ne l'avez jamais, par exemple, invitée chez vous ?

— Bien sûr que non. Pourquoi voudriez-vous que je l'invite chez moi ?

— C'était une femme séduisante. Quoi de plus naturel pour un homme célibataire comme vous que de l'inviter à boire un café ou un petit verre de schnaps ? Je dois dire qu'à votre place, j'aurais tenté ma chance.

— Eh bien, pas moi », assena Weismann.

Gorski opina placidement.

« Vous êtes vous-même assez bel homme, reprit-il. Elle ne vous a jamais proposé de traverser le palier ?

— Jamais de la vie. »

Gorski laissa échapper un soupir, comme s'il venait d'avoir une révélation.

« Ah, dit-il, peut-être avez-vous d'autres penchants…

— Je ne suis pas sûr de comprendre où vous voulez en venir.

— Monsieur Weismann, je vous garantis que vos orientations sexuelles me sont parfaitement égales. »

Weismann se leva.

« Je ne vois pas bien l'intérêt de poursuivre cette conversation », déclara-t-il.

Gorski resta assis.

« Mon seul but est de comprendre pourquoi un bon parti comme vous ne s'intéresserait pas à une si charmante voisine.

— Je ne suis pas une tapette, protesta l'historien, de plus en plus agité.

— Bien sûr que non, acquiesça Gorski. Je vous prie de m'excuser. »

Il suggéra à Weismann de se rasseoir, mais celui-ci alla se resservir un troisième verre de schnaps. Il avait les mains qui tremblaient. Gorski resta silencieux un moment.

« Pardon de vous poser toutes ces questions, finit-il par dire. Je vous assure que mon seul objectif est de vérifier que votre témoignage soit parfaitement inattaquable. Je ne voudrais pas que de petites incohérences viennent affaiblir les arguments du ministère public.

— Je comprends, marmonna Weismann en se rasseyant.

— Donc, juste pour en avoir le cœur net, vous n'avez jamais mis les pieds dans l'appartement de Véronique Marchal ?

— Jamais. »

Gorski hocha la tête comme s'il était maintenant satisfait. Il ramassa son verre de schnaps par terre et, en le tenant délicatement entre le pouce et le majeur, le vida d'un trait. Après quoi il sortit de sa poche un sachet en plastique transparent et y déposa le verre vide. Weismann l'observait.

« J'espère que vous ne m'en voudrez pas de garder ça, dit-il. C'est une simple formalité. Il nous reste une empreinte non identifiée sur un verre dans l'appartement de Mlle Marchal. Ceci nous permettra de vous éliminer de la liste des suspects.

— Mais c'est impossible ! s'exclama Weismann. J'ai… »

Il se plaqua une main sur la bouche.

« Oui, je sais », fit Gorski avec un lent hochement de tête.

Il se leva, fourra le sachet dans sa poche. Weismann se tenait la tête entre les mains. Gorski avait presque pitié de lui. Il se demanda si l'historien serait tenté de mettre fin à ses jours. Il sortit de l'appartement.

Une fois dehors, il récupéra le verre dans sa poche et le jeta dans la première poubelle venue. En retournant vers sa voiture, il s'arrêta dans un bar, commanda une bière et rappela Schmitt de la cabine au fond de la salle.

23

Raymond prit la direction du Convivial. Sa marche se mua bientôt en course. Il avait l'impression de tituber, comme s'il avait bu. Sa tête le lançait. Le jour commençait à baisser et il devait se protéger les yeux pour ne pas être ébloui par les phares des voitures qu'il croisait. Il n'avait aucune idée de ce qu'il allait faire. Il se sentait des envies de meurtre. Ils avaient comploté contre lui, tous autant qu'ils étaient : son père, Irène, Gorski, Yvette, Delph. Surtout Delph. Il éprouvait soudain une rage folle à son égard. Comment se pouvait-il qu'elle ne soit pas au courant ? Quel idiot il faisait de s'être laissé embobiner !

Il arriva au carrefour que Delph avait traversé avec tant de non-chalance. La circulation était dense en cette fin d'après-midi. Il se souvint de l'épisode sordide dans l'arrière-salle de Chez Johnny, ses tentatives grotesques pour enfoncer son pénis flasque entre les cuisses de sa sœur. Il s'appuya d'une main à un lampadaire et se plia en deux. Son estomac se contracta, mais rien ne sortit. Il s'essuya la bouche d'un revers de main. Ce serait très simple de descendre du trottoir pile quand un camion passerait. Raymond imagina le bruit des freins, l'impact de la cabine sur sa cage thoracique, le choc de son crâne contre la calandre. Puis un affaissement en douceur. La texture du goudron contre sa joue, une flaque de sang rouge foncé se formant autour de sa tête. Des voix dans la foule des badauds criant d'appeler une ambulance. Le chauffeur jurant qu'il n'avait rien pu faire : le gosse s'était jeté sous ses roues.

Le flot des voitures lui donnait le vertige. Il détourna le regard et aperçut à une vingtaine de mètres derrière lui le jeune homme qui l'avait suivi dans le train, qui flânait à présent devant une boutique au coin de la rue du Manège. Dès que Raymond avait repéré ses efforts ineptes pour tenter de se cacher sur le quai de la gare de Saint-Louis, il s'était rappelé la promesse de Gorski de le garder à l'œil. Puis il s'était aussi souvenu du jeune flic qui les avait accompagnés à la morgue, sa mère et lui. Il n'avait pas la même allure en civil, mais Raymond était sûr que c'était lui. Raymond avait attendu le tout dernier moment pour monter dans le train. Le jeune flic s'était précipité derrière lui, abandonnant toute velléité de discrétion. Une fois à Mulhouse, Raymond ne s'était même plus donné la peine de se retourner. Qu'importait s'il était suivi ? À la limite, ça ne faisait que renforcer son impression que la situation devenait critique.

Il descendit du trottoir. Une voiture pila et son conducteur sembla lâcher un juron derrière le pare-brise. Raymond le fixa d'un regard imperturbable et continua à traverser la chaussée. Il jeta un coup d'œil par-dessus son épaule : le jeune flic avait disparu. Raymond s'arrêta sur le trottoir d'en face et finit par le localiser, qui essayait de se frayer un chemin entre les véhicules. Lorsqu'il fut bien certain qu'il l'avait vu, il bifurqua et courut dans la rue de la Sinne jusqu'à arriver en face du Convivial. Il se mit à faire les cent pas sur le trottoir. Quelles étaient ses intentions, au juste ? Il regrettait d'avoir trouvé ce bout de papier dans le bureau de son père, d'être venu à Mulhouse, d'avoir jamais posé les yeux sur Delph. Il songea qu'il pouvait, s'il le décidait, continuer le long de la rue de la Sinne, reprendre un train pour Saint-Louis et rentrer dans la maison de la rue des Bois comme s'il ne s'était jamais rien passé. Mais il n'en était pas question. Il *s'était* passé quelque chose. Et de façon totalement indépendante de sa volonté. Les événements s'étaient simplement enchaînés les uns après les autres. Et maintenant il en était là, à arpenter le trottoir devant un bar dans lequel, à peine quelques jours plus tôt, il n'aurait jamais eu le courage d'entrer.

Les reflets sur la vitrine du bar l'empêchaient de voir à l'intérieur. Raymond palpa les poches de sa veste et s'aperçut qu'il avait laissé ses cigarettes sur la table de la cuisine d'Irène. Il vérifia dans sa sacoche. Elle ne contenait rien d'autre que son livre et le couteau. Le jeune flic était à quelques mètres derrière lui.

Raymond traversa la rue et poussa la porte du bar. Les habitués étaient assis aux tables près de l'entrée, comme la fois précédente. Delph n'était pas là. Raymond s'approcha du comptoir. Dédé le salua du même hochement de menton sec que celui par lequel il accueillait tous ses clients.

Raymond demanda un paquet de Gitanes.

Dédé alla chercher les cigarettes et les posa sur le comptoir.

« Tu t'es fait amocher, on dirait », commenta-t-il en dévisageant Raymond d'un œil impassible.

Raymond le regarda sans comprendre. Dédé désigna

du doigt les égratignures sur son front. Instinctivement, Raymond y porta la main.

« Je suis tombé dans un escalier, expliqua-t-il.

— Ouais, c'est ce qu'on dit », rétorqua le barman.

Raymond réussit tant bien que mal à se hisser sur un tabouret. Il tanguait légèrement. Il ne pouvait quand même pas juste payer ses cigarettes et partir. Il commanda une bière. Dédé sembla hésiter à le servir. Puis il haussa les épaules – qu'est-ce que ça pouvait bien lui faire, après tout, que ce môme soit ivre ? – et remplit une chope à la pression. Raymond voulut enlever la Cellophane autour du paquet de cigarettes, mais ses doigts tremblaient trop. Quand Dédé revint poser la chope devant lui, il lui prit le paquet des mains et défit l'emballage sans un mot. Raymond le remercia. Il en sortit une et parvint à l'allumer. Après quoi il pivota sur son tabouret pour regarder dehors. Le jeune flic était toujours sur le trottoir. Raymond était content de savoir que, quoi qu'il se passe, il y aurait un témoin ; qu'un rapport officiel l'absoudrait – il en était sûr – de toute responsabilité.

Il s'obligea à un effort mental pour bien observer le décor autour de lui : les coins déchirés des affiches collées aux deux piliers qui divisaient la salle de façon informelle ; les marques de brûlure sur le parquet au pied du comptoir, là où les clients écrasaient leurs mégots depuis des décennies ; le tic qu'avait Dédé de se lisser la barbichette entre le pouce et le majeur ; la lente rotation de la pendule au mur. Le vieux monsieur au cou de dindon poussa la porte et traîna les pieds jusqu'au bar. Ses chaussons faisaient un bruit de papier de verre sur le bois du parquet. Raymond entendait le sifflement de ses courtes respirations. Dédé posa un verre de rhum devant lui. Le vieillard le contempla un moment, les deux mains agrippées à la rampe en cuivre du bar comme pour rassembler ce qui lui restait de force, et le vida d'un trait. Il chercha une pièce dans sa poche, qu'il fit claquer sur le comptoir. Après quoi il se tourna vers Raymond, le toisa de la tête aux pieds avec une expression de dédain, et partit sans un mot. Raymond le suivit du regard jusqu'à la porte. Les habitués avaient l'air de spectateurs de théâtre attendant que le rideau se lève. L'homme au visage vérolé qui avait indiqué son chemin à Raymond était parmi eux. Il le salua d'un hochement de tête. Seuls les deux joueurs d'échecs, concentrés sur leur partie, semblaient ne pas avoir remarqué la présence de Raymond. La pendule marqua 5 heures.

Delph apparut par la porte indiquant *W-C Femmes*.

« Salut, Raymond, dit-elle, qu'est-ce qui t'amène ? »

Elle ne paraissait pas particulièrement surprise de le voir là.

Malgré tout, Raymond ressentit un élan de désir dans le bas-ventre.

« J'ai besoin de te parler », répondit-il.

Elle jeta un œil à la bière posée devant lui.

« Tu t'es remis des tomates, à ce que je vois, fit-elle remarquer. Tu étais vraiment soûl. »

Elle fit claquer sa langue et secoua la tête avec un air faussement réprobateur.

Raymond la regardait, incrédule. Comment pouvait-elle se comporter comme si de rien n'était ? Soudain, il comprit : c'était une comédienne finie. Peut-être que tout, depuis le début, était un simulacre soigneusement préparé. Le bout de papier avec l'adresse avait été déposé dans le bureau de son père exprès pour que Raymond le trouve. Delph – parfaite pour le rôle – avait attendu le signal afin de sortir de l'immeuble pile au bon moment. Et le couteau : évidemment, le couteau avait été placé bien en vue pour que Raymond tombe dessus. La boutique de philatélie était sans doute un décor. Raymond s'attendait presque à voir son père surgir de derrière le comptoir, toujours maquillé comme sur la civière de la morgue, et les participants viendraient alors saluer en riant. Quelle bonne tranche de rigolade ils s'étaient payée ! Mais, bien sûr, il n'en était rien. Tout ce qui s'était passé était on ne peut plus réel. Raymond se sentait de plus en plus agité.

Delph l'observait avec une mine perplexe.

« Qu'est-ce que tu t'es fait à la tête ? demanda-t-elle.

— Je suis tombé dans l'escalier de ton immeuble, répondit Raymond, ne voyant pas l'intérêt de lui cacher la vérité. Je sortais de chez ta mère. »

Delph écarquilla les yeux, ce qui eut pour effet d'accentuer son strabisme.

« Tu sortais *d'où* ? s'exclama-t-elle.

— Je voulais te voir, alors je suis allé chez toi. »

À cet instant, Dédé toussota de façon volontairement appuyée.

« Sans vouloir contrarier une grande histoire d'amour, je crois que nos patients attendent leur prescription », dit-il en désignant les clients près de l'entrée.

Delph sembla soulagée de cette diversion. Elle attrapa son plateau et se mit à débarrasser les tables. Raymond se retourna vers le comptoir. Il regarda Delph dans le miroir derrière le bar échanger ses traditionnelles salutations avec les habitués. Il termina sa bière. Delph revint et, tout en déposant les verres et les tasses sales sur le comptoir, transmit les commandes à Dédé. Lequel transféra la vaisselle dans l'évier avant de préparer les consommations, que Delph chargeait au fur et à mesure sur son plateau. C'était leur petite routine. Delph était suffisamment près de Raymond pour qu'il perçoive l'odeur poivrée de sa transpiration. Il ressentit l'envie soudaine de s'agenouiller devant elle et d'enfouir le visage dans son sexe. Il se recula et prit une profonde inspiration. Delph s'éloigna avec son plateau en l'ignorant délibérément.

Raymond demanda une deuxième bière.

« Je crois que tu as assez bu, répondit Dédé d'un ton placide. C'est l'heure de partir. »

Raymond lui lança un regard de défi, mais le barman se contenta de vaquer à ses occupations. Lorsque Delph revint au comptoir, Raymond lui répéta qu'il voulait lui parler.

« Si tu y tiens vraiment, répliqua-t-elle, reviens à 10 heures.

— J'ai besoin de te parler tout de suite, insista-t-il.

— Tu n'as pas entendu ce que je t'ai dit ? intervint Dédé. C'est l'heure de payer et de foutre le camp. »

Raymond descendit de son tabouret et fit un pas vers Delph. Une lueur de quelque chose qui ressemblait à de la peur traversa son regard, mais elle ne bougea pas d'un pouce, la main droite posée sur le bar. Du coin de l'œil, Raymond voyait les habitués près de la porte remuer sur leur chaise pour mieux observer ce qui se passait. Même les joueurs d'échecs relevèrent la tête. Raymond jeta un regard à la pendule sur le mur. À peine dix minutes s'étaient écoulées depuis que Delph avait pris son service.

« Tu ne sais pas qui je suis ? demanda Raymond.

— Bien sûr que si, fit-elle en glissant un coup d'œil à Dédé. Tu es un pauvre type de Saint-Louis qui bande mou. »

Raymond fouilla dans sa sacoche et sortit son couteau. Il le dégaina du fourreau en cuir et le brandit devant lui. Dédé laissa échapper un soupir de lassitude. Il en avait vu bien d'autres. Il fit le tour du comptoir pour venir s'interposer entre les deux protagonistes.

« Qu'est-ce que tu comptes faire avec ça, hein ? » lança-t-il.

Il se rapprocha de Raymond, qui recula d'un pas, renversant le tabouret sur lequel il s'était assis.

« J'ai besoin de parler à Delph », dit-il en détachant chaque mot.

Il avait les yeux qui brûlaient.

« Fous-lui une baffe, Dédé ! » cria quelqu'un.

Au milieu des rires, quelqu'un d'autre rétorqua : « Te laisse pas faire, gamin ! »

Raymond balaya du regard les visages autour de lui, avides d'un peu d'action. Le jeune flic avait le nez collé à la vitrine. S'ils voulaient du spectacle, ils allaient en avoir.

Dédé s'avança vers Raymond, bras tendu, prêt à l'escorter jusqu'à la sortie, sans toutefois avoir l'air plus perturbé que ça.

Raymond ne pouvait plus battre en retraite. Il fit un pas en avant et donna un coup de couteau en l'air sans grande conviction. Presque par hasard, il toucha la main de Dédé à la base du pouce. Ce dernier eut un mouvement de recul et examina sa blessure. Les spectateurs les encouragèrent par de timides acclamations. Raymond était horrifié par ce qu'il venait de faire. Delph se plaqua une paume sur le front, laissant tomber son plateau. Dédé attrapa un torchon sur le bar et se l'enroula autour de la main. Le tissu fut vite imbibé de sang.

« Je suis désolé », dit Raymond, sans toutefois cesser de brandir le couteau.

Dédé le menaça de lui casser le bras.

Il y eut un léger flottement, de quelques secondes à peine, tandis que les deux adversaires évaluaient leurs positions respectives. Raymond, de son côté, aurait volontiers lâché le couteau et quitté le bar. Sans la pression du public et le fait qu'il n'avait pas réglé sa bière et ses cigarettes, il l'aurait peut-être fait. Il s'imagina sortir sous les huées. Dédé ne manquerait pas de crier des injures dans son dos. Peut-être même le rattraperait-il à la porte pour lui flanquer une bonne rouste. Mais, en l'occurrence, les événements s'étaient déjà emballés au-delà du point de non-retour.

Delph contourna Dédé et lança à Raymond : « Dégage, maintenant. »

C'est alors que ça le frappa : elle avait le même nez aquilin que son père, avec un angle très prononcé. Les mêmes pommettes hautes. Son attitude sardonique aussi faisait écho à celle de son père. Au point qu'il était étonné de ne pas s'en être aperçu plus tôt.

Raymond se souvint du moment où elle avait déboutonné sa chemise – la chemise de son père – pour lui montrer ses seins dans l'arrière-salle de Chez Johnny. Il se sentait à présent grisé par son odeur. Il leva le couteau à bout de bras devant lui puis, repliant le coude d'un coup sec, se le planta dans la gorge. Il sentit la lame pénétrer sa peau, s'enfoncer dans l'épaisseur du muscle, avant que sa main ne lâche prise instinctivement. Le couteau resta logé là quelques secondes, pas plus, avant de tomber par terre. Raymond fut content de son petit effet. Delph réprima un cri. Des exclamations de stupeur jaillirent dans le public. Des chaises grincèrent alors que les gens se levaient pour mieux voir. Même Dédé sembla pris de court. Raymond imagina un grand geyser de sang gicler partout, mais en réalité seul un petit gargouillis suinta de la plaie. Il regarda Delph en souriant d'un air bête. Puis ses jambes flanchèrent et il s'effondra au sol tête la première, les bras ballant le long du corps. Au bout d'un moment, il perçut la texture rugueuse du parquet contre sa joue. Il se sentit soudain atrocement ridicule. Quelle idée idiote il avait eue ! Il se demanda s'il était en train de vivre ses derniers instants, et si ce serait donc sa dernière pensée, qu'il était idiot. Mais non. Il prit peu à peu conscience d'un assortiment de chaussures autour de lui, parmi lesquelles il reconnut les mocassins noirs de l'homme à la peau vérolée. Un autre avait un trou au niveau du gros orteil, et Raymond distinguait des traces de colle séchée, témoins d'une vaine tentative de réparation. Il chercha des yeux les bottes de Delph mais ne les trouva pas. On le hissa debout pour le déposer sur un tabouret. Quelqu'un suggéra d'appeler une ambulance, mais il fut décidé que ce n'était pas la peine. Des termes désobligeants circulaient dans l'assistance. Quelqu'un déclara, avec une pointe d'admiration, qu'il aurait pu se faire vraiment mal. À un moment, le jeune flic entra dans le café et annonça qu'il était de la police, mais sur un ton qui manquait tellement d'autorité que personne ne lui prêta la moindre attention.

Une fois qu'il fut jugé que Raymond n'était pas sérieusement blessé, les habitués regagnèrent leurs tables respectives. Les joueurs d'échecs remirent leur pendule à zéro et reprirent leur partie. Le jeune flic demanda s'il y avait un téléphone quelque part et on lui indiqua la cabine un peu plus loin dans la rue.

Dédé s'assit sur un tabouret en face de Raymond et

lui ordonna de pencher la tête sur le côté pour qu'il puisse désinfecter la plaie dans son cou. Delph sortit de derrière le comptoir et lui tendit sans un mot un rouleau de gaze et du sparadrap. Elle ne regarda pas Raymond et ne lui adressa pas la parole. Dédé lui confectionna un pansement en deux temps trois mouvements. Puis il se releva, lui apporta un petit verre de cognac et lui dit de le boire cul sec.

Raymond le remercia et s'excusa du dérangement qu'il avait causé.

« Y a pas de mal », répondit Dédé avec un haussement d'épaules.

Il lui fit vider ses poches et prit le peu d'argent qu'il avait pour couvrir le prix des cigarettes et de la bière.

Raymond se sentait fatigué. Il avait envie de rentrer chez lui. Il but le cognac qu'on lui avait donné. On aurait dit qu'il ne s'était rien passé. Quelqu'un avait dû ramasser le couteau et il ne réclama pas qu'on le lui rende. Le sang qui avait coulé par terre était déjà nettoyé. Les clients à la table près de la porte avaient sorti un jeu de cartes. Un gros type à bretelles commença à les distribuer tranquillement. Les joueurs d'échecs terminèrent leur partie et rangèrent les pièces comme à leur habitude. L'homme à la peau vérolée finit son verre et partit en disant au revoir à Dédé. Delph réapparut de derrière le comptoir pour aller débarrasser quelques verres. Personne ne fit aucun commentaire sur ce qui venait d'arriver. Elle ne regarda pas Raymond. Il n'avait nul désir de lui parler. Peut-être que rien de tout ça n'avait d'importance, finalement. Il jeta un coup d'œil à la pendule au mur. Il s'était écoulé à peine une demi-heure depuis qu'il était entré dans le bar.

Dehors, il s'arrêta pour observer son reflet dans la

vitrine d'une boucherie. Il tâta du bout des doigts le pansement dans son cou. Un peu de sang perlait à travers la gaze. Il se coinça les cheveux derrière les oreilles. Il avait maintenant une bosse bleue sur le front à l'endroit où sa tête avait cogné le sol. Cela ajouté aux égratignures et au pantalon déchiré dus à sa chute dans l'escalier. Derrière lui, le jeune flic le suivait sur le trottoir d'en face. Raymond marcha jusqu'à la gare. Un train arriva aussitôt. Il monta à bord sans acheter de billet. Qu'est-ce qu'il risquait, au pire ? S'il se faisait contrôler, on le débarquerait à Bartenheim, voilà tout.

24

Gorski dut demander son chemin à plusieurs reprises avant de trouver la rue Saint-Fiacre. C'était une rue banale, un peu délabrée, mais convenable. Il se gara et la parcourut à pied d'un bout à l'autre. Roland n'était nulle part. Il repartit en sens inverse sur le trottoir d'en face, en s'arrêtant pour regarder par la vitrine d'un magasin de philatélie. L'amoncellement de bric-à-brac lui rappela la boutique de prêteur sur gages de son père.

Il entra dans le petit café à l'angle. C'était le genre d'endroit qui survivait grâce à une clientèle trop paresseuse pour marcher plus de quelques dizaines de mètres. Le sol était en béton ciré, éraflé en arc de cercle là où la porte s'ouvrait et se fermait. Près de l'entrée se trouvait un congélateur décoré d'illustrations de glaces en tout genre. Il y avait au total quatre tables en plastique rondes, chacune tenue par un pied conique en métal, alignées le long du mur à droite de la porte. Un présentoir contenait les journaux du jour. Derrière le comptoir s'étalait l'assortiment habituel de cigarettes et de tickets de loterie. Sur le mur du fond, près des W-C, étaient punaisés une série d'articles jaunis découpés dans *L'Alsace*. La petite télévision fixée au mur au-dessus de la porte n'était pas allumée. Il n'y avait pas d'autre client.

Le patron était un homme d'une soixantaine d'années. Les manches de sa chemise étaient roulées et attachées par une petite patte au-dessus du coude. Sa cravate était soigneusement nouée et retenue par une épingle en argent. Gorski lui demanda si un jeune homme était venu utiliser le téléphone. Le patron le lui confirma. Gorski voulut savoir dans quelle direction il était reparti. Le type le dévisagea d'un air méfiant. S'il ne répondit pas tout de suite, ce n'était pas par manque de serviabilité, mais parce qu'il était du genre à respecter la vie privée de ses clients. Gorski lui montra sa carte de police.

L'homme l'examina attentivement et inclina la tête comme pour s'excuser de sa réticence initiale.

« Je crains de n'avoir pas fait suffisamment attention », dit-il.

Un gros monsieur accompagné d'un terrier était installé à l'une des deux tables en métal sur le trottoir. Il n'avait pas de consommation devant lui, on aurait dit qu'il s'était juste arrêté pour faire une pause. Gorski sortit et lui réitéra sa question au sujet de Roland. L'homme réfléchit un instant avant de secouer lentement la tête. Il se pencha pour caresser son chien derrière les oreilles. Gorski retourna dans le café et demanda un jeton pour appeler le commissariat de Saint-Louis. Schmitt décrocha. Roland n'avait pas rappelé.

« S'il rappelle, indiqua Gorski, dites-lui que je suis dans le café d'où il m'a appelé tout à l'heure.

— Votre petit copain vous a posé un lapin, c'est ça ? » répliqua Schmitt.

Il commença une autre phrase, mais Gorski lui

raccrocha au nez. Il alla s'asseoir sur un des trois tabourets au comptoir, s'alluma une cigarette et commanda une bière.

Le patron déposa soigneusement devant lui une bouteille sur un napperon en papier. Après quoi il s'alluma une cigarette à son tour. Généralement, dans ce genre de situation, le barman s'arrange pour s'occuper à de menues tâches – essuyer des verres ou passer un coup d'éponge – afin que son client ne se sente pas gêné de boire seul. Ou bien il éprouve le besoin de dire quelques banalités. Mais le patron du café au coin de la rue Saint-Fiacre ne fit rien de tout ça. Il se contenta de rester debout derrière le comptoir et de regarder Gorski avec une expression placide. De temps en temps, il s'avançait pour tapoter sa cigarette dans le cendrier sur le bar. Gorski se sentait plutôt à l'aise. Il ne voyait pas l'intérêt de courir dans tout Mulhouse pour retrouver Roland. Ça faisait plus d'une heure qu'il avait appelé de la cabine devant l'immeuble de Véronique Marchal.

Une vieille dame entra dans le bar avec un carlin. Elle portait un cabas en toile plein de légumes. Le petit chien eut du mal à gravir l'unique marche du perron. La femme s'assit à la table la plus proche de la porte. Le patron la salua par son prénom et lui apporta un verre de cognac, qu'elle fixa des yeux plusieurs minutes comme pour témoigner de la force de sa volonté. Après quoi elle le porta à ses lèvres et le goûta d'un air méfiant, comme si elle voulait vérifier qu'il n'était pas empoisonné. Elle le reposa sur la table et attendit. Puis, apparemment rassurée sur l'innocuité de sa boisson, elle reprit le verre et le vida cul sec d'une brusque torsion du poignet. Elle resta là encore quelques minutes, comme si le cognac n'était qu'une raison secondaire de sa visite. Puis elle posa une pièce sur la table et partit. Le patron alla débarrasser son verre et, bien que ce ne fût pas nécessaire, passa un chiffon sur la table. Quand il revint à son poste derrière le bar, Gorski commanda une deuxième bière.

Dehors résonna un bruit de métal raclé sur du ciment. Le gros monsieur se levait. Il salua le patron à travers la vitrine et s'éloigna avec son chien. Gorski se plaisait bien, dans ce bar. C'était le genre d'endroit auquel il pourrait facilement s'habituer.

Plus tard ce soir-là, Gorski posa doucement sa valise dans l'entrée. Il n'avait pas prévenu sa mère qu'il venait, mais la table était mise pour deux.

« Ah, te voilà, dit-elle quand il poussa la porte. Je m'apprêtais à descendre te chercher.

— C'est moi, Georges », répondit-il.

Elle se tourna vers la porte.

« Ah, d'accord, dit-elle avec un sourire, je vais devoir ajouter un couvert. »

Elle s'avança d'un pas pesant jusqu'au buffet où elle rangeait les sets et les serviettes.

« Ce n'est pas la peine, maman, intervint Gorski. On ne sera que tous les deux. »

Un léger trouble voila le visage de sa mère, mais il se dissipa vite et elle passa à la cuisine, où mijotait une marmite de soupe. Gorski s'installa à la place que sa mère avait prévue pour son mari. Elle mit une éternité à leur servir deux bols et à les apporter à table, mais Gorski ne s'en mêla pas.

Lorsqu'elle fut assise, il lui demanda s'il y avait du vin. Il savait déjà qu'il y avait plusieurs bouteilles dans le placard sous l'évier. Mme Gorski lui répondit qu'elle n'en buvait presque jamais, désormais, mais qu'il n'avait qu'à regarder. Gorski alla chercher une bouteille et la déboucha. Il en servit un peu à sa mère.

« C'est bon pour la santé, dit-il. Ça purifie le sang. »

C'était une des maximes préférées de son père. Il remplit son propre verre à ras bord, puis rompit le pain que sa mère avait posé au centre de la table. Il en beurra un morceau qu'il posa dans la petite assiette de sa mère, mais elle n'y toucha pas. Ils mangèrent leur soupe en silence. Quand ils eurent fini, Gorski débarrassa les bols et fit la vaisselle en prenant tout son temps dans la kitchenette. Lorsqu'il revint au salon, sa mère avait repris sa place dans le fauteuil près de la cheminée. Gorski se servit un deuxième verre de vin. Le silence était oppressant. Il ne savait pas comment amener le fait qu'il comptait rester dormir là. Il alla chercher sa valise dans l'entrée et la transféra dans son ancienne chambre en prenant soin de laisser la porte entrouverte.

Il n'avait pas remis les pieds dans cette pièce depuis plus de vingt ans. Elle était minuscule. Il y avait juste la place pour le petit bureau où il faisait autrefois ses devoirs, l'énorme armoire et l'étroite banquette. Ça sentait les vieux livres. Il ouvrit la fenêtre et posa sa valise sur le lit. Les deux étagères au-dessus étaient remplies de romans policiers qu'il avait dévorés avec passion à l'adolescence.

En revenant au salon, il s'arrêta sur le seuil de la porte. Sa mère le regardait avec un sourire triste depuis son fauteuil. Il n'y avait pas besoin d'expliquer quoi que ce soit. Gorski leva la main vers la mezouzah fixée au chambranle.

« Tu sais, maman, je me suis souvent interrogé sur ce petit boîtier », dit-il.

Mme Gorski eut l'air étonnée par sa question.

« C'est joli, non ? répondit-elle.

— Oui, mais je me demande comment il est arrivé là.

— Il était déjà là quand ton père et moi avons emménagé, dit-elle. Ou alors c'est ton père qui l'a mis, je ne m'en souviens plus. Il ramenait toujours des tas de babioles de la boutique. »

Gorski hocha la tête et se rassit à table, face à sa mère. Ses yeux commençaient à se fermer. Au bout de quelques minutes, elle annonça qu'elle allait se coucher. Gorski n'aurait qu'à éteindre les lumières. Il lui souhaita bonne nuit et resta assis un moment. C'était étrange d'être seul dans l'appartement de ses parents. Il se surprit à imaginer Lucette Barthelme dans le fauteuil de sa mère. Le fait que désormais plus rien ne l'empêchait de lui rendre visite l'attristait. Peut-être qu'il pourrait descendre boire une ou deux bières au restaurant de la Cloche. Quoi de plus naturel ? Peut-être même qu'un soir, il accepterait la proposition de Lemerre et consorts de se joindre à eux pour une partie de cartes. Mais il ne voulait pas que sa mère l'entende sortir, et elle risquait d'avoir peur s'il rentrait tard dans la nuit. À la place, il attendit d'être sûr qu'elle dormait avant d'aller chercher une deuxième bouteille dans le placard sous l'évier.

POSTFACE

Quand *L'Accident de l'A35* fut publié en France au printemps 2016, la couverture médiatique s'intéressa moins aux mérites du livre qu'à la question de savoir jusqu'à quel point c'était une œuvre de fiction. Raymond Brunet avait lui-même suscité ce questionnement en provoquant le lecteur par la citation placée en exergue du roman – *Ce que je viens d'écrire est faux. Vrai. Ni vrai ni faux* –, tirée des mémoires notoirement infidèles de Jean-Paul Sartre. Dans leur habile campagne de promotion du livre, les éditions Gaspard-Moreau encourageaient aussi les lecteurs à voir ce texte comme une autobiographie à peine masquée. Plutôt que de diffuser un communiqué de presse traditionnel, elles s'étaient arrangées pour faire courir des bruits sur l'existence de nouveaux manuscrits de Brunet lors de conversations nocturnes dans les bars du Quartier latin. Des rumeurs ne tardèrent pas à fleurir sur Twitter et sur un certain nombre de blogs obscurs, mais Gaspard-Moreau se refusait à tout commentaire officiel. Finalement, un article intitulé « Le retour de l'étranger ? » parut dans l'édition du week-end du *Monde*, générant à son tour d'autres papiers. Outre la publicité gratuite, ces articles servirent à remettre

Raymond Brunet dans les mémoires d'un lectorat qui l'avait très largement oublié. Aucun exemplaire de presse ne fut envoyé en amont de la publication. Ce qui fit dire que ce roman devait être médiocre, mais paradoxalement augmenta le degré d'intérêt pour le livre dans les milieux intellectuels français. Gaspard-Moreau, souvent considéré comme une des maisons d'édition les plus conservatrices du paysage littéraire, publia alors le livre dans un premier tirage modeste de quelques centaines d'exemplaires. Sans surprise, il fut épuisé en quelques jours et la demande était telle que l'éditeur se sentit alors suffisamment rassuré pour lancer une réimpression beaucoup plus massive. En l'espace de quelques mois, *L'Accident de l'A35* avait cumulé autant de ventes que le précédent roman de Brunet en trente-quatre ans.

Alors, dans quelle mesure *L'Accident de l'A35* est-il « vrai » ? Raymond Brunet, rappelons-le, est né à Saint-Louis en 1953. À l'exception d'un court séjour à Paris après la sortie triomphale du film adapté de *La Disparition d'Adèle Bedeau* en 1989, il mena une existence obscure dans sa ville natale jusqu'à son suicide en 1992. C'était, de l'avis général, un homme agréable mais renfermé qui, comme nombre de ses personnages, semblait trouver les menues interactions de la vie quotidienne exagérément pénibles. Quelqu'un d'inadapté.

Une bonne partie de *L'Accident de l'A35* est clairement autobiographique. Raymond Brunet, comme son double fictionnel Raymond Barthelme, était le fils d'un austère homme de droit, également prénommé Bertrand. Il avait grandi dans une imposante demeure en périphérie de Saint-Louis, même si, dans ce qui peut être interprété comme une molle tentative pour protéger la vie privée de sa mère, il n'existe pas de rue des Bois. La plupart des lieux, tant à Saint-Louis qu'à Mulhouse, s'inspirent pourtant d'endroits réels. Saint-Louis, il faut le souligner, est loin d'être aussi sinistre que la description qui en est faite dans le roman. Ordinaire, peut-être, mais ni la ville ni ses habitants ne méritent le portrait féroce qu'en donne Brunet ; un portrait qui en dit à l'évidence davantage sur la haine de soi de l'auteur que sur la ville elle-même. Cependant – et c'est crucial –, l'événement central de l'intrigue s'est produit dans la vraie vie presque exactement tel que dans le roman. Dans la nuit du 9 octobre 1970, une semaine avant le dix-septième anniversaire de Brunet, la Mercedes de son père a quitté la voie nord-sud de l'A35 quelques kilomètres au nord de Saint-Louis. Il fut tué sur le coup. Ses faits et gestes le soir de l'accident faisaient, selon *L'Alsace*, « peu de mystère ».

Les faits et les personnages principaux du roman étaient donc clairement ancrés dans la réalité, mais *quid* du reste ? Ce qui est certain, c'est que l'intrigue secondaire un peu racoleuse autour du meurtre de Véronique Marchal est de la pure fiction. Aucun meurtre similaire n'a eu lieu à Strasbourg à cette époque, et la description du crime doit beaucoup au début du film *Juste avant la nuit* réalisé par Claude Chabrol en 1971, dans lequel un chef d'entreprise d'une cinquantaine d'années étrangle sa maîtresse dans des circonstances très proches de celles du livre. Chabrol avait porté à l'écran *La Disparition d'Adèle Bedeau*, et il ne fait aucun doute que Brunet, par ailleurs cinéphile, avait dû voir ses films précédents.

Une incertitude bien plus grande entoure en revanche les aventures de Raymond Barthelme à Mulhouse. Pour la plus grande joie des éditions Gaspard-Moreau, une poignée de journalistes se chargèrent de découvrir la « véritable histoire » derrière *L'Accident de l'A35*. Ils furent aidés en cela par le fait qu'il y avait (et qu'il y a toujours) un bar rue de la Sinne baptisé Le Convivial, et quoiqu'il ne ressemble que très vaguement à celui du roman, il devint pour un temps le QG officieux de ces apprentis détectives littéraires. Aucun des habitués ni des employés ne se souvenait d'un événement comme celui qui constitue le dénouement du livre ; pas plus que d'un jeune homme correspondant à la description de Raymond Barthelme. Mais comment auraient-ils pu s'en souvenir ? Si tant est que ces événements aient bel et bien eu lieu, ils remontaient à plus de quarante ans. Un seul habitué, alors âgé de soixante-dix ans et quelques, se rappelait vaguement un barman prénommé Dédé, qu'on ne réussit jamais à retrouver.

L'enquête des journalistes se concentra autour de la rue Saint-Fiacre. Elle se trouve à quelques minutes à pied de la rue de la Sinne, mais si elle est à peu près fidèle à sa description dans le livre, elle ne possède ni boutique de philatélie ni café au coin. À supposer qu'elle ait été le lieu d'événements réels dans la vie de Raymond Brunet, ces différences pourraient simplement s'expliquer par les caprices de la mémoire. À moins que ce soient des inventions pour permettre à l'auteur d'introduire certains éléments de son histoire ; notamment le vol du couteau, qui reprend d'assez près un épisode de *L'Âge de raison* de Sartre, dans lequel le personnage de Boris achète un couteau dans un magasin du même genre avant de voler un dictionnaire. D'un autre côté, puisque Brunet a inventé le nom de la rue où il a localisé sa propre maison à Saint-Louis, ces événements, même réels, ont aussi pu se passer dans une rue complètement différente. Il est possible que le choix de la rue Saint-Fiacre ait été un simple clin d'œil au héros littéraire de Brunet, Georges Simenon, dont un des premiers romans s'intitulait *L'Affaire Saint-Fiacre*.

Cependant, ni cela ni le fait qu'Irène Comte – à supposer qu'elle ait vraiment existé – aurait eu plus de quatre-vingts ans n'empêchèrent les journalistes de frapper aux portes de tous les appartements de la rue. Une vieille fille d'un certain âge, Isabelle Cabot, qui vivait au numéro 10 (pile en face du 13), nia avoir jamais connu de Bertrand ou de Raymond Brunet. Elle avait cependant une fille qui, coïncidence ou pas, s'appelait Delphine, dont on retrouva la trace à Lyon. Delphine Cabot alimenta malgré elle toutes les conjectures en refusant de parler aux journalistes. Certains prétendirent qu'Isabelle Cabot ne faisait que rester fidèle à une promesse qu'elle avait faite à Bertrand Brunet de garder le secret sur leur relation. Et si les événements du roman avaient quelque fondement réel, il était fort compréhensible que Delphine ne souhaite pas les voir déballés en public. Mais l'interprétation la plus communément admise fut plutôt que l'attention portée à ces deux femmes n'était rien d'autre que le harcèlement déplacé d'individus n'ayant strictement rien à voir avec ce qui était vraisemblablement des événements fictionnels.

On ne saura jamais si Isabelle et Delphine Cabot ont pu être les prototypes d'Irène et de Delph (Isabelle est morte entre-temps). Il semble en revanche légitime de se demander pourquoi, si les événements racontés dans le roman ne s'inspirent pas de faits réels, Brunet tenait tellement à ce qu'il ne soit pas publié du vivant de sa mère. Par ailleurs, pour pousser la spéculation encore plus loin, si Brunet a bel et bien eu des relations sexuelles avec une hypothétique demi-sœur, c'est un traumatisme qui pourrait expliquer ses difficultés ultérieures avec la gent féminine. Lors de son séjour à Paris pour la promotion du film adapté de *La Disparition d'Adèle Bedeau*, Emmanuelle Durie, l'actrice qui jouait le rôle-titre, avait eu un coup de foudre pour l'écrivain. Pendant les quelques semaines que Brunet passa à Paris, ils dînèrent ensemble discrètement et firent le tour des galeries d'art de la capitale. Dans une interview qu'elle donna des années après la mort de Brunet, Durie le décrivit comme un homme intelligent à la voix douce et plein d'autodérision. Rien ne lui plaisait davantage que de s'asseoir dans le jardin du Luxembourg et d'imaginer la vie des gens qu'il voyait passer. Elle avouait avoir eu le béguin pour lui. Mais, ajoutait-elle, « il semblait avoir une sorte de terreur de tout contact sexuel ». Sur le moment, elle en avait conclu que c'était « un homosexuel refoulé ».

Quoi qu'il en soit, bien que toutes ces conjectures soient fort divertissantes, ce n'est finalement que du bavardage. Ce qui compte n'est pas de savoir si *L'Accident de l'A35* est « vrai », mais s'il est bon. La seule façon de mesurer la dose de « vérité » d'un livre n'est pas de chercher à établir si ses personnages, ses lieux et ses événements ont bel et bien existé, mais plutôt s'ils nous paraissent authentiques à nous, lecteurs. Quand on ouvre les pages d'un roman, on s'engage dans un pacte avec lui. On a envie de s'immerger dans son décor. On a envie de croire à ses personnages, de trouver leurs actions psychologiquement plausibles. On investit un peu de nous-mêmes dans l'histoire et, tout en n'oubliant jamais complètement qu'il s'agit d'une fiction, on ressent les désillusions, les humiliations et les petites victoires des personnages comme si c'étaient les nôtres. Un roman n'est, selon l'expression de Sartre, « ni vrai ni faux » ; mais il doit *avoir l'air* vrai.

Et ce devait être le cas pour Raymond Brunet. À la fois comme romancier et comme individu, il était entièrement prisonnier de sa ville natale. Les habitants de Saint-Louis, déjà mécontents du portrait qu'il avait fait d'eux dans son premier roman, ne trouvèrent guère de quoi les rassurer dans *L'Accident de l'A35*. Les personnages aussi sont issus du même répertoire et, qu'ils soient directement autobiographiques ou pas, ils reflètent sans aucun doute les préoccupations d'un homme qui semble avoir sombré toujours plus profondément dans la névrose au fil de sa vie. Son bref contact avec la célébrité, et le trop court séjour qu'il fit dans l'environnement cosmopolite de Paris ne purent que souligner par contraste la monotonie de sa vie à Saint-Louis. Le fait que Brunet ait effectivement attendu la mort de sa mère pour pouvoir continuer à publier son travail devait être un supplice insupportable. Au bout du compte, il choisit de précipiter sa propre fin plutôt que d'attendre la sienne.

Si l'intelligente stratégie promotionnelle de Gaspard-Moreau assura au livre de meilleures ventes que *La Disparition d'Adèle Bedeau*, l'accueil critique fut mitigé. Une journaliste, tout en relevant avec condescendance le « cirque indécent » qui avait entouré la publication de l'ouvrage, écrivit qu'on pouvait très bien comprendre que Brunet ait préféré se tuer plutôt que d'y assister de son vivant. C'était l'œuvre, affirmait-elle, d'un écrivain qui « n'avait qu'une seule idée, et même pas très bonne, avec ça ». D'un autre côté, Jean Martineau, du magazine *LiRE*, était soulagé de tomber sur un roman qui « évit[ait] les gadgets de tant de fictions contemporaines pour se reposer à la place sur les vertus immémoriales des personnages et de l'intrigue ». C'était, disait-il, « désespérément et agréablement démodé ».

Il appartient bien sûr aux lecteurs de décider par eux-mêmes qui a raison. Un préfacier est avant tout un lecteur, et je ne peux qu'espérer que d'autres partageront le plaisir que j'ai eu à retourner dans les rues sans relief de Saint-Louis.

GMB, avril 2017

REMERCIEMENTS

Je tiens à exprimer ma gratitude à la Society of Authors'Foundation pour m'avoir octroyé une bourse qui m'a permis de mener les recherches nécessaires à la rédaction de ce roman.

Tous mes remerciements à Michael Heyward et Jane Pearson de chez Text Publishing, ainsi qu'à ma grande amie et lectrice de confiance Victoria Evans, pour leurs précieuses et pertinentes remarques sur les premières versions de ce livre. Merci également à mon éditeur chez Saraband, Craig Hillsley, pour sa méticulosité et sa myriade de suggestions et de commentaires judicieux. Merci aussi à Julie Sibony d'avoir patiemment répondu à mes questions sur les références à la culture française. Toute erreur éventuelle est évidemment de mon fait.

À Sara Hunt : ta patience, ton expertise et ton humour sont extraordinaires. C'est un privilège d'être publié par toi.

Et enfin, comme toujours, à Jen, qui m'encourage, me soutient et me supporte plus que jamais. Je ne pourrais pas faire ça sans toi.